U0558652

Yi Shu Pu Gong Ying

一束蒲公英

杨闻宇 —— 著

线装书局

图书在版编目（CIP）数据

　　一束蒲公英 ／ 杨闻宇著 . -- 北京 ：线装书局，
2017.4（2018.3）
　　ISBN 978-7-5120-2666-7

　　Ⅰ．①一… Ⅱ．①杨… Ⅲ．①杂文集－中国－当代
Ⅳ．① I267.1

　　中国版本图书馆 CIP 数据核字 (2017) 第 033260 号

一束蒲公英

作　　者：杨闻宇
责任编辑：姚　欣
书籍设计：舒刚卫
出版发行：线装书局
　　　　　社　址：北京市丰台区方庄日月天地大厦B座17层（100078）
　　　　　电　话：010-58077126（发行部）010-58076938（总编室）
　　　　　网　址：www.zgxzsj.com
经　　销：全国新华书店
印　　刷：虎彩印艺股份有限公司
开　　本：787mm×1092mm　1/16
印　　张：17
字　　数：200千字
版　　次：2018年3月第1版第2次印刷
印　　数：1001-2000册

定　　价：35.00元

线装书局官方微信

目录

A 读史

B 书话

C 随感

D 附：入选教材文录

序言：文章老更成

阎庆生

立秋之后，天气转凉。远在青岛的杨闻宇驰函，以即将付梓的散文集《一束蒲公英》征序于我。几乎没有考虑，我便愉快地应允了。我倒不以为自己是写序的合适人选，只是觉得我俩大学时代酷爱文学，毕业后又在不同岗位上舞文弄墨，心地相通，相互砥砺，至今已逾半个世纪——不管怎么说，我都应当勉力而为。

一

闻宇出版散文集十余部，主要作品我大半读过，还写过短评。此次应征，我首先想到杜甫的"庾信文章老更成"的诗句，明显的表征是：八十年代的散文选本，多数有他的作品，有的选了不止一篇；多年来，他常在《人民日报》《光明日报》《解放军报》《羊城晚报》副刊上发表散文，十余篇被选入语文教材或用作中学语文试题。我几次开玩笑说："闻宇，你在当代散文领域立了户头！"闻宇四十多年的创作生涯，染指过小说——甚至还写过长篇小说《近看西安兵谏》，但念兹在兹、用力最勤的却是散文，尤其中后期的创作，更显示了专攻散文一体的态势。

　　由于经历了我们这个大幅度转型的时代以及旷日持久的散文探索，闻宇是不期然而然地臻于"老更成"的。除了在军区领导身边工作过一段日子，他大部分时间从事文学创作。要强调的是：闻宇人生顺遂，家庭幸福，但他是个勤奋、深沉的有心人，沉默寡言后面是独立思考、甘守淡泊，是对自身职业与个人境遇的超越，是向着文化深层的默默掘进。退休前后的十余年间，他在散文领域于思想和艺术两个方面一体突进，真正进入了成熟的境界。

　　中年时的闻宇，作品为乡情和军旅两大题材。乡情描写展开了一幅幅关中乡风民情的画面，充满了温润、真挚的感情。代表作《薯忆》《雁阵》《元夜的灯笼》《野旷天低树》《日月行色》《人与炕》《故乡板桥》《杏荫井台》之类，基调是清新、纯净、轻灵的，散发出浓郁的乡土气息。因为长期身在军旅，走过许多地方，认识了不少军界人士，对有关领域的历史、现状也有较为深切的体悟，同时写了不少有关部队的纪实作品，或许由于是和平岁月，这类作品不算太多。四十岁前后，他的笔触伸进了历史领域，写了不少历史文化散文。现代军旅，这是他通向古代历史的甬道——既然途径如此，悉心阅读文史古籍，就成了题中应有之义。

　　闻宇研读《阅微草堂笔记》多年,著有《绝调重弹——〈阅微草堂笔记〉选评》。散文家之名气，遮蔽了其纪晓岚研究的身份。借助对古代诸多历史人物的评说，对古典名著、名篇的品鉴，闻宇自然而然地把文学与历史融合在一起，从中汲取了丰富的营养，开拓了广阔的用武之地。文史兼修，悉心揣摩，是他读书与写作的一个鲜明的特征。他晚年散文创作的一些艺术特质——视野的宽阔，底蕴的深厚，笔力的简洁雄健，悠远、精粹、丰腴的韵味，与此密切相关。

　　孙犁曾规劝散文作家多从中国古代散文中取得借鉴。闻宇晚年的散文驾轻就熟、无施不可，给人以着手成春之感：行文简洁，掩有回廊曲院;锋芒内敛，而情致绵长;从平实处着眼，但笔下总有奇诵、超拔之处，在清新里平添了浑厚与刚健，几乎妙合无垠地把优美与崇高这两种美学范畴结合为一体。

　　我在私下给朋友说："闻宇的散文，老成精了。"

<h2 style="text-align:center">二</h2>

　　细读文本，我是沉浸于其间了。以前的《大风起兮云飞扬》《兵与酒》《六骏踪迹》《沉吟"大风歌"》《至今思项羽》等篇，确为上乘之作。闻宇晚年散文在艺术上的成熟，近乎是全方位的。本集里的《万里间关马伏波》《文武天水》《寂寞南郭寺》《景仰杖藜人》《林冲的朋友》《人杰武松——英雄的底色》《千古风尘一知己》《重读〈沈冈阡表〉》《〈绝调重弹〉自序》等篇，很是耐读。对秦陇历史陈迹往复巡视的一些篇章，流连低回，探索历史人物的人生面相，揣摩历史进程的真髓与奥秘，视通万里，思接千载，所思者广，所见者深，足以启迪读者。

　　谈论历史人物，既做背景、形势的分析，又留意于深层心理的探索。《文武天水》将历史人事与眼前的自然景物衔接得相当巧妙：状物灵巧工切，用字稳妥，富于神采；文章的穿插、过渡、点染和谐自然，几乎到了不着痕迹的地步；而文末的抒情，深挚动人，余音绕梁。对古迹景点的描写，围绕的是人，写出了李广、诸葛亮、杜甫等人此时此地的处境、所思所想和内心波澜。《万里间关马伏波》一文，则在主人公的命运上进行探索。笔势随故事情节而逶迤，处处探幽抉微，为名将马援的悲剧命运而深长叹息。此类散文，闻宇是惨淡经营的，极力向历史的深层掘进。较之于对现代历史的反思，其古代历史的书写似乎更显得游刃有余。

　　《千年风尘一知己》，在战争风云里写项羽、虞姬的特殊爱情。千余字并写三人，对人物的深层心理做了深入骨髓的剖析。作者在楚汉争雄对决的刀光剑影中捕捉到了"霜剑"这一内涵丰富的意象，又通过李清照对项羽、虞姬"不肯过江东"心态的透彻理解，得出了如文章标题所示的结论。李清照与虞姬同为女性，相隔1300年，作者在她俩之间做心理的深层沟通，笔端带着强烈的感情，以简洁的笔触发掘出李清照研究中历来不大留意的别一意涵。

《林冲的朋友》《人杰武松》两文，自出心裁，于施耐庵的艺术别有会心。为文既知人论世，辨析为人之道，又腾出手来，以寥寥数笔点明作者在刻画人物上的奥秘。闻宇多读经典文学作品，他的读书笔记，既分析故事情节、人物性格——统摄于知人论世，又往往有不失时机、顺手牵羊地点出前贤"文心"的微妙之处。例如对武松形象的分析：武松在具备鲁达的阔爽、林冲的坚韧、石秀的机警之外，在感情上还具有"情深义重""不恋女色，而且参透了女色"的特质——这就再现了武松形象的丰满性。文章收笔时指出："围绕此案交织出场的各色人物，生动传神地展示出阳谷县情味浓郁的市井风俗。施耐庵以省俭的笔墨提纲挈领，烘云托月，将人物心理活动聚拢于雷厉风行的一系列行动的背后，自风尘旋涡里矗起了一尊内涵丰厚、人性光辉几近中天满月似的英雄形象。"——此等评论，是与古贤"文心"的碰撞与交响，也是将古代艺术的神髓化为己有的表征。

《书话》一辑，收有《阅微草堂笔记新解》六篇。对这部名著的不倦研读、鉴赏，提升了闻宇在散文创作上"取法乎上"的自觉性，使他在散文技法上有了高品位的追求。《〈绝调重弹〉自序》，是闻宇对这部古代散文杰作高超艺术的概括与总结，所发议论，不落窠臼。而《从醉翁亭说起》，从"文章憎命达"这一古老命题的视角，透过欧阳修（旁及范仲淹）政治生涯与写作的关系，强调了创作一事与作者"襟度气质"的密切关联。闻宇看重的是"为文之道"，用"为文之道"统摄了"为文技法"。钻研古典名著，从抉择题材和内容切入两个方面殊为有力地提升了闻宇的艺术修养。

游记和书话，属于广义的历史文化散文范畴。这样说来，闻宇晚年的大部分散文，是历史文化散文。此前的乡情散文、纪实作品，成了他后期专攻历史散文的艺术凭借。他把小说的状物、写景、写人和结构等技巧，有机地融进自己晚年的历史散文之中。专攻一项，艺绝一体，转益多师，博采众长，呕心沥血，他在不断地向艺术的高处登攀。据我所知，他将《古文观止》读得很熟，研究过散文家对比喻的运用（写过十多万字的笔记），师法者众，受益处深。以我的浅见，闻宇在创作上是着重汲取了欧阳修、纪昀、孙犁三家的长处。学欧阳修的行文缓徐，紧要处运用漂亮的修辞，并且变换句式；学纪昀的叙述雍容淡雅，议论泼辣疏旷，运思出奇制胜，学孙犁语言的冲淡、精粹，着大力于质朴气质。虽不能至，但心向往之，不懈地努力是有成效的。

　　散文艺术，很大程度上取决于作者的语言修养。有的学者认为当代作家的古汉语功力较差，闻宇此方面属于例外，长期对文史古籍的研读，使他无形中熟悉了古汉语的炼字、词法、句法句式（如"对句"的使用）和修辞技巧。阅读的过程也是一个潜移默化的过程。他在遣词造句上，擅长于翻新重组，使汉字的组合潜能有了较大的发挥。行文的要紧处他总是务去陈言，以新颖的词组和漂亮的修辞（常用比喻）开拓出别有洞天的艺术天地。如他写道："军旅如云，猛将是云中的闪电"，清泉边的"玉兰树"如"村野小女"；李白、杜甫的友谊如"圣洁的雪山"……勤恳的写作实践，印证了语言学家索绪尔"再没有什么比语言学的对象更变幻莫测"的命题。

三

　　柳宗元说："美不自美，因人而彰。"在《散文似水》中，闻宇认为散文的源头在作者的心底，也就从源头上决定着感情的真实、蕴藉、质朴、自然，忌故弄玄虚，夸张生造，涂脂抹粉，自作多情……此处所谓的"心底"，通于孙犁所谓的"襟怀"也（孙犁在谈曹雪芹时提到此语）。强调"心底"，并非忽视外部生活，而是要把外界的一切置入作家的心灵深处来消化，来创造。这一体认，使闻宇在创作理念上自觉不自觉地把作为文学体裁的散文与小说在创作态度上做了区别。这是他多年来的体验，也是他的散文读起来元气淋漓、真情涌动的内在根据。

好的散文，艺术与思想的直觉是胶结一体的，是把思想消融在艺术之中的。离开了意蕴、思想，散文艺术性再高超，也是没有生命力的。闻宇对艺术的探求，是与思想的锤炼同步进行、互相渗透的。心态的宁静，使他的悟性得到了充分发挥的空间，从而在艺术和思想两个方面，都有一定的创新。历史上的一些老话题（譬如项羽、马援、郭子仪的命运），在他笔底，往往化瘀生新，开掘出非同寻常的意蕴。正是凭借着艺术与思想两大张力的交织为用，其散文才得以进入"老更成"的境界。

《一束蒲公英》为纪实性的散文。通过吴焕先军长的婚恋悲剧，突现妻子曹六姑的坚韧与深情（为支持红军，与婆婆在外乞讨，以怀孕之身送粮食到部队，求与丈夫一见而不得，继而饿死于荒郊）——这一结局固然可以用战事紧张、戎马倥偬来解释，但作者所要提示的，也许是雨果曾经思考过的革命原则与人道主义精神之关系这一难题。文章收尾氤氲着苍凉、凄楚的况味，把悲情蕴藏在低音淡色的背面，这是以隐晦曲折的方式重现战争的残酷及其对人性的强力遮蔽。苦涩、强韧的"蒲公英"，正是战争的残酷性与纯真爱情彼此倚伏又互为相克的象征，字里行间隐伏着耐人寻味的意蕴。以此文冠为书名，寓意深矣。

《万里间关马伏波》一文，对马援的命运，从封建机制和君臣关系的高度指出："封建朝廷本身就是一张诡谲莫测的大网络，到处是陷阱，隐伏着杀机，即使英明杰出如刘秀者，在功过善恶的辨析上也可能有失慎蹈虚的时候。"审视人物命运时，闻宇有自己的眼光。《官惑》一文，对古今官场如此评说："人生道路千万条，其间最迷惑人的，应数宦途。""官场之内，感情真的是轻于鸿毛。四围的朋友，所施行的尽是障眼法与诈骗术。"围绕仕途与官位，深察仕宦心理，闻宇的体会不少："高官高位是机遇最多、诱惑力极强的一个所在，也是诡秘性的幻影盘根错节，最能移人性情的一座迷魂阵。仕途上进入这个层面至为不易，到得这个位置，要在个人欲念上保持冷静而清醒的抉择力，实则更为艰难。"他认为有志于仕途者，务必要慎之又慎。作者在大机关供职多年，且有机会接近上层，关于仕宦的细密考虑，是有依据的。

《寻觅小康》一文，更具现实针对性。作者在阐明"小康"是一种物质与精神谐调适度的融合状态的前提下，强调了它的精神因素：要"安静简朴，知足知止，能浮云似的脱屣荣利，流水一样淡化烦忧"。他认为"轻苦微甘，保留住人生的清醒和希望，这才是纯正、难得的小康境界"。——这就矫正着"小康"过于倚重于物质的现实偏颇。

本书第三辑是《随感》，《官惑》《寻觅小康》即在此辑内，其他篇章尚有《忧富》《朴素的质地》《沧桑隐忧》等篇，取材、思虑别开生面，引人深思。

可喜的是：《随感》一辑里收入了《雪崖滴水小辑》《带露折花一束》《海滩拣贝一掬》三篇，它们是近似格言式的警句辑录，警辟、隽永。内容涉及人性、青年修养、读书、时间、官场、婚姻、爱情、交友之道、心理、美学诸多方面。

这一部分，是作者人生哲学的诗意呈示，是他大半生经历的哲理性总结。精彩之处迭见，端的引人入胜。试信手拈来几则："官场为晕头转向之地，人群是迷失自我之所，读书乃灵魂清醒剂。""聪明二字，介于智慧与狡猾之间。我们中国人，多将聪明变成了狡猾的转语，使其远远脱离了智慧。'大智若愚'，与聪明之间也划出深深的鸿沟了。""哲学宁静、致远，时俗急功、近利；哲学家仰望星空，平常人埋首红尘。世俗教人忘掉天与地，这正是红尘那看不见的力量所致。"这里也有文学创作的结晶式的体会。如："质朴有石性，击之即生火。""汉文、唐诗、宋词、四大名著，是一座座无从超越的高峰。散文自由，足以放开羽翼，在这些峰峦之间任意翱翔。"他把艺术与人生、人性从存在论的高度统一起来，这就使他的创作有了牢靠的哲学根基。

作家在晚年对人生哲理进行有深度的探索者，并不是太多。闻宇是由现实出发，转入了历史，又跃升到了哲学。如果说闻宇晚年的散文值得阅读，那么，作品里的哲理内涵就是那闪射着幽光的宝石。

还是一位散文家说得好：青年人喜欢文学，老年人喜欢历史、哲学。

阎庆生，1944 年生于陕西礼泉，大学教授，曾任中国鲁迅研究会理事，中国现代文学研究会理事。

读史

浅议他山之石

在中国帝王的谱系上，倘要将583个登上龙椅者排个座次，首席当属李世民。文治、武功，一个帝王家能占得其一就了不得，李世民兼而得之，且又圆融完满，所以，后世尊其为明君之典范。

隋末乱世，李渊和几个儿子趁势于晋阳起兵，夺取天下，先后进行六次大的战役，李世民指挥了四个，大获全胜。战争使得李世民身边战将林立，最突出的是武勇出众的尉迟敬德。

铁匠出身的敬德，原系刘武周之干将，与寻相同守介休时，被李世民招谕而降唐。时日不久，寻相他们又相继叛逃。唐家诸将认为敬德与这些人是同伙，必叛无疑，便将敬德囚禁。屈突通、殷开山向李世民进言："这家伙剽悍绝伦，我们已囚禁多日。既被猜疑，他心里必结怨恨，留下来只有后患，干脆杀了他。"李世民摇头：我与你们的看法不同，"敬德若怀翻背之计，岂能在寻相之后呢！"遂命释放，并引入卧内，赐以金宝，说道："大丈夫以意气相期，勿以小疑介意。寡人终不听谗言以害忠良，公宜体之。必应欲去，今以此物相资，表一时共事之情也。"从此以后，敬德在战阵中出生入死，数次搭救李世民于危险关头，自身多次被伤，立下了巨大功勋。

626年玄武门政变，敬德是秦王府中最坚决的铁杆人物。太子建成是李世民射杀的，建成的搭档李元吉用弓弦即将勒死失跌于马下的李世民时，是敬德大喝一声，飞马救下李世民，又一箭射死狂奔逃跑的李元吉；接着，又提着建成、元吉的首级，平息了攻打秦王府的乱军；再接着，策马挺矛的敬德冲进宫中，逼着高祖李渊正式表态站到李世民一边。事后评功论赏，敬德与李世民的妻兄长孙无忌并列第一，被拜为右武侯大将军。

李世民一生讳言玄武门之变。因为这铤而走险、破釜沉舟，以突袭方式杀兄弟而逼父皇的"夺嫡"之举，在他心底留下了巨大的"伤疤"。可是，在史学家眼里，玄武门之变对李世民的一生却是至为重要的关键环节。政变假如失利，李世民的生命即一笔勾销；正因为结局是网破鱼生，鱼破网而化为龙，这才开启了"贞观之治"的大门；也正因为强行推开了"文治"的大门，此前的所有刀兵实践也才有了立足的位置、供奉的底座，被誉之为"武功"。文治与武功，相辅相依，截然割裂开是不可能的。

比李世民年长 19 岁的魏徵，618 年被李建成用为幕僚。他眼见秦王李世民的功业蒸蒸日上，严重威胁到太子的地位，彼此间的冲突日益加剧，无从避免，便多次告诫建成要及早动手，先发制人，以稳固住接班人的位置。

玄武门骨肉相残的恶斗过去之后，李家多位亲人已倒于血泊之中，李世民召徵责之曰："汝离间我兄弟，何也？"这显然是仇人相对、分外眼红时的质问，众皆为之危惧。而魏徵却慷慨自若，从容对曰："皇太子若从臣言，必无今日之祸。"面对着死路一条，魏徵只悔怨建成没有听他的话，才致成目前惨局，对取胜者李世民丝毫没有服软的意思。可谁也料想不到，盛怒中的李世民却反而抽回了架在魏徵脖颈上的钢刀，转拜其为谏议大夫。可以设想，此时的魏徵若微有畏葸之意，无疑是人头落地。

在太宗身边 17 个春秋，魏徵就"前后二百余事"进谏数十万言（远超过万言书），因为他勇于也善于进谏，问题俱点在要害症结上，所谏大多数被太宗采纳。

　　进谏是"逆鳞"之举，时常进谏，也就难免让李世民有难堪之时。太宗年轻，有一次得到一只上好的鹞鹰，放在肩膀上，甚为得意，当看到魏徵远远地走来时，便赶忙取下鹞鹰藏于怀中。魏徵将一切都看在眼里，却故意奏事良久，致使鹞鹰闷死在太宗的怀里。另外，还有那进谏"二百余事"的记载，莫说君臣上下，即便是平肩共事的至交朋友之间，能够在17年里有二百余事的言听计从而从不反胃吗？对于这样的记载，我一直疑心是史家笔底颠倒尊卑的杜撰，是为唐王朝涂脂抹粉的创作。可是，认真琢磨玄武门之变后魏徵与李世民之间针锋相对的问答，又不能不认可这是君臣之间千古难逢的谐动、应和。

　　魏徵之谏诤，有时是当着百官的面据理力争，言高语低、磕磕碰碰不可避免。有一次，太宗动了气，回到后宫，余怒未消地说："总有一天，我要杀了这个乡巴佬！"好在有长孙皇后善为开导，李世民才渐渐平息下来。从这里忖度，李世民难能可贵的开明作风，既是从血火斗争中锻炼出来的，也是从艰难、痛苦的自我省思中逐渐取得的。一代明君禀赋中极为可贵的精神亮点，并非是天生的。

　　文治武功，历来是群策群力的结晶与成果。马背上勠力共进，敬德之外，还有李靖、李世绩、秦叔宝、屈突通、程知节一伙战将；下得马背坐上龙椅而转入文治，魏徵以外，还有房玄龄、杜如晦、温彦博、王珪、马周一班文臣……文武百官，李世民是整个王朝提纲挈领的龙头。后人一提及"贞观之治"，首先想到的就是李世民。

　　贞观七年（633年），唐太宗对魏徵说："玉虽有美质，在于石间，与瓦砾不别。若遇良工，即为万代之宝。朕虽无美质，为公所切磋，劳公约朕以仁义，弘朕以道德，使朕功业至此，公也足为良工耳。"

　　"他山之石，可以攻玉"（《诗经·小雅·鹤鸣》）。事实上，唐太宗的文武臣僚，大多数属于他山之石。李世民视己为璞，却诚恳地将魏徵喻为高于"他山之石"的良工。魏徵的谏诤，也就是对唐王朝的功业在进行不懈的"切磋"与打磨。李世民这一谦抑诚挚的妙喻，奖掖着魏徵，也充分显示出唐太宗山海云水一样的气度、襟怀。

中国帝王里，唐太宗是一个精彩的多面体，既有海纳百川的宽阔胸襟，虚怀若谷的智者风度，也有力挽狂澜的豪迈气概，率真精致的内心世界。

"自古能君，无出李世民之右者。"事过1300多年，由毛泽东所归纳成的这个结论，是没有谁能够推倒的了。

《散文百家》2016.6

愤青也能成神仙

——重谒张良庙

　　40多年前，我去过秦岭深处的张良庙（留侯祠），现在交通便当了，重去一次还是不大容易。这情景，有点儿像对于张良的认识，注目者历来不乏其人，可要真正了解，似乎有些难度。

一

　　张良的祖父、父亲担当过五任韩国宰相，秦灭了韩，"愤怒青年"张良一心想报仇、复韩。他到处寻找杀手，终于找到一个能挥动120斤铁锤的力士，在博浪沙砸击秦始皇，不幸误中副车，张良落荒而逃。"亡匿下邳"期间，任侠好斗的张良曾经窝藏过一个杀人犯项伯。

　　当时，拥立楚怀王的项梁颇具实力。由项伯牵线，张良为韩国计，成功地劝说项梁立韩成为韩王，张良任司徒（同于宰相）。翌年，依照楚怀王的约定，先入咸阳者即为天下之主，韩王成便与刘邦合兵一路，收复了韩国的故都阳翟，韩王留守，刘邦带着张良继续西征。依照张良的谋略策划，刘邦一鼓作气攻下了咸阳。"沛公入秦宫，宫室帷帐狗马重宝妇女以千数，意欲留居之"。享受的诱惑力太强大了，樊哙他们怎么阻拦也无效，是张良以巧妙的方式劝转了沛公，"乃还军灞上"（可以说，这是张良为刘邦立下的首功）。

　　刘邦欲为天下之主，业已取代项梁的项羽非常反感，"欲击沛公"。强敌压境，迫在眉睫，张良通过项羽的小叔父项伯，在两大对立的阵营之间精心地导演了惊险万状的"鸿门宴"，张良亲自出面蒙蔽、糊弄项羽，掩护刘邦脱离虎口，在历史上演出了一幕绝唱。自封为西楚霸王的项羽分封了 18 位诸侯王，刘邦被封为远去巴蜀的汉王：

汉王赐良金百溢，珠二斗，良具以献项伯。汉王亦因令良厚遗项伯，使请汉中地。项王乃许之，遂得汉中地。汉王之国，良送至褒中，遣良归韩。良因说汉王曰："王何不烧绝所过栈道，示天下无还心，以固项王意。"乃使良还。行，烧绝栈道。

刘邦能得到汉中这个攻守裕如的兵家要塞，仍然是张良通过项伯"请"到手的；到手后烧绝栈道以荧惑项羽，更是张良的计谋。

对这些各抱地势、心怀叵测的诸侯王，项羽心底是信不过的。"良至韩，韩王成以良从汉王故，项王不遣成之国，从与俱东。良说项王曰：'汉王烧绝栈道，无还心矣。'乃以齐王田荣反，书告项王。项王以此无西忧汉心，而发兵北击齐。"也就在项羽北击田荣之时，刘邦从汉中乘虚而入，"还定三秦矣"。事情到了这一步，项羽即便是个戴王冠的沐猴，也会识破张良一系列的手腕与权术。极为愤怒的项羽杀韩王成于彭城，"良亡，间行归汉王"。张良倘不从小路迅速潜逃，肯定也是人头落地。

实至名归，"间行归汉王"的张良此时才真正变成了刘邦的谋士。彻底归汉，与其说是项羽所逼迫，不如说是张良自觉的选择。归汉之先，张良已经为楚汉之争点燃了导火索，为日后的汉王朝埋下了奠基石。

二

楚汉彭城交锋，汉败而还，到了下邑，汉王下马踞鞍而问计于张良："下一步可怎么办呀？你看谁能与我联手，一块儿对付这个项羽？"张良推荐能征惯战的九江王黥布和巨野的彭越,且又特别挑明,你现在手下的诸多将领,"独韩信可属大事,当一面"。

韩信是萧何月地里追劝回来的,认定此人能统率千军万马、在成群虎狼中争锋天下,则是张良提出来的。最终破楚灭项者,正是韩信、黥布和彭越。

汉三年,项羽疾围汉王于荥阳,刘邦听了小人的馊主意,打算复立六国之后来抗衡项羽。在听了张良精确的分析之后,立刻改变了主意。汉四年,韩信据兵自雄以讨价还价,欲自立为齐王,汉王震怒。是张良帮他权衡利害之后,"汉王使良授齐王印信",这才笼络住韩信,让其像领头的猎犬那样继续为刘邦奔走效力。

破楚以后,刘邦大封功臣20余人,未封者仍然"日夜争功不决",刘邦是听从了张良的主意,虎狼一样的群僚才安静下来。抉择建都地点时,众大臣"多劝上都洛阳",又是听了张良的精辟剖析,"于是高帝即日驾,西都关中"。

上述诸端,俱为楚汉相争、汉王朝能否站住脚跟的大事,其间倘有一步蹉跌,历史车轮即有急遽转弯的可能性。全胜之日,高祖置酒洛阳南宫,群臣毕至,刘邦亲自总结所以能有今日辉煌的原因:

夫运筹策帷帐之中,决胜于千里之外,吾不如子房。镇国家,抚百姓,给馈饷,不绝粮道,吾不如萧何。连百万之军,战必胜,攻必取,吾不如韩信。此三者,皆人杰也,吾能用之,此吾所以取天下也。

汉初三杰,张良居首。这高屋建瓴、言简意赅的总结,群僚心悦诚服,也显示出刘邦渊深阔达的帝王气象。

三杰里的韩信,是张良特别举荐的。麾兵血战而直接挫败项羽的三大名将,只因为功高震主,在同一年(前196年)被刘邦干掉了：黥布被斩；彭越被剁成肉酱；韩信被杀，且屠其三族。天下初定，枭将们即是如此触目惊心的下场，当初举荐他们的张良能无动于衷吗？毋庸置疑，张良是比谁都清楚"狡兔死，走狗烹；飞鸟尽，良弓藏"的含义：形势变了，猎犬被"烹"，张良作为智囊式的强劲弓弩，此时如果仍然支架在刘邦的身旁，显然就是个惹祸的架势了。

辞谢刘邦的奖掖之后，张良以多病为由，"道引不食谷，杜门不出岁余"；继而又"愿弃人间事，欲从赤松子游耳"（赤松子为神农时期的雨师）。自择的辟谷地点，就是秦岭紫柏山里的留侯祠。人的一系列行迹，有的硬是被现实"逼"出来的，张良之辟谷为仙，就是这样。

生龙活虎的三员战将仅活了30多岁，经常自称多病而辟谷深山的张良辞世时，年逾古稀了吧。

三

张良由"愤青"而成为英雄，嗣后又升华为神仙（祠里"英雄神仙"的碑刻非常耀眼），根底何在呢？苏轼在《留侯论》里认为，刘邦之灭楚兴汉，关键因为辅佐者张良是一位"忍小愤而成大谋"的智者。推究张良之脱胎换骨，能够从愤青成为度量如海的智者，其根本原因，难道是因为接受了《太公兵法》吗？

兵法者，即用兵作战的策略和方法。张良如果是研究此书的，为什么始终也没有直接布阵打过仗呢？倘说未带兵的原因是身体欠佳，能从秦始皇、项羽的屠刀底下逃脱，总比诸葛亮的身体强壮些吧？我觉得史载的圯上授书，其本旨还是苏轼所挑明的："其意不在书。"既不在书，试问张良"过人之节"的形成，原因究竟何在？

由愤青变成英雄，比例倘是千里取一，那么，自英雄晋升为神仙，只能是万里取一了。抱着难于释怀的疑团，在一个初夏季节重访张良庙，我便想再登一次"授书楼"，揣测黄石公"授书"的奥秘。

小楼陡峭耸立，四围修竹封护，辨不出有人登览的痕迹。到得楼底，导游姑娘止步，向我们示意，有兴趣的也无妨上去看看。石阶上下香气馥郁，越栏竞放的鲜花纷披如帘，才上得几步，就有箭镞样的马蜂递相阻拦，我从门口探视楼内，只看清碗大的几盘马蜂窝悬结于屋顶，眼前却有麇集的寸许长的马蜂迅捷而威猛，穿梭扑动，怕遭其蜇，我慌忙下退，紧张得连楼内有无塑像也未及细看，石阶旁的鲜花也未能辨认……

文武张弛，为天下治乱碾出了深深的历史辙印。历代臣僚中的特别佼佼者，结晶、升华而遗为祠院，诱使我多次拜谒过西湖的岳王庙、成都与勉县的武侯祠。这一次出得留侯祠，却不禁有些失悔。

授书之事，连苏轼也觉得茫昧难明，那座圯桥距此地千里之遥，黄石老人授书后当即隐去，"无他言，不复见"。现在，已进入 21 世纪了，我还隔山渡水上这儿来寻根刨底，这不明显老糊涂了嘛。

《散文百家》2016.6

万里间关马伏波

"男儿当死于边野，以马革裹尸还葬耳，何能卧床上在儿女子手中邪！"伏波将军马援是这样说的，也是这样实践的。斯人距今，将近两千年了。当今之世，桂林伏波山上有座伏波楼；湘西沅陵，青浪滩之北岸有座"汉伏波将军庙"；马援故里扶风县茂陵山有伏波祠，麦浪围绕着的马援墓之东是"东伏波村"，西边是"西伏波村"。

一、慎择其主

西汉后期，社会动荡，马援家境贫寒，离家出走，就边郡（今庆阳西北）田牧，数年辛劳，富起来了，便将几千头牲畜与数万斛粮食尽散与穷人及故旧，后闻说割据于陇西的隗嚣谦恭好士，便去依附。隗嚣见重马援，委派他去称帝于蜀的公孙述处探察底细。

马援与公孙述原是同间里的密友，可这次相见，公孙述却摆起皇帝的谱儿，排开銮驾旄骑，盛陈卫士、侍从，而后才安排马援入见，且表示"欲授援以封侯大将军位"。马援觉得在天下动荡之际，摆弄花架子，"如偶人形"，便及时告辞。返回后，他对隗嚣说道："子阳（公孙述字）井底蛙耳，而妄自尊大，不如专意东方。""专意东方"，即结好东边的皇帝刘秀。隗嚣又让马援带书信赴洛阳，想再了解一下刘秀那边的情况。

从洛阳返回后，隗嚣与马援同榻共卧。谈及京师得失，马援说道："前到朝廷，上引见数十。每接宴语，自夕至旦。才名勇略，非人敌也。且开心见诚，无所隐伏，阔达多大节，略与高帝同。经学博览，政事文辩，前世无比。"隗嚣雅信马援，公元 29 年末，便差长子隗恂赴洛阳，名义上是"遣子入侍"，实际上是隗嚣表示臣服的人质。"援因将家属随恂归洛阳"，马援是作为隗恂的随从人员进入洛阳的。刘秀批准他率领宾客屯田上林苑中。

问题是，自封为"西州上将军"的隗嚣，本来就不是一盏省油的灯。在隗嚣逐渐与汉离心离德时，马援多次去书规劝；而隗嚣反而怨恨马援背叛自己，得书而益增其怒。隗嚣发兵拒汉，当其野心膨胀到连自己儿子的性命也在所不惜的地步时，马援不得不上书刘秀：

> 我与隗嚣原本是真交朋友，当初派我东行洛阳，亲口说只要我认可，他即专心事汉；我返回后以赤心相报，实打算引导他向善，丝毫没有教唆他从恶。可隗嚣自己怀有奸心，满腹怨毒，"盗憎主人"，而今反而全归罪到我的身上。对于这些我要是不说，圣上就无法知道。希望圣上能接见我，面陈消灭隗嚣的办法。即使为消灭隗嚣让我去死，我也接受。

刘秀即召援计事。马援为其支出的高招是"离嚣支党"，先从其内部分化。刘秀果断地调拨一支军队，让援去嚣的后院展开工作。马援长期生活于陇右，与嚣部文臣武将极为熟悉。"援将突骑五千，往来游说"，很快搞得隗嚣那边人心离散，凝聚力大减。自此，马援成为隗嚣问题专家，汉室"诸将每有疑义，更请呼援，咸敬重焉"。

32 年，汉军反攻隗嚣，双方激战，步步艰难。闰四月刘秀亲征，兼程西行至漆（陕西彬县），因为临近前线，诸将以"不宜远入险阻"竭力地劝阻刘秀，搞得刘秀一时间无所适从。举棋难定时，刘秀便召来马援咨询，援认为嚣之"将帅有土崩之势"，为便于刘秀直观、清晰目前形势，"又于帝前聚米为山谷，指画形势，开示众军所从道径往来,分析曲折,昭然可晓"。刘秀看罢非常高兴:"虏在吾目中矣!"（当代军旅所使用的沙盘,或许就是受马援"聚米为山谷"启发的）。经过4年多的征战,歼灭了隗嚣集团,陇右终于归汉。

在那个复杂簸荡的时世,马援之归汉是水到渠成,他的抉择是慎重的,真诚的,深远的,也是明智的。

二、酿成冤案

35年,援任陇西太守,击破先零羌,嗣后连续作战,"援中矢贯胫,帝玺书劳问,赐牛羊数千头,援尽班诸宾客"。40年,交趾郡（越南北宁）女子征侧起兵叛乱,翌年,援任伏波将军率兵征讨。"伏波"者,平息动荡波涛之意,马援55岁获此殊遇,足见刘秀对他是很信任、很器重的。41年秋,马援斩了征侧,振旅还京才一个多月,匈奴又入侵上党、天水、扶风,马援请行,光武许之。

出师之日,百官送行。马援对送行的黄门侍郎梁松、窦固说道:"凡人为贵,当使可贱。如卿等欲不可复贱,居高坚自持。勉思鄙言。"梁松是皇帝的女婿,窦固是权势炙手的皇亲,他们奢侈放荡,恃强凌弱,马援早就耿耿于怀,趁此机会,忍不住旁敲侧击地劝说了几句。正气直行者,对邪恶之风往往是很难忍耐的。

48年,武陵五溪蛮叛乱,光武命李嵩、马成征讨,大败而归。马援见光武如坐针毡,又一次请缨出征。光武见他须发尽白,年逾花甲,没有表态。马援激动地说:"臣尚能被甲上马!"光武说:"你可以试试看。"援执刀上马,据鞍顾眄,威风凛凛。光武笑曰:"矍铄哉,是翁也!"于是,遂遣援率中郎将马武、耿舒挥师武陵。

军至下隽（今湖北通城西北）,通往武陵蛮藏身处有两条道路:从壶头（山名）则路近而水险,从充（湖南桑植）则途夷而运远。耿舒主张走充道,援认为这样"弃日费粮,不如进壶头"。为慎重起见,两种意见上报朝廷，光武批准了马援的方案。军进壶头，蛮方则"乘高守隘"，该地"水疾，船不得上"，加之天气异常炎热，士卒多疫死，援也染病。蛮人趁此形势发挥其长，动辄升险鼓噪，令汉军处于紧张状态。每当此时，马援"辄曳足观之，左右哀其壮意，莫不为之流涕"。

耿舒一直为自己的方案未被采纳而迁怒于援，便将前线的窘况写信告知兄长耿弇。信中称自己有先见之明，指责马援"类西域贾胡，到一处辄止，以是失利"。耿弇乃汉家中兴"首创大谋"的重量级人物，得到弟弟的信，"奏之"。光武听后很生气，便派虎贲中郎将梁松"因代监军"，代表自己去责问马援。梁松赶到前线时，刚巧马援病故。驸马爷梁松为报宿怨，对献身于前哨的马援"因事陷之"。光武得报大怒，追收了当年授予马援的"新息侯印绶"，并打算进一步从严处置。众臣心知内情，惶惑之外，谁也不敢吭声。

马援家族面临灭顶之灾，不敢将裹尸而还的马援葬于家乡的墓地（扶风县东30里的古茂陵），为掩人耳目，只好草草地掩埋在县城西边10里的荒地里。马援之妻与侄子马严，"草索相连，诣阙请罪，帝乃出松书以示之，方知所坐。上书诉冤，前后六上，辞甚哀切，然后得葬"。梁松信里显然列有这样一条：坊间早就传说马援当年自交趾班师，私自载回过一车"明珠文犀"，所以这次在武陵，贪心复萌，也就像西域贾胡那样，不尽力作战，一再地贻误军机。

交趾出产薏苡，其果仁即薏米。薏米卵形，灰白色，与珍珠的形色有点相似。薏米常食可使身体轻健，并可抵挡南方瘴气。马援带回的薏米被人诬之为珍珠文犀（泛映文彩的犀牛角），使刘秀忽然悟到：马援当初那么多牲畜、米谷都轻易散人，我的赏赐也都分送下属，而今深入蛮境，出生入死，会贪图什么珍珠文犀吗？这件事的后边，可能另有名堂。于是，"帝意稍解"。

三、君臣余波

帝意得以稍解，不仅仅是由于马援妻侄草索相连，上书申明冤情，另有一条众所忽略的重要因素：在黑云压城、满朝文武噤若寒蝉的境况下，前云阳县令朱勃，坚定地踏着司马迁 140 年前为李陵辩护的老路，毅然决然地诣阙上书。其文就事罗列，仅述列援之简历而已（且摘录于下）：

窃思故伏波将军新息侯马援，拔自西州，钦慕圣义，间关险难，触冒万死，孤立群贵之间，旁无一言之佐，驰深渊，入虎口，岂顾计哉！宁自知当要七郡之使，微封侯之福耶？八年，车驾西讨隗嚣，国计狐疑，众营未集，援建宜进之策，卒破西州。及吴汉下陇，冀路断隔，惟独狄道为国坚守，士民饥困，寄命漏刻。援奉诏西使，镇慰边众，乃召集豪杰，晓诱羌戎，谋如泉涌，势如转规，遂解倒悬之急，存几亡之城，兵动有功，师进辄克。诛锄先零，入山谷，猛怒力战，飞矢贯胫。出征交趾，土多瘴气，援与妻子生诀，无悔吝之心，遂斩灭征侧，克平一州。间复南讨，立陷临乡，师已有业，未竟而死，吏士虽疫，援不独存。夫战或以久立功，或以速而致败，深入未必为得，不进未必为非。人情岂乐久屯绝地，不生归哉！惟援得事朝廷 22 年，北出塞漠，南渡江海，触冒害气，僵死军事，名灭爵绝，国土不传。家属杜门，葬不归墓，怨隙并兴，宗亲怖栗。死者不能自列，生者莫为之讼，臣窃伤之……若援，所谓以死勤事者也，愿下公卿平援功罪。

朱勃与马援同郡，当年伺候过援兄马况。马援封侯时，朱勃依旧是个小小的县令。贵幸之马援，也不在意朱勃。可在马援蒙冤之际，年逾花甲的朱勃竟以这样的文字上书光武！正是这字字千钧的回忆与陈述，才打消了光武帝进一步处置马援三族的念头。

令人感慨的是：天意怜援，以勃为证。倘无朱勃，现在进入 21 世纪，天南地北（包括越南），还可能找到马伏波的征战痕迹吗？而刘秀，也不愧是帝王里的佼佼者。梁启超称赞他"简直是一个实际的政治家"。刘秀若是寻常帝王，朱勃上书的收局，只恐怕连司马迁还不如。

刘秀是近乎完美的君主，马援是智勇忠忱的将军，两美并峙，怎么就酿成了这样一桩并不深奥的冤案呢？

面对这一值得深入探讨的题目，王夫之在《读通鉴论》里将症结归到了"马革裹尸"的马援身上，认为马伏波不懂得"功成名遂身退"的道理，老而无厌，恃强逞能，最后是自取其辱。如此评论，会不会是有感而发呢？这位明末清初的思想家，推重刘秀，认为"唯光武允冠百王矣"。然而，封建朝廷本身就是一张诡谲莫测的大网络，到处有陷阱，隐伏着杀机，即使英明杰出如刘秀者，在功过善恶的辨析上也可能有失慎蹈虚的时候。现实中有些矛盾纠葛，从来是无法彻底厘清的。

历史长河，大浪淘沙，不管怎么说，伏波将军马援，人们是不会轻易忘记的。

《宝鸡日报》2015.7.22

文武天水

军旅情结

秦岭西端万山簇拥，天水就处在峰峦簇拥着的怀抱里。这地方有点像贾宝玉脖颈上系的那块通灵宝玉，是秦陇之间难得的一块风水宝地。"无风云出塞，不夜月临关"，此地与军旅有长远的、密切的关系，历史上就是军事重镇。有人说"关西出将"：

纪信（？至公元前 204 年）天水人，舍身救主，被汉高祖封为"忠烈侯"，可以说，没有纪信或许就没有汉王朝。

李广（？至公元前 119 年），秦安人，勇敢善战，世称"飞将军"，与匈奴作战七十余次，是中国历史上名副其实的战神。

李陵（？至公元前 74 年），李广之孙，善骑射。与爷爷李广的命运是殊途同归，归宿于凄凉的悲剧结局。

赵充国（公元前 137 至公元前 52 年），天水人，生前身被殊荣，死后，清水县有个挺像样的墓陵。

段会宗（公元前 84 至公元前 10 年），天水人，汉元帝时任西域都护，各国敬其威信，名重当时。

隗嚣（？至公元 33 年）新莽末期，这个秦安人被当地豪强拥立而割据一方，拥有天水、武都、金城等郡。曾自称西州上将军。

这里仅点出 6 位。两汉时期，能有这么些非同凡响的名将出自天水，着实是了不起的。

作为古战场，天水耤河南岸，最近出现了新修的天水八景之一

"诸葛军垒"。从前是阔大的一个土墩，日中无影，人称"无影墩"，墩前有门楼式碑亭，亭围是交柯成荫的青松翠柏。"渭河浪卷英雄去，剩有寒云自往还"，无形之中，这景观像梦一样悄悄流散了。目下新塑的孔明先生端坐在白色的石砌方台上，手摇鹅毛羽扇，静静地眺望着闹市里闪烁不已的霓虹灯。

遥想当年，耤水之滨是洪水抹下的荒漠平滩，一支长驱的队伍从巍峨险峻的秦岭上下来，旌旗猎猎，征尘仆仆，尚未安营结寨，三军的统帅——那位坐在四轮车上的羽扇纶巾的诸葛亮便要先行检阅。清水细浪，平沙漠漠，主帅哪来个站立的台子呢？也不知是哪一位精明的大将（当是孔明的心腹），向全体士兵下了这样一道命令："天水乃膏腴之地，水土很好，我们不存在不服水土的问题啦。各人将从蜀地带来的'乡土袋'里的盐土倒出来。顺便脱下鞋子，将一路上钻进鞋里的沙土也倒出来。"

蜿蜒曲折的队伍挨次经过耤水之滨一个指定的位置，士兵们个个依令行事，长蛇蜕皮、秋蝉脱壳似的，队伍过尽，地面就拱起了一个战鼓形的大土墩，诸葛亮当即有了自己的点将台。千多年过去了，那一支神奇的队伍早就化作了飞龙似的一缕云烟，这个不起眼的土墩却钢钉一样铆在原地，能勾起后人丰富的联想：

翻山越岭，长途奔袭，千军万马，星夜兼程，自蜀中而入陇右，何其艰辛；

退若山移，进若风雨，分如蛇虺，合战如虎，这是"赏罚肃而号令明"的一支劲旅；

军旅如云，猛将是云中的闪电，上上下下，铁桶一样紧紧凝聚在自己主帅的周围。

登上军垒，游人眼前自会浮现出孔明"推演兵法，作八阵图"的奇瑰景象。现在不同了，耤河流水似马尿，诸葛军垒土变洋，只是正襟危坐的孔明先生未着西装、未系领带罢了。

　　作为古战场，从前的天水城到处是耐人寻味的街巷：飞将巷、尚义巷、关爷巷、仁和巷、旗杆巷、忠武巷、亲睦巷、澄源巷、玩月楼巷、窦滔故里……单是那个旗杆巷，就让我这个军旅中人回味不已，"铁马夜嘶千里月，雕旗风卷万重云"，这巷子分明是专造旗杆的所在，天水的战斗气氛该是多么浓郁，多么火烈，又何等迷人。现在改建了，高楼林立，旧巷难觅，灯红酒绿后庭花的商家气象彻底取代了撼人魂魄的勇烈气息。

　　好在石马坪李广墓的整修已初见规模。陪同我的王耀老人说，墓两侧空地上拟种桃李，以取司马迁"桃李不言，下自成蹊"之意。墓前的塔碑上，也恢复了"蒋中正"的题字。蒋介石1946年来过天水，名义上是为视察天水骑兵学校而来的。在未来之前，他就为李广墓郑重地题了字："国乱思良将"，蒋氏内心恼火羽翼丰满了的共产党人，分明是奔着军队而来天水的。

　　驻守天水的人民军队里，1986年出现过"战斗英雄"赵怡忠、牛先民，后又出现过誉满全国的"活雷锋"李润虎。党和国家、军队的多位领导人，曾先后来天水看望过这里的部队。在全国地市一级的地区，这种现象实不多见。

　　我以为，天水与军旅的关系，在中国土地上是独树一帜的。

诗圣在天水

　　秦之先祖非子因在秦州为周孝王牧马有功，被赐姓为嬴，封地为秦。天水作为秦的发祥地，历史积淀厚实，文化品位卓越，在西北地区格外引人注目。唐乾元元年（758年），杜甫因上疏救房琯而获罪，被贬为华州司功参军。翌年关内大饥，杜甫"满目悲生事，因人作远游"，7月辞官，自华州携家西行，进入天水。有人说杜甫在天水住了三个半月，有人说四个多月。

　　流寓陇右期间，他写下了 117 首诗作，相当于每天一首。朱东润先生指出："乾元二年是一座大关，在这以前，杜甫的诗还没有超过唐代其他的诗人；在这以后，唐代的诗人便很少有超过杜甫的了。"

　　冯至先生认为："在杜甫的一生，759 年是他一生最艰苦的一年，可是他这一年的创作，尤其'三吏''三别'以及陇右的一部分诗，都达到了最高的成就。"杜甫时年 47 岁，足迹到了他生命中西行最远的所在，所吟下的诗作在艺术上达到了最高的成就，而这两个"最"字，正是在他一生中"最艰苦"的岁月里完成的，所以也在天水留下了"文章憎命达，魑魅喜人过""笔落惊风雨，诗成泣鬼神"的千秋绝唱。风雨魑魅、文章鬼神，无妨说，杜甫的"诗圣"地位，是在抵达天水之时确立的。

　　杜甫陇右诗里有一首人们不大留意的《太平寺泉眼》，内有"取供十方僧，香美胜牛乳"的诗句。我们去甘泉镇找到了太平寺里的这一泉眼。而今水位下沉，已经变成小亭里的一孔小井了。一位面部有血斑痕迹的小尼姑遵镇长之命，用小桶提水上来，正是冬至前夕，我们几个人各自痛饮一杯，井水下肚，确实是"香美胜牛乳"。

　　井亭南侧是"双玉兰堂"，镇长说这两株牛腰粗的玉兰树绽花时一粉一白，香弥寺外。我见过南方、北方不少的玉兰树，尚未见过这样高巍、健旺的天地杰作。我忖度，这等天姿国色，当是不远处的牛乳香泉长期滋润才渐渐调理出来的……难怪齐白石老人在九十高龄时还为之题写了"双玉兰堂"几个大字。

　　杜甫在秦州诗里未提及双玉兰树，我推想是千年之前花枝尚幼，而边上的泉水又香美诱人，这双玉兰村野小女似的伫立井畔，一时未能引起诗人的留意。时光如梭，岁月不居，现在，泉水虽是下陷三尺，玉兰树却已琼花凌空，倚住树身静静地远眺耸峙于东南畔的烟云缭绕的麦积山，能深深地体味到人生的短暂与渺小。

　　从陇右诗里可以看出，杜甫当年是寓居在麦积山北麓的东柯谷，且在西枝村一带时相走动。东柯、西枝，证明这地方确实生长过一株高巍神奇的古松，只可惜在 20 世纪之末，被一群愚妄的壮汉下了一番死功夫给砍伐了！现在，从哪里还能见到这生长了数千年的古松呢！杜甫暂居之地，现在称街子乡八槐村，前些年八槐村修葺"杜甫草堂"，也只修了个半拉子。

半拉子草堂里住了一位正劈木柴的中年汉子，他停下手中活路，领我们进到茅草苫顶的屋子里。屋里也还清爽、干净，只有正面墙上拼贴的四幅白纸黑字与杜甫有关。三张纸上书写的杜诗分别是《蜀相》《春夜喜雨》《绝句（两个黄鹂鸣翠柳）》，狂草如飞雪的书法我不敢恭维，这三首诗也都是杜甫离开秦州之后在成都草堂里的作品，而今被写进东柯谷，于时于地为南辕北辙。另外一张白纸裹在三首诗作之正中，突出一个大大的"佛"字，佛字左下角是十个小字："酒肉穿肠过，佛祖心中坐。"

杜甫是否信佛且不去说，他流浪在"朱门酒肉臭，路有冻死骨"的社会上，乱发过耳地奔波在东柯崖谷里，不得不采橡栗以自给（橡栗本是猴子的食品）。杜甫当年离开秦州而南行的一个重要原因，是"无食问乐土，无衣思南州"，他的温饱要求低得不能再低了，只要有个"充肠多薯蓣，崖蜜亦易求"的地方能维持一家人的生命也就将就了。而今在这里贴出什么"酒肉穿肠过"，着实难以卒读……

杜甫早就说过："世人皆鲁莽，吾道属艰难"。天水在文化底蕴上诚属富矿，而像东柯谷这样东拉西扯地开发旅游业，在文化方面却显然属于"鲁莽"行径了。

寂寞南郭寺

乾元二年 (759 年)，杜甫流寓秦州，写下的诗里有一句"此邦俯要冲"，"此邦"即指天水。天水俯临通往西北的交通要道，为陇右首要城市。这地方我来过多次，只是暗暗地诧异它景幽地灵，古时竟出现过那么多照耀史册的优秀人物：

抟土造人的女娲，其故里在秦安陇城镇；

炎黄二帝的先祖伏羲，降生于天水；

秦始皇祖上在天水，麦积山对面的阳坡，是秦文公墓；

西汉名将纪信、飞将军李广、壮侯赵充国、西域都护段会宗、东汉的隗嚣、三国的姜维、前秦时期织回文丝帕的才女苏蕙、唐高祖李渊、诗人李白的先祖……俱为天水人。

像是历史长河涌起的一个浪头，这都是千多年前的人物。也就是说，自唐迄今，人事消歇，天水突然一下子又岑寂了千多个春秋。地域不生伟人，等于天上不出星辰。因为岑寂，天水郡渐渐也冷落了，萧条了。几度行经天水，留给我的印象是默无声息，尘封已久，文物、遗址、市井、风情，似乎没有什么特别的诱人之处。

这次在天水办完公事，当地的朋友知道我麦积石窟、石门山、伏羲庙、诸葛军垒、玉泉观都去过了，便怂恿我去看看距城不远的南郭寺。当今改革开放，假货充斥，滥竽充数的南郭先生比比皆是。这南郭寺，兴许和南郭先生有什么瓜葛，便想去看看。

天水市依山傍水，为川陕咽喉，从闹市中心过耤水河，沿南山山道盘旋而上，即将抵达山巅时，一片蓊郁平旷的园林突然堵截于眼前，这便是南郭寺。因为形势陡峭，山路曲折，寺院里显得雅静、安谧。

大佛殿为诵经之地，蒲团有序，钟磬俨然，早祷已过，僧人们各自坐禅去了，经堂里一个人影也见不到。庭院正中，生于同一根座的三株古柏，却非常惹眼。

这是 2500 年前的古树，人称"春秋柏"，苍干如铁似铜,粗壮异常。北倾的两株一枯一荣，枯干早被截断，留下丈许长的一段仿佛化石，南斜的一株，顶冠如碧罗巨伞，生机盎然。这两株活着的古柏南北分张，形态迥异，倾斜度均约 45 度，宛若冻结于天地间的两柱巨型时针。顺治十五年 (1658 年)，天水官员竖起一人高的青石碑刻，支撑住下倾的躯干；又过了大约 50 年，碑前丈把远复植一槐；时至当代，槐树前方又焊一铁架。石碑、古槐、铁架像"三部曲"似的逐次升级，牢牢地擎住古柏下倾的躯干。那古槐，长至触及柏干的高度，便特地横出茁壮的枝丫，死死地扛住倾斜下的柏干。在争夺阳光雨露，对同类规避或者是捂杀的树木里，这槐树抵身负重，几近于神品。古柏的生命是厚重而顽强的，那二尺宽一拃厚的石碑坚硬有棱，其顶部业已深深地嵌进了生气内蕴的古柏的躯体里，它所嵌入的深度，死死地咬住了古柏 340 年里长开的年轮。为我们导游的周先生，对地砖砌花墙所围护着的春秋柏津津乐道，认为这是南郭寺的灵魂与骄傲。

在海拔 1197 米的荒山上，古柏生长 2500 多年，也算是"饮水思源"吧，我们急于去看看东院里的北流泉。北流泉名垂古今，已被砌成一井，井上有亭，井口至水面二米五，井水深达四米，水里含 17 种微量元素，饮之清醇微甘。有一年大旱，天水市井水尽涸，人们排队上山从北流泉取水，泉水旺势不减分毫，而且益发地清湛甘美。每年农历四月八日寺院逢会，万人朝山礼佛，竞饮北流泉之"神水"。倘无这清泉哺育，那不远处的古柏怎么能春力内蕴呢？

　　泉与柏之间的空园里，坐落着杜甫草堂。草堂而今已翻修成小庙，庙台上是杜甫塑像。塑像彩饰过于富胎而失真。杜甫一生，何曾"发福"到这个程度。

　　那一年7月，关中饥馑，安史叛军再度猖獗，48岁的杜甫无法存活，只好前往秦城投奔弟弟。"满目悲生事，因人作远游。"想不到家弟已经病殁，只有侄儿杜佐住在麦积山附近的东柯谷。从至德元年开始逃难，流寓到秦州，已连续3年了（"三年饥走荒山道"），无家问死生的杜甫，陷为难民，白头乱发，为了谋生，不得不"岁拾橡栗随狙公，天寒日暮山谷里"。他在寒冷的荒山里仰面呼天："我生胡为在穷谷，中夜起坐万感集"……3年以前，杜甫吟下了天地暗相垂泪的"朱门酒肉臭，路有冻死骨"，谁能料到，他自己很快也被抛到了与冻死骨紧相为邻的绝境。难得的是，诗人的忧患意识并没有因穷困而萎缩、而潦倒，相反，他忧国、忧民、忧自身，且又是那么深情地为别人着想——想念着自己的朋友李白。

　　李白自诩"陇西布衣"，曾被永王李璘罗置幕中，唐肃宗猜忌李璘，永王败而被杀，李白受到牵连，乾元元年被流放夜郎（贵州桐梓）。杜甫在天水时，李白已在流放途中遇赦放还，而杜甫尚未得到消息，于是就在李白这"故乡"忧思如焚，多次成梦，写下了著名的《梦李白二首》，之后不久，听到遇赦的李白正在湖南旅游，杜甫又写下了《天末怀李白》。

　　唐诗的分量，也体现在这两位顶峰诗人契合如一、圣洁如雪山的友谊方面。物质第一，人穷志短。历朝历代，穷困二字挫磨、压折了人世间多少贤者！而杜甫的穷困，乃生死线上最凄凉的挣扎，他贫不泯志，穷且益坚，其感情之清湛不让北流泉，其风骨之磊落不亚于春秋柏，此时此地所吟下的百余篇诗作，是艰难时世里的典型华章，穷而后工，真是进入了炉火纯青的艺术境界。

　　杜甫穷困到拾橡栗以充饥，橡栗即橡树之果实，这本是猴子的食物。这一情景，忽然使我联想到小叶朴的果实了。

佛殿前庭那春秋柏南北分倾，其根部之正中，直直长起一株新翠盎然的小叶朴，翠荫遮掩了古柏巨大的根系。这小叶朴年年岁岁开花结籽，其籽由青绿而泛乌，成熟时节，群鸟麇集于树，啄食乌籽。籽稠，鸟众，那鸟粪在下边铺垫成厚厚的一层，默默地滋养着古柏。倘若没有这小叶朴与古柏盘根错节，扭成一团，古柏兀立于山腰迎风斗雪，两千多年噢，生命大约也岌岌可危。

南郭寺内外上下，树、鸟、山、水互为照拂，彼此扶持，这本身就是天意，也是神旨。天水郡将诗人与佛祖供奉于一堂，杜甫塑像前有一炉自己的香火，这是合乎天道的——尘世间唯有真神，才能在窘境里如此深刻地体念天地之艰难，恤悯劳苦的下层百姓，襟怀里同时又燃烧着最真挚的友情。后世尊杜甫为"诗圣"，绝非偶然。

春秋柏为什么南北分倾，倾斜度又大体近似呢？周先生讲了个传说：唐朝开国不久，秦琼、敬德景慕飞将军李广，在李广墓祭拜之后，策马上山，准备游寺，分别将坐骑拴在两棵古柏上，战马性烈，撕咬踢腾，死命拽曳，硬是将古柏南北拽斜。

李广墓就在山底下朝西不远处的石马坪，前几年我去过，凋零至极，比这南郭寺更其冷落。这里只是个衣冠冢，墓前立一尖峭砖塔，上刻蒋介石的题字——"汉将军李广之墓"。1946 年秋天，蒋介石顺路来视察天水的骑兵学校，他知道此地是李广故里，城里至今还有个"飞将巷"。国事不宁，蒋介石决心要发动内战，不知怎么想的，一路上便对李广念叨不已。视察完毕，小雨绵绵，蒋介石想去看看李广墓，同行的白崇禧、蒋经国都不感兴趣。侍从里有一位天水人舒国华，向蒋进言："伏羲人祖，李广一将。石马坪路又滑，不大好走。建议委员长去看看伏羲庙吧。"众口一词，就这样搪塞了蒋介石。离开天水时，蒋介石留下了为李广墓的题字。说到这儿，年已古稀的周先生叹了一声："身为领袖，人品不善。正因为老蒋给题了几个字，弄得李广墓也就更冷落了。"

　　生于天水的成功者，一个一个走出去了，打出去了，这里仿佛就剩下了个李广和流寓过半载的杜甫。一个是诗坛圣手，一个是军旅战神，一文一武，命运与结局又为什么如此坎坷、如此残酷呢？天生隽才，总是被权术利用，用过以后，弃之如敝屣，倾之似药渣，这是命运的力量支使的呢，还是中国的历史规律铸就的？"文章憎命达，魑魅喜人过"，这是杜甫吟于秦州的名句。而李广用弓刀与鲜血从马背上所写下的"文章"，似乎也可以用杜甫的名句去解读。山上有小庙，山根有小墓：置良知于高山兮，诗圣孤落；葬衣冠于土包兮，飞将冷凄！李广的灵魂是绝望的，杜甫的身影是苍凉的。千百年后，他们的人格形象，却是巍峨而壮丽的。这样的形象，分明是从痛苦与血泪中奋力升华起来的。我怀着无比沉重的感触，步出寺外。

　　寺门旁对植着 1300 余岁的两株唐槐，粗于碾盘，高过寺门。那位周先生，衣着整洁，先就伫立在唐槐之下。山下耤河水细瘦如线，傍河的闹市商标缤纷，人世间显得浮躁而混沌。周先生指着市对面的山梁告诉我们："我们这里是慧音山，对面那北山叫仁寿山。唐代之前，仁寿山上有座北屏寺，规模宏大，僧众数百。那寺扼控着武山通甘谷的要道。因为僧众里杂有恶徒，暗中杀人越货，掳淫少女，恶贯满盈之日，被官方扫荡，芟去了寺院。"

　　因为仁寿山恶寺被取缔，使这南郭寺独树一帜，出于尘表，更含些雅意。可是，也因为没有了北屏寺遥相对应，南郭寺也越发的寂寞。又因为同皈佛门，当今偶尔有人问及北屏寺，这里的出家人只说是焚于兵火而已，这是为佛门讳。

　　我们下山之际，半道上几辆高级小轿车飞驰而上，其速似箭，旁若无人，尘土如烟，拖于车尾。看那车牌的色与号，显然是相当级别的官员要去南郭寺"抽签"。周先生早早守立于槐荫之下，他大约是接到通知，预为迎候的了。

巨幅的隐形画卷
——自华清池到马嵬驿

历史在行进的曲折长途中，紧要之处，往往也就那么几步。

关中地区，从骊山的华清池西行到兴平的马嵬驿，也就百多里地。2700 多年间，这一区域所形成的，却是一道引人瞩目的历史风景线。现代人物画注重女性角色，我这里因循时尚，简要罗列与女性有关涉的、影响到中国历史进程的几桩"政变"事件。

骊山，是个林木繁茂得"锦绣成堆"的风景胜地。华清池温泉的上方，有快速传递紧急军情的通信设施烽火台。公元前 779 年，周幽王对 14 岁的美女褒姒沉溺嬖爱，"女要俏，笑一笑"，而褒姒却不善欢笑，幽王想尽各种办法逗引都不成功。不知怎的，他竟然命令烽火台点起报警烽火，霎时浓烟滚滚，各地诸侯紧急出动赶来救驾，马嘶人涌，戈矛林立，褒姒这才笑了，笑容灿烂。

古今中外，为逗女人一笑而动用千军万马，这可是周幽王的发明创造。多次这样取乐，被戏弄的诸侯们十分气愤。8 年过后，犬戎起兵进攻，幽王急命点燃烽火时，已经是召唤不到任何救兵了。犬戎在骊山下杀死幽王，掳走了褒姒。历时275年的西周，至此画上了句号。

西周之后500多年，立国133年的秦王朝也寿终正寝。刘邦率兵进入咸阳，"沛公入秦宫，宫室帷帐狗马重宝妇女以千数，意欲留居之"，却是被深谋远虑的张良劝阻了。势力强大，更眼红咸阳的项羽，立即攻破函谷关，进驻骊山附近的新丰、鸿门，矛头直指已据关中的刘邦。又是张良，劝刘邦赴鸿门与项羽相会，成功地导演了一场"鸿门宴"。宴后几天，项羽即率兵进入咸阳，屠城，烧秦宫室，大火数月不灭，并"收其宝货妇女而东"。刘邦亟欲染指而暂时尚未得手的"重宝妇女"被项羽掳走了。重宝与妇女并列，其实，妇女更加贵重。

如果将骊山至马嵬之间的百里路段喻之为一条巨型扁担，西安城处于正中，当是历史壮汉在挑行进程中最着力的部位。鸿门宴后800多年（公元626年），在这关键部位发生了玄武门政变。

这是李世民以弱挑强、铤而走险，以突袭方式杀兄弟而逼其父的"夺权"决斗。参与这次政变的诸多战将里，只出现一个女性长孙氏。长孙氏是隋朝将军长孙晟之女，613年嫁于李世民，见丈夫爱习武艺，善拉强弓，便将家中珍藏的父亲的良弓交给了丈夫，李世民高兴得通宵难寐。玄武门政变前夕，《新唐书》记载："及帝授甲宫中，后亲慰勉，士皆感奋。"也就是说，在虎口拔牙的关键时刻，长孙氏是一个直接的参与者。倘是没有玄武门政变，历史上不会有"贞观之治"，也就没有毛泽东所称许的"第一明君"李世民。

长孙氏下世后安葬于昭陵。昭陵脚下不远处，是兴平的马嵬驿。玄武门政变过去130年，在马嵬驿又发生过一次兵变。

756年，安禄山在洛阳称帝。6月，唐玄宗命右相杨国忠（贵妃杨玉环之兄）督哥舒翰进兵，哥舒翰以征兵未集，请待之，杨国忠疑其将图己，便诬其逗留养寇。玄宗下令即发，哥舒翰抚膺大恸；引兵出潼关而战于灵宝，大败。玄宗大怖，弃长安西奔，逃至马嵬驿，将士以祸由杨国忠出，杀之，尽屠杨氏，且将杨玉环绞死。将士们强烈要求绞死杨玉环，是杀死了杨国忠，其妹杨玉环就不宜再在"御前供奉"，因为"枕边风"实在厉害，杨国忠既然可以凭仗杨贵妃而为相，兄长被杀，其妹当然也就有可能伺机报复。

马嵬驿兵变 50 年后，白居易写下了脍炙人口的《长恨歌》，自骊山下的"春寒赐浴华清池，温泉水滑洗凝脂"一直写到马嵬驿的"六军不发无奈何，宛转蛾眉马前死"，将一场军事、政治上的重大纠葛，延伸百里，完全扯进帝王家的爱情悲剧里去了。我常常在想，这难道就是白居易所主张的"歌诗合为事而作"吗？

马嵬驿兵变 1180 年后，爆发了震惊世界的西安事变。这次事变里穿织着三个女性，像三只勇敢矫捷的海燕翻飞于激雷闪电之中。天造地设吧，恰恰又是三位事变主角的爱侣。

蒋介石突然被扣，西安、南京两大营垒之间炮火在即，宋美龄正是在此一触即发、一发而玉石俱焚的危急形势下挺身而出，主动飞往西安救护夫君的。扣下宋氏而添一重要人质，进一步加重西安兵谏的分量，是完全可能的。对这一着棋谁都看得很清楚。宋美龄力排众议，冒死启行，竟然以优越女性特定的温柔手腕缓解了蒋介石与张学良之间剑拔弩张的敌视气氛，对"和平解决"这场事变从个人感情角度起到了任何人也无从取代的催化作用。假如没有宋美龄这一机警果决的巧妙穿插，西安事变这一页历史显然会潜伏下重写的可能性。

张学良的私人秘书赵一荻，是他私奔同居的情妇。在张学良突然跌下政坛，被囚禁 50 多年的岁月里，赵一荻能洗去铅华，抛却仅有的儿女情牵，霜晨月夕，矢志不渝，夜雨秋灯，坚贞如一，默默无声地陪伴张学良。在这里，爱情结晶成的含义是牺牲、埋没，赵一荻把天然美丽的一身化作了张将军后半生不幸生命中的一盏灯火，化作了足以使张将军在大灾大难中寿逾百年的一线命脉。

杨虎城被囚之初，其妻谢葆贞本是侥幸摆脱了罗网的，她可以携起一群小儿女埋名隐姓，从容地化作起伏于荒原风地里的小草，蓄芳待来年。可她清楚，丈夫所面临的是一潭无比黑暗、无比浩茫的苦难，是无边无底的深沉的苦海。打定了主意，她便毅然决然地去陪伴丈夫，在牢狱里伴着夫君整整熬过了十载，殁后火化成灰，杨将军抱着她的骨灰盒又持续了两年。她是他生命的一部分，她的骨灰里有他的血和泪。一个身历过刀兵烽火的爱国将领捧着这样一个骨灰盒，仅仅两年，头发很快白了，白于霜雪！

三位女子出身不一，教养有别，都年岁轻轻，爱情上的勇敢、坚韧、贞烈则是一致的。精卫填海，不足以喻其精诚；哭倾长城，实难以解其情结。西安兵谏的台前、幕后，这是罕见的、非常动人的一笔。倘若标此史实为"小说"，读者必定认为虚构得过于失真。

杭州被誉为人间天堂，中外游客无不向往。当年我在宝鸡当兵时，我们处长就是杭州人；转业之后进杭州市卫生局担任领导。局里的老同志有一次外出旅行，由他领队，所选中的目的地就是西安。美女们生死沉浮、哭哭笑笑的华清池、马嵬驿，当是预为安排的旅游景点。

这一行来自"天堂"的客人，自然都是有文化、懂历史的了。否则，在这长逾百里的苍茫原野上，仆仆道途，盲人摸象，能有什么意思呢？

《宝鸡日报》2016.5.24

笔走孟良崮

史谓"关西出将"，我当过兵，便对故乡长安的人文历史分外留意。汉代，关中西部的扶风有个伏波将军马援，唐时，东部的华县有个中兴名将郭子仪，声名烜赫，光照史册。这扶风与华县之间的长安，数来数去，名将应是张灵甫。

我4岁那年，张灵甫就阵亡了。嗣后70个春秋，怎么就阒然无声呢？就连他的出生地长安大东村，人们也闭口不提。原因很简单，他是成名于抗日战场，却是毁身于山东的孟良崮。

一

张灵甫1924年投笔从戎，入黄埔军校四期，与刘志丹、林彪、袁国平、郭化若、胡琏、李弥、文强、唐生明他们站到了一起。

抗日期间，一直在王耀武麾下南征北战。

1937年，51师开赴上海，参加淞沪会战，张灵甫勇猛果敢，指挥有方，嘉定作战时面对蜂拥冲锋的日寇，身为团长，他甩掉上身军装，抱着机枪，率百余名敢死队队员跳出战壕，杀得敌人丢盔撂甲。

1938年，对江西德安的日寇进行反击。张灵甫亲率突击队，穿越艰险的深山峡谷，飞夺张古山。日军出动飞机重炮，几将张古山夷为平地，张灵甫他们与之浴血鏖战五天五夜。德安大捷后，升为旅长。

1939年春，率部参加南昌会战，在前沿指挥战斗时，右腿被日军机枪子弹扫中，负了重伤，他不许军医锯腿，匆匆包扎后再度投入战斗……从此留下残疾，称"跛腿将军"。

1943 年常德之战，张灵甫所率突击队异常凶猛，为收复常德立下战功。1945 年 2 月授中将军衔，任 74 师师长。4 月，芷江保卫战，在铁山与日军血战获胜，荣获三等宝鼎勋章。

1946 年春，升任 74 军中将军长，兼南京警备司令，身为"御林军"的首领，在南京各处巡逻，路人送其"瘸司令"的绰号，张灵甫听后哈哈大笑："我瘸了，中华民族站起来了，不好吗！"俏皮中狂态可掬，潇洒幽默又豪迈大方。

战功卓著，名至实归，张灵甫被誉为"抗日第一名将"，可他阵亡之后，其声誉却不能与爱国将领佟麟阁、赵登禹、张自忠、戴安澜同列，内中原因很可以引人深思。

二

国民党军队五大主力，其间，整编 74 师首屈一指，朝野上下，视师长张灵甫为常胜将军。

抗战结束，山东大部为解放军控制。1946 年 6 月，蒋介石一声令下，全国性内战爆发。翌年五月上旬，国民党 3 个兵团共 17 个整编师由临沂、泰安一线分三路齐头并进，稳扎稳打，向鲁中解放区进攻。此时，74 师 50000 余众精缩成 32000 余人，武器装备全部改为美械。"急先锋"张灵甫，率部兴冲冲地杀向苏北。

淮阴、淮安是华东解放区的首府，鏖兵之后，张灵甫攻占了"两淮"，接着又攻占了泗阳、宿迁、涟水。一路顺风，张灵甫便夸下海口："有 10 个 74 师，就可统一全中国。"他当面向蒋介石保证："委座，把新四军交给我吧！有我们 74 师，就让新四军死无葬身之地。"此时，华东野战军的指挥者是陈毅、粟裕，张灵甫自以为世无敌手，将陈、粟压根儿就没搁在眼里。

临沂当时是中共华东局、新四军兼山东军区领导机关所在地，张灵甫攻占之后，立刻向蒋介石报功。一时间，"临沂大捷"的号外在南京满天飞，"鲁境国军势如破竹""74师勇冠三军"的大幅标语糊满南京。张灵甫身披黑大氅，手持司迪克手杖，傲然站立在临沂高大的城墙上，挥动右手朝空中猛力一抓，对部下大叫："活捉陈毅、粟裕，指日可待！"

三

5月10日，国军南线兵团整编74师与25师等作为主攻渡过汶河。11日攻取重山、艾山，12日占黄鹿寨、三角山、杨家寨，13日攻占马山、迈逼山、大箭，距离坦埠已不到6公里。不料想在当天夜里，附近垛庄等地的道路被解放军经一夜150里急行军占领，一刀切断了74师与周边部队的联系。此时的张灵甫，没有选择从其他方向与大部队会合，而是命74师进占孟良崮，固守险要地形，等待、引诱解放军前来进攻。

蒋介石在听说74师上了孟良崮，又惊又喜，当即致电汤恩伯、张灵甫等说明其战略想法：

顾司令祝同兄、恩伯、灵甫兄勋鉴：今已得知灵甫之74师被围孟良崮，甚惊，又甚喜。其惊之因是灵甫被困，随时有危险发生。其喜之因是灵甫给我国军寻找了一个歼灭共军陈、粟部于孟良崮的大好机会。因为我74师战斗力强、装备精良，且处于有利地形；再之，有恩伯、敬久、欧震三兄兵团大军云集，正是我国军同陈、粟决战的好机会，现命令74师灵甫部坚守阵地、吸引共军主力，再调10个师之兵力增援74师，以图里应外合，中心开花，夹击共军，决战一场，歼陈、粟大部或一部之兵力，一举改变华东战局。总之，一切均仰仗诸位精诚团结，协同作战，为党国大业献身出力，乃千秋之荣也。

蒋介石与张灵甫默契如手足，思路不谋而合。国军一直想与解放军主力进行决战，认为这一下可是逮住了机会：解放军欲吃74师这一块"肥肉"，必定集结于孟良崮；解放军27万人围住74师，而国军40多万大军从外边再围裹一层，包个饺子，内外夹攻，让解放军腹背受敌，消灭陈、粟当然是"指日可待"。张灵甫诱敌于孟良崮的设想，正中蒋介石之下怀。蒋介石急忙飞临徐州，命令张灵甫坚守阵地，并严令孟良崮周围的10个整编师（特别是李天霞、黄百韬的部队）尽力支援74师。

当时，国军之重兵集结于孟良崮周围100公里范围之内，依照正常行军速度，一天之内俱可以到达援点，实现铁桶合围；而以74师的训练、装备，固守一两天，是完全可行的战术想法。从电文里可以看出，蒋介石是"喜"大于"惊"，他觉得这个"金娃娃"是抱定了。

四

云集的国军步步为营，华东野战军多次调动敌人，不能得手。在毛泽东"要有极大耐心"的指示下，陈、粟密切注视着错综复杂的战局变化。一看到大部队齐头并进的74师以冒险、突进的步伐上了孟良崮，当机立断，雷厉风行，命令第1、4、6、8、9五个纵队进行围歼，第2、3、7、10四个纵队阻击援敌。

此时，双方的战略意图已非常明显：如果国军其他部队在74师被消灭之前赶到孟良崮，则进攻孟良崮的解放军将陷入腹背受敌状态。这也正是国民党方面一直寻求的与长期游击战的解放军进行正面对决的大好机会。计划一旦成功，则陈、粟指挥的华东野战军将面临灭顶之灾。一把巨型的、锐利的双刃剑，寒光四射地摆在了国共两军之间！

而陈、粟的愿望，则是在"百万军中取上将首级"，消灭装备最精锐的王牌 74 师，狠狠地打击国军的士气。陈、粟下令：打援部队要不惜一切代价，坚决拦住援军；围歼部队要猛下铁拳，速战速决这两条原则，绝对不能马虎。

5 月 13 日下午 7 时，陈、粟集中钢铁式的五个纵队，突然间对 74 师发起猛攻，15 日拂晓，将其分割、包围于孟良崮山区。蒋介石急调 10 个师增援，均遭顽强阻击。解放军翻天覆地的强大攻势，迫使张灵甫不得不撤到孟良崮固守。崮者，四围陡峭、顶端平缓之山。孟良崮又称石头山，海拔 526 米，花岗岩结构，传说北宋名将孟良曾在此屯兵，故名。

5 月 15 日，在这座没有水源也没有草根树皮的光秃秃的石头山上，战斗空前激烈。解放军的炮弹倾泻而下，弹片与碎石到处迸溅，伤人无数，伤兵呼天喊地，连少将旅长陈传钧也被炸伤了右脸。第二天下午，张灵甫被击毙后，枪声骤停，战斗结束，天空忽然阴云四合，暴风雨飘然而至。

对这场暴风雨，国民党方面认为："此时天空惨阴，狂风走石，雨雹骤降，若为我师忠贞不屈，全部惨烈激昂之战斗牺牲同悲泣者，上天垂象也异矣。"蒋介石老泪纵横……沂蒙老百姓则认为，四天激战中无一星雨，山上断水，人渴极了，只好喝自己的尿；机枪管烧红了，只能用马尿去浇。战斗结束而大雨滂沱，正意味着天意灭蒋。毛泽东得知 74 师被歼，兴高采烈，当晚吃了一大碗红烧肉。

五

张灵甫正因为身名俱毁于孟良崮，才致使这位灼亮耀眼的将星倏忽间趋于黯淡，流星似的坠进了大海。70 年间，在中国人民的反法西斯史册上罕见其名。

张灵甫率领的 74 师毁败于孟良崮的原因，实际上并不复杂。

其一，常胜则骄。张灵甫在临沂城墙上挥手大叫的狂妄形象，是其在数年间从团长迅速晋升到旅长、师长，直至中将军长的必然姿态。强悍蛮横的日本侵略者且屡败其手底，敢于冒险踏上孟良崮，意欲"中心开花"，为国军创造一个大奇迹，正是张灵甫麻痹大意、错误估量华东野战军的心理表现。骄傲而轻敌，犯了兵家大忌。历来的逆历史潮流而动者，总认为自己战无不胜，狂妄失态的形象，也正是大祸临头的先兆。

其二，骄则必愚。愚则暗于知彼。张灵甫只看到自己的军队装备精良，有大炮、坦克和飞机，他没有想到大炮、坦克在山区不起作用，反成累赘，在最危急之际，飞机向孟良崮的 74 师投送支援物资，这物资反而落到解放军的手里。彼此的兵力，蒋介石、张灵甫只看到华野是 27 万，没有想到其背后有 23 万奋力支援的民工（且不含临时民工）。战争的威力潜藏在大地民众之中。枪林弹雨之下，民工们运送弹药、救护伤员，把粮食、烙饼、鸡蛋源源不断地递到解放军的手里……

愚妄之痼疾,病根尤深，也致使张灵甫暗于知己。这次战役的"天时、地利"，蒋介石认为对己方有利，纯属误判；至于"人和"，蒋介石也还提出个标语口号式的"精诚团结，协同作战"，而张灵甫对此则是连想也没有想到。张灵甫在崮上死守了三天（实现了蒋介石的预想），四周的援军却是一步也没能靠近。战后检讨时，总指挥汤恩伯被撤职，合围不力的黄百韬被撤职留任，别有用心的李天霞被送交军事法庭审判……"冰冻三尺，非一日之寒"，国军高级将领之间暗地里形成的貌合神离、钩心斗角，终于导致了张灵甫被埋葬的最后结局。

孟良崮战役的算盘珠儿拨错在哪里，战后的蒋介石口里不言，心底比谁都清楚。

愚悍者意气用兵，勇大于谋。若是据此认为张灵甫仅具匹夫之勇，也未必恰切。张灵甫在北京大学研读过历史，对历史进程中的先机之兆有微妙的预感。1944 年底，蒋介石到重庆陆军大学召见他，张灵甫对之进言：中国当前之患，不在日寇之侵略，而在"共匪"之叛乱。若抗战胜利，彼必乘战后疲惫，起而叛变，望早为之计。学生如此进言，蒋介石龙心大悦。国共和谈期间，两党中均不乏乐观论调，张灵甫则告诫部下："国共不并存，当体察政府苦心，努力备战，挽救民族，切勿为谎言所误。"

内战开打，国民党尚占上风，张却说道："共军战略战术均优于国军。""年余将死无葬身之地。"进入山东战区，时或出现"活捉张灵甫"的标语，张灵甫给家人的信里却这样写道："他们要活的，我就给他个死的。"通过这等不连贯的谶语，可窥知愚忠、勇悍的张灵甫也不尽然是一介勇夫。

5 月 15 日，在孟良崮的指挥所里，蔡仁杰抱怨："师座，早知这样，我们真不该上孟良崮。"张用手杖敲着石桌大声说："上孟良崮是副参谋长李运良的主意嘛，怎么能怨我呢！"李运良官居少将，气呼呼地顶撞："师座，话不能这么说！我们都是快死的人了，人可死，账不能死。上不上这里，我确实提过建议，但决定权完全在师座手中，是你最后拍板上孟良崮的嘛！"张闻言勃然大怒，破口大骂中拔出手枪，对李运良"砰""砰"开了两枪。李运良知道师座的骨子里是个"冷娃"，眼疾身快，一闪身躲过了射来的子弹。说来说去，张灵甫终于是个"陕西冷娃"。

孟良崮与和州之乌江南北相照，而张灵甫比起自刎前夕的项羽，"冷娃"与"人杰"之间的质地差异，似乎也泾渭分明。分明归分明，而"冷娃"与"悍将"之间，到底有多大区别呢？

六

抗御外侮乃成就英雄之阶，反过来，坚持弱肉强食的内耗政策者，只能以身败名裂收局。张灵甫以他兴起也勃、其沉也疾的 44 年的鏖战历程，再次验证了这一条真理。

1973 年，周恩来让人找到侨居美国的王玉龄（张灵甫的遗孀），邀其到北京访问；安排时间，扶病接见时，周总理称赞张灵甫是个很好的将才，遗憾自己当年在黄埔军校任教时，未能将张争取到共产党一边。言下之意，我们民族的精英倘若不损折于内耗与内战，中华民族该是多么幸运呀。

2005 年金秋，首都人民大会堂隆重庆祝抗战胜利 60 周年，王玉龄见到了胡锦涛等国家领导人。国家和人民记着王玉龄，意味着中国人民对张灵甫抗日功绩的尊重与怀念。"冷娃"也好，"功臣"也罢，自古英雄都是梦。只要是为中华民族的解放与独立切切实实奋斗过的人，不论其生前曾经纠葛于怎样深重的功过与是非，中国人民是永远不会忘记他的。

我的故乡长安，曾经有过这样一位起灭倏忽的乡党，在史案上，一时也说不清是荣耀呢还是羞辱。返回头检点历史，曾有过多少叱咤风云的民族英雄，最后是栽倒在中国人自己的手里？这可实在是个引人深思的重大题目。要说中国人丑陋、落后，这大概是个很关键的穴位。所以说，在岁月的长河里，张灵甫之起落浮沉，也还有另外的寓意。

一束蒲公英

　　吴焕先的家在红安县曹门村。1929 年的一天，与吴焕先在一块的曹学楷来曹门村了解土改情况，顺便去看望吴焕先的母亲。言谈之间，吴妈妈唉声叹气地抱怨儿子的婚事："焕先呀，都 23 了，把自个儿的终身大事压根儿就没放在心上，劝都劝不成哩……"

　　"大娘，这事你别着急，他已经在我们村看上了一个姑娘。"

　　曹学楷住在十几里外的刘家园。吴妈妈听了这话，忙笑着问："人家姑娘叫什么名儿？今年多大了？"

　　"姑娘排行第六，人称'六姑'，小焕先两岁。"

　　"人家姑娘能看上我家焕先吗？"

　　"他俩的事，我看差不离儿。刘家园办了个夜校，焕先常去，六姑为大伙招呼沏茶，每次都把第一盅茶端给你家焕先，别人在一旁都逗趣儿哩。"

　　吴妈妈更高兴了："怎么个逗趣儿？"

　　"有人叫道：'六姑，你为何总是不给我们倒头一盅呢？'六姑很大方：'人家路远，倒茶也得有个远近先后嘛。'众人不依：'什么远近先后，就因为他叫焕先，你叫干先，两人的名字都占个先字，所以别人没得份儿。'满屋哄笑，臊得他两个满面通红。"

　　晚上，焕先刚进门，母亲就拉住他的手喃喃地说："今日曹学楷来了，说了你和六姑的事儿，这六姑是谁家的闺女啊？"

　　焕先笑笑："人家就是曹学楷的妹子！"

　　母亲双手一拍，更乐了："嘻嘻！这事你咋不告诉我呢！"

"娘！我们是闹着玩的，你怎么就当了真呢？"

"人家当哥的都对我挑明了，有这么玩的吗？"见儿子笑而不语，母亲又说："这样吧，事情成了，我看开春就娶过来。"

开过年元宵节，从隔一道山岭的刘家园来了两个到曹门村看热闹的姑娘，忽然就拐进了吴家，声言说讨口水喝。吴妈妈为她们沏了茶，又摆上一盘油果，两个姑娘无话找话，迟迟地不想离开。吴妈妈一听说她们是从刘家园来的，立马多了个心眼，转弯抹角地问道："你们村有个叫曹学楷的，认识吧？"

俩姑娘对视一眼，抿嘴儿笑了，一个姑娘立时显得很不自在，红了脸颊。吴妈妈细细地瞅住她：中溜个，圆脸庞，水灵秀气的眼睛扑闪扑闪的，越看越心疼。吴妈妈猜测：平白无故上门的两个姑娘家，这一个兴许就是"六姑"。

于是又问："姑娘，你叫个啥？"这姑娘把头勾在胸前，一声不吭……另一个姑娘从旁递话："她就是你想看看的那个妹子嘛！"吴妈妈一下子高兴得眉开眼笑，眼泪花都迸出来了，撩起衣襟忙擦眼窝。

婚期定在农历二月二十八，新房门前的喜联是：

推翻封建陈规　振作精神来革命
按照苏俄新法　解除痛苦为穷人

晚间闹洞房，大伙要六姑唱歌，六姑怕唱不好，老老实实恳求："唱歌免了，耍个别的吧。"

"耍别的也行，可要来个有味道的。"有人提议，"让新媳妇平躺在炕上别动，好让新郎官上去骑个马马，还要俯下去亲个嘴儿！"

"不不、我不……"曹干先双手捂住脸，缩在炕角不肯起来，几个嫂子上去七手八脚，将六姑硬是平展展地按压在炕上，小伙子们抬起新郎，骑在了新娘身上……

夜深人散，红烛下的一对新人情意喃喃。新郎说："从今往后，你就是这个家里的人了，担子可是不轻呢。"

"我哥哥说过，共产党有两个家，一个大家，一个小家。你就好好革命，我在屋里照顾咱娘，看好这个小家。"

蜜月第 5 天，吴焕先即去了皖西红 12 师，投入了戎马倥偬的烽火生涯。

展眼间过去了三年，四方面军离开了大别山。吴焕先（时任军长）与省委书记沈泽民则带着重建后的红 25 军，在家乡附近坚持斗争。

中央指示他们攻打七里坪，因敌我力量过于悬殊，吴焕先说道："在我们走投无路时，中央给我们没有一点指示，现在刚刚喘过一口气，就指示我们打这打那，鄂豫皖已经有过太多的血与火的教训，我们能不能冷静一些！"

沈泽民不以为然："中央指示，就得照办。再说，又不是叫你去打武汉，怎么就推三阻四呢！"

吴焕先说服不了沈泽民，红 25 军终于包围了七里坪。围城月余，便进入了青黄不接的夏季。起先，老百姓还能从锅里为红军省出一把米、一把面，可日子一天天艰难，后来只能去挖野菜、掐油菜叶子，或薅点豌豆苗之类，送到红军的阵地上。红军不得不派小股部队在夜间出去"打粮"截获敌人的给养。古枫岭一仗，就是以 340 人的伤亡，换来了 22 袋米和 30 袋面粉。代价太大，吴焕先急得满嘴燎起了火泡。

为了支持红军，吴妈妈和六姑都在外乞讨。当婆媳二人将一袋子掺和在一起的大米、小麦、黄豆、谷糠、麸皮托人送来时，吴焕先心里难过极了。一个多月没有回过家的吴焕先，又哪里知道家里的艰难——空旷的原野上，妻子一手扶着母亲，而另一手臂弯着的竹篮里，尽是些青稞穗子、豌豆角，再就是一束灿亮的蒲公英小花……

5 月的一天，吴焕先正在开会，供给主任（吴焕先的堂叔）突然匆匆地跑上山来，对吴焕先说："军长，你媳妇打屋里来了，就歇在山脚下，你是不是下去看看她，她好像……"

吴焕先先是一愣，接着就很不耐烦地说："哎呀！也不看眼下是什么时候，部队这样艰难，我哪有工夫见她？"

"看那样儿，像是有什么重要的事情要跟你说，你还是……"

面对堂叔的恳求，吴焕先只得吩咐警卫员："你下去料理一下，问家里有什么事，问完就催她回去。"

警卫员下山见到曹干先，一下怔住了，嘴张了半晌也没喊出一声"嫂子"来。原先那白净好看的脸庞，像是被碱水泡过一般，又黄又瘦，苍老了许多。见到警卫员，脸上又泛起淡淡的红晕，随手把个装着半篮蒲公英小花的竹篮拎到警卫员面前，羞涩地说："你不晓得咧，妇道人家害口，就想吃点新鲜……"

警卫员一个毛头小伙，根本不懂得"孕妇害口"是什么意思，只是劝她早点回去：这里正在打仗，不是久留之地。不料想六姑听了之后，拗着性子不肯回："这些我知道，俺老远地赶来，就是想见他一面，行吗……"警卫员连连摇头："军长正在发脾气，你千万去不得。弄不好，我也要挨骂。"

拗了一会儿，六姑好像是打消了上山的念头，苦涩地笑笑，说道："不见就不见了吧。那就麻烦你告诉他一声，就说我……有喜了！"说罢，双手递给警卫员一个粗布小包，转身走了。

包里是十几个鸡蛋，警卫员交给了吴焕先，却是忘记了她叮嘱转告的"有喜"的话。

隔了几天，警卫员出外打粮时，在人烟稀少的荒郊，竟意外地看见了六姑：一身破絮，倒在地上，脸上青紫，警卫员拼命地又是摇又是喊，她却再也没有醒过来！就这样，她，连同她腹内那个小生命，悄然远去了——为讨要得更多一些，婆媳俩将附近跑遍了；仗着年轻，六姑是走得离家愈来愈远……

吴焕先一捶砸在自己的头上，蹲在地上直哭得地动山摇！

沈泽民曾见过曹干先一面，那是个多么标致的小媳妇噢！走了，她走了，悄无声息地走了。回想自己与吴焕先在执行中央指示上的分歧，他低头不语，眼里噙满了泪水。

军情似火，警卫员他们埋葬了六姑的遗体。吴焕先摘下一束盛开的、染露的蒲公英，搁在妻子留下的小竹篮里，跪在地上，颤抖着双手，轻轻地安置在她的小墓之前！

延河曾是爱之河

　　长征结束后，中央 1935 年 10 月落脚于陕北。由此，这里聚集了一群坚强如钢铁的人们，致使延安产生出强大的"磁性"，孕育出无可比拟的诱惑力。天南地北追求光明的热血儿女向往延安，纷纷从各地奔赴这一方神奇的黄土地。这在 1937 年、1938 年达到高潮。据不完全统计，1938 年 5 月至 8 月，由武汉八路军办事处介绍去延安的有 280 人，而西安八路军办事处则输送了 2288 人……一伙伙、一串串投奔延安的队伍里，有十分之三的知识女性，其中有女大学生、抗婚者、将门后裔、著名演员、豪门闺秀、小家碧玉、侨商之女……她们怀着崇高的理想，义无反顾地奔向心目中的圣地延安。

　　那时节的延安，并没有人倡导爱情，更没有谁将婚姻二字摆到会议上，写在文件上，平时也不常诉诸言谈之间。然而，一桩接一桩的婚恋、一宗连一宗的喜事，像春风春雨后的野花一样，茁壮、频繁地绽放于延河两岸。

　　陕北 13 年，爱情故事有多少，从来也没有谁详细统计过。其中出名的有：卓琳，邓小平；薛明，贺龙；黄杰，徐向前；浦安修，彭德怀；叶群，林彪；杨炬，王树声；傅涯，陈赓；谢雪萍，张学思；汪荣华，刘伯承；王光美，刘少奇；林月琴，罗荣桓；郝治平，罗瑞卿；于若木，陈云；朱仲丽，王稼祥；王新兰，肖华；苏菲，马海德；陈真仁，傅连暲；谷羽，胡乔木……

　　身经百战、出生入死的战将们率先成为女性注目的着落点。

　　抵达延安后，战将们的第一轮婚姻，是与为数不多的从长征中患难过来的女性（参与长征的多数女性为战争风云所吞没）迅即成家。

漫漫征途中，他们生死相携，风雨同舟，频仍不断的烽火征程无形中充当了"红媒"，抵达延安而成婚，属于水到渠成。

第二轮姻缘，是战将们与各地汇拢而来的知识女性的婚恋。那个年月，在偏远贫瘠的陕北，女性年轻而具有文化，尤其令人瞩目。男性对知识女性难于掩饰的神往与倾慕，被当地老乡看在眼里，编成民歌：

> 三八枪，带盖盖，
> 谁说咱八路军没太太？
> 等到革命成了功，
> 一人一个洋学生。

知识女性怀着追求光明的理想和愿望热情地来到延安，在延安这块光秃秃的黄土地上，著名战将们的业绩最是引人注目。女性们搜索与倾慕的视线，不能不集中在这一群民族精英的身上。这是天造地设的特定格局，是特殊环境下的必然抉择。

延安时期，总体的精神面貌呈现出一个"桃花源"式的新境界。这地方没有贪官污吏，没有赌博，没有娼妓，没有小老婆。有的是纯洁、神圣的婚恋生活和爱情画面。这洁净新鲜的风气，显示着朝气蓬勃、蒸蒸日上的心理深层结构，也展示出革命根据地自信、自强、自尊的主体格调，在历史进程中，形成最是难能可贵的一页。

战将们的婚恋，有如下特征：

速战速决——男子已进入中年，硝烟烽火中很少有过婚恋。男儿女儿为着同一目标来到延安，大前提一致，心有灵犀，导致其恋爱过程一拍即合，从不拖泥带水。

婚事简朴——女子不过于修饰，天然如出水芙蓉；男子稳健而凝重，不尚巧言，也不炫富（无富可炫），无所谓门当户对。这种互古罕有的简练结合，衬托出了延安婚恋的大度、真诚、简美。

蜜月倏忽——因战事频仍，常见成婚一两天或三五日后，便"挥手自兹去"，男儿一人或夫妻二人，"解带结缰牵战马，扯袍割袖补大旗"，勇敢地踏进了远方的烽火硝烟。

其间还有一点尤其不容忽视：几乎所有的战将之恋，毛泽东的态度一概是"玉汝于成"。为战将在延安成个家，是整个革命队伍于蛰伏中酝酿生机与活力的一着妙棋。延安时代那么多珠联璧合式的姻缘，只要漏出一线希望的光芒，毛泽东则竭力成全，或主动牵线，或上门祝贺，或设法促成，这在一切伟大人物的阅历中是绝无仅有的。

在这样舒朗、自由的天地间，鬼使神差吧，众多情侣便不由自主地踱近了延河，陶醉在延河边上，日夜不息的延河也就焕发出多姿多样、扑朔迷离的浪漫色彩。

谢雪萍出现时，张学良之弟张学思突然勒马嘶立于延河边上；罗荣桓每天黄昏策马渡河，与林月琴约会；杜惠、郭小川；丁雪松、郑律成；石澜、舒同；伍真、黄正光；董慧、潘汉年……弯弯曲曲的延河畔，到处留下了双双对对幸福的印迹。夜间的站哨巡夜者，时见蒙古族女英雄乌兰和男友克力更坐在河边的石头上，紧紧拥抱，吻声喋喋，直至深夜。女同学开始看不惯，背后悄悄议论这乌兰太"黏糊"了；可心底里，又对乌兰羡慕得不行，有的在夜里故意坐在距他们不远不近之处，暗暗地分享那缱绻缠绵之乐……在这里，倒是验证了罗曼·罗兰针对人性说过的一句点穴之言："没有一场深刻的恋爱，人生等于虚度。"

延安时代，革命与解放是近义词。正因为如此，真革命与大浪漫、大自由并不讲求什么物质条件，它只是人性的一种质朴至纯的表达，是历史大格局里的一种正常、和悦的精神现象，美轮美奂，又天经地义。也无妨这样认为，人间的爱情在延河畔化作了众多年轻人命运里最有力、最强悍的塑造者，演出了革命生涯中最生动、最卓越的一幕。

延安时代的男男女女，是从黑暗社会里迸溅出的火花，是从腐土里崛起的新芽。这么多的优秀儿女"有缘千里来相会"，同时也铸就了重大的、一辈子也无法割舍的政治渊源。闻一多说过，"历史身上要注射些感情的血液进去"，否则，"历史便是出土的僵尸"。所遗留下来的问题是，爱情"血液"一如延河之流水，蜿蜒曲折，谁也说不清其流程中周折、跌宕的方向与方位，即便是杰出的当事人，谁也无法预见日后与将来，究竟会潜伏着什么样的前景。

爱情，善于在艰难中结盟，乐于在危险中漫游，也易于在幸福中迅速变易，发生异化。男人有了一个好女人，在常人眼里，便是拥有了这个世界上最珍贵、最美好的，可遗憾的是，这"美好"的因子在男女双方的身上水一样稍纵即逝，无法固定。

比如，江青、叶群这样的女性，成婚于延安时，政治意向很可能是朦胧的，也许并未决意要介入政坛，染指权力；而是在以后的生活里，眼看着身边人日理万机，废寝忘食，也才渐渐地萌生了尝尝权力那一坛"老酒"、品品其间滋味的欲望。酒入襟怀，经久成瘾，足以移人性情。最后的收局是江青自裁于秦城监狱，叶群焚毁于温都尔汗。这两个地方，距延河是太遥远了。

历史进程是不可抗御的。"天若有情天亦老"，在岁月之刀的无情切割之下，情爱姻缘之美质的流失一如大浪淘沙，风扫落叶，滞留实难。

《党员文摘》2004.3

雄秀的米脂

　　陕北地方多以山水的自然形势命名，唯独"米脂"以黄土地滋育的小米养分来命名。《米脂县志》云："此地有米脂水，沃址宜粟。米汁淅之如脂，故以名城。"这两个字摄取了陕北诸多物产里的精华，致使"米脂县"在星罗棋布的地名里也是独成一格。

　　从古至今，米脂姑娘以俊俏秀丽驰誉天下。由于她们频频外嫁，使米脂竟然有"丈人县"（岳丈县）之称。有一年秋天我从县城经过，城里正在举办"米脂妇女革命史迹展览"，从一系列照片及统计图表上看，自米脂嫁出去的婆姨们，后来当上省部级和厅局级干部的少说也有近百人，而县团级以上的，竟达580多人。

　　美女貂蝉，据说就出生在米脂的艾好湾。貂为山野珍兽，机警万状；蝉则饮露而生，依柳亲风。在汉末的政治舞台上，貂蝉演出了一幕石破天惊、谁也无法取代的重要剧目。这位空前绝后的女子真的生在艾好湾吗？有人说其父母本是湖南常德人，在长安经商，生计艰难，其女貂蝉自小便沦落风尘了。长安距米脂并不很远，商旅人家，漂泊不定，也很可能在艾好湾滞留过一段岁月。

　　米脂出美女的原因，更重要的恐怕是"远缘杂交"所致。

　　陕北在三国时代是羌胡之地，魏晋时匈奴盘踞，唐代则突厥占领，宋时西夏入侵——连续不断的战争，使陕北出现了数座"吴儿堡"。今天的吴堡县，便是当年遗落下的最大的一座。《元和郡县志》载："赫连勃勃破刘裕子义真于长安，遂虏其人，筑此城以居之，号吴儿堡。"游牧部落铁骑纵横，一日千里，长安算不得什么界限。将吴越美女从江南水乡掳掠过来囤积于山城之内，专供他们寻欢取乐，这才是"吴儿堡"的真旨。

米脂切近吴堡，嗣后的米脂婆姨，十有八九也是从战云里撒下来的"种子"。时代交替，战云远逝，不明底细者还以为是陕北的小米养育了美女呢。我说，灿亮的小米倘若是金色的土地，战争才是在这片土地上播撒种子的强悍的巨掌，这握刀剑、握马缰的手掌是残酷的、原始的，沾染着兽性，挟带着粗暴。可由它撒开的种子，却染有迷人的粉红色。前些年，南方经济发达的城市特意来米脂选演员，挑服务员，单是 1992 年至 1994 年，由米脂县劳动人事部门介绍到外地的女子就有 1400 多人。长期以来，铁骑如云南下于先，美女似水南调于后，也就更加证实着米脂是一方神异的土地。

在这里，人们常常忽略一个潜伏着的重要题目：天地日月，相辅相成，倘是没有雄性的、伟岸的男儿们，米脂的女儿能一枝独秀吗？

杜斌丞，米脂人，曾就学于北平，1930 年在杨虎城麾下任高级参谋，相貌堂堂，蓄一副李大钊式的八字胡。西安事变后，他提出"跟共产党走"的口号。蒋介石两次派人送去国民党党员登记表，均被他撕得粉碎。1947 年秋，被蒋介石栽赃杀害于西安玉祥门外，毛泽东为之题写了"为人民而死，虽死犹生"的挽词。

李鼎铭，米脂人，面容清癯，中溜身材，身着长袍马褂，温文尔雅，精于医道。1937 年 9 月陕甘宁边区人民政府成立，第二次边区参议会上选举李鼎铭为副主席。他看到当时机关庞大，人浮于事，提出了"精兵简政"的著名建议。

米脂还有个李健侯，写了一本 35 万言的章回历史小说《永昌演义》，尚未出版，便受到毛泽东的重视。1944 年 4 月 29 日，毛泽东围绕《永昌演义》写了一封信，内中有这样的话：

实则吾国自秦以来两千余年推动社会向前进步者主要是农民战

争，大顺帝李自成将军所领导的伟大的农民战争，就是两千年来几十次这类战争中极著名的一次。这个运动起自陕北，实为陕北人的光荣。

　　毛泽东所称许的这个头戴燕地毡帽、身着青布窄袖箭衣、肩披血红斗篷、跨一匹乌驳马的闯王李自成，也是米脂人。"挑动黄河天下反"，毛泽东他们举着造反大旗长驱二万五千里而落脚于陕北，与300多年前的李自成在根本上是一脉相承的。历史天幕上这极为强烈的两道闪电，遥相辉映，衬托得这个李自成既是陕北人的光荣，也是全中国优秀男儿的骄傲。

　　毛泽东曾经和米脂籍摄影记者杜山坐在一起，随便交谈："米脂的婆姨绥德汉，清涧的石板安塞炭。"说罢这话，毛泽东笑而不语。不置可否，米脂的婆姨是不错，可这里的男儿也不容轻看，在震撼大地的李自成身上，不就蕴蓄着掀天揭地的英雄气概、阳刚之美吗？或许是由于山川风物及时代风云的缘故吧，能歌善舞的貂蝉有着自由的天性，真戏假做，哭笑自如，敢爱也敢死。同样，雄健勇武的李自成的天性也是自由的，痛快地征战，呼啸着冲杀，其叱咤风云的形象也是中外历史上所罕见的。

　　从1935年到1947年，毛泽东在陕北待了13年，最后368天，他离开延安，转战于陕北各地。转战期间，他住过40多个村庄，在米脂的杨家沟住期最长——64天。1948年3月21日上午离开杨家沟准备东渡黄河时，面对着热烈欢送的人群，毛泽东无限深情地说："陕北小米子我吃了13年，实在不愿离开这个地方。但是为了全国的解放，我们又不得不离开！"

　　小米子彻里彻外，其色如金。未去壳时，为谷为粟。盛产于黄土地，为百物之长，为五谷之神。看似平凡、渺小，其内蕴却坚实而强韧，可以养美女，足以育英雄，内中似乎又伏藏着尘世的真理，含蓄着天地间的真谛。毛泽东告别米脂、离开陕北时感激小米，怀恋小米，其间寓意是非同寻常的。

米脂儿女，天造地设，福莫大焉。

衢州素描

　　道路七通八达谓之"衢"。衢州，是接通赣、皖、闽、浙的主要枢纽，汽车、船只、火车日夜穿梭，显得特别繁忙。我们从江苏赶来，时近傍晚，湖绿色的衢江如曳罗縠，金亮似灯笼的落日正徐徐地坠进橘林，奔走一日，我们两颊生津，仿佛沁满了柑橘鲜美的汁液。

　　名山僧占多，要道兵器稠。军事家、政治家重视衢州，这儿历来便是兵家力争之地。黄巢起义军，翼王石达开，解放军渡江后直捣福建，无不在这里留下了鏖兵的遗迹。孔氏家庙，全国有二，而衢州城里便有座闻名遐迩的"南宗家庙"，是孔子的 48 代孙孔端友860 多年前随宋高宗南渡时迁徙过来的。孔子是儒家的开山祖师。或许是由于文化根底厚实、滋养着一方地盘吧，衢州是多战事而不荒凉。其间有一山一佛，寄意隽永，尤其耐人寻味。

　　山为烂柯山。

　　烂柯山位于城东南 10 公里处，为仙霞岭之余脉。翠峰盘绕，峻而不高，秀而不野，顶部有"青霞第八洞天"，传说晋人王质进山伐薪，见二孺子于此对弈，棋局未终，而斧柯已烂，遽回乡里，"无复时人"。后世遂以"烂柯"作为围棋的别称。明代，倭寇肆扰东南沿海，戚继光、胡宗宪平倭告捷，在这烂柯山摆席设宴，犒劳将士，酒过三巡，陪宴的文人徐渭、沈明臣把酒赋诗，曾吟下如许诗句：

　　万里封侯金印大，千场博戏彩球新。
　　狭巷短兵相接处，杀人如草不闻声。

　　这欢庆胜利的诗酒之乐与"烂柯"的传说形成了强烈而无声的比照：世务如云，而欢娱短促，是非纠葛，时光易过，天上人间之间隔并不怎么遥远，而俗子仙家的境界却是大相径庭。生命的奥秘在哪里？历史的真谛在何方？历史上那么多的成败功过，真的与虚无无涉吗……一堆锦绣山，一席"烂柯"事，无形中竟隐伏着一条极其神秘莫测的人生哲理，这条哲理像日月一样俯照着万里尘寰。

　　佛是楮木佛。

　　在繁华闹市的一座临时性的布棚里，人们围定一尊4米高、2.5吨重的以整体树根精雕而成的如来佛像，赞叹不已。这是开化县根雕厂的徐谷青历时14个月创作的，古朴典重，浑然天成，此千岁之根为不怕水泡日晒之楮木，本根发现于400公里外的黄山之上，真不知是谁人发现，又怎么个掏出来弄下山的？

　　坐像金黄泛青，慧目有神，灵意盎然，人们围上去烧香叩拜，我也燃起四炷香毕恭毕敬插进香炉，单是从艺术造诣上着眼，也应该虔心致礼的。孔府48代孙被刀兵撵追而惶然南下，从曲阜老家裹来了孔子的楮木像，高不盈尺，凝滞木然，被全国奉为珍宝级文物；这一尊自黄山风雨里下来的大佛，即将缘着富春江搭船而上，赴杭州参加一项大型展出活动，眼前此佛开口大笑，直笑得满棚生辉，直笑得全城吉祥。和平盛世，有缘在一段最秀美的山川间畅袖拂风，检阅众生，大佛又不是傻子，能不兴奋得开怀大笑吗？我敢预言，此佛阅历上几多山山水水，要不了多久，必将晋升为了不得的国家级遗产。我为之焚香礼拜，许的就是这个愿——愿我佛从衢州起步，腾云驾雾，踏遍五湖四海。

　　衢江水美，这里的人也聪慧。古城西门濒临衢江，顺流而下即是龙游县的小海南，崖岸上寺老樟古，浓荫匝地，鸣禽百啭，粉蝶成阵。稀奇的是山脚下有10余眼积水之潭，但见肥鱼尺许，往来游曳,村民眼馋那鱼,花尽力气用水泵抽干了水,鱼影消失,一条鱼儿也没有捞着;10余眼巨潭亮出原形,皆为深入山腹的三角形"地宫",正中石柱高10余丈,角上有阔大石阶可供上下。这是哪个朝代的什么人、为什么起因、用什么技术开掘的? 谁也说不明白。

领着我们转悠的一位行家直抒己见:"这洞壁上的石料与衢州城墙的用料一致,壁上残存的取水棱线也与那残垣断石相仿,古代衢江水深,极便于拉纤水运,我估摸着这是1800年前取石筑城时凿下的'地宫'。"这个估量如果成立,由地宫之高深阔巨,正可以想见衢州城池之坚固卓越。左宗棠昔日死守此城,太平军围城90多天,硬是拿不下来,也就不是偶然现象了。作为行家之言,字字掷地有声。时下打扮入时的导游"蜜斯",信口编造,说得天花乱坠,哪会有这样深刻的见解。

文化兴市,绝非空口说道。现在的改革大潮中,各地不时有陷折马蹄的附带节目出现,细心推究,不恰是文化根底薄弱造成的吗?地灵人杰,衢州的清纯山川哺养出优秀儿女,这儿女将会使足下的山川更富裕、更秀丽、更宜人。

"春江潮水连海平,海上明月共潮生。"改革开放的大潮会像涌涌而至的八月钱江潮一样,将清波与光明重重叠叠地推向衢州,使这座古城焕发青春,成为光耀祖国东南的一颗明珠。

"衮雪"流韵

从人杰、美女、英雄、神仙着眼，褒河故道大约是文化水分最为丰沛的一条山谷了。汉初三杰过往 400 年后，褒斜栈道在汉朝末年又留下了曹操勇迈的足迹。

汉中博物馆里完好地保存着从褒水边取下的"衮雪"二字的石刻，那是 1969 年修建水库时凿取的，字体雄健恣肆，一如奔突而进的狻猊怒狮，传说是曹操的手笔，更有人说是魏王站在栈道上横其槊刻镌而成的。

翻检《三国志》，曹操曾两度来到汉中。一次是在 215 年，降服了汉中的张鲁，一次是 219 年攻打刘备，不幸败北。讲解员说"衮雪"二字是魏王第二次来汉中时写下的，我却在想，曹操途经留坝，不知在"汉张留侯祠"是否逗留过，以曹操的心性推测，他对张良其人大约是提不起多大兴趣的。

曹操之进军汉中，正是三国鼎足形势急遽转化与调整的时期，也是蜀汉开始步入下坡路的年月。离开褒斜谷口，我们赶往汉水之滨，仔细瞻仰了定军山下自南而北一字排开的武侯墓、武侯祠和马超墓。下列一简表：

211 年：刘备留关羽镇守荆州。

214 年：刘备、诸葛亮会师成都，马超自汉中奔投刘备。

215 年：曹操攻汉中，汉中太守张鲁降。汉献帝封曹操为魏王。

219 年：刘备攻定军山，黄忠斩夏侯渊，魏军失利，退回长安。7月，刘备称汉中王,拜马超为左将军,后镇守阳平关(今勉县老城)。年底,吴擒杀关羽。

　　221 年:马超病故,时年 47。

　　223 年:刘备卒于白帝城。

　　227 年:诸葛亮上书《出师表》而伐魏。过马超墓,亲为致祭。

　　234 年:诸葛亮病卒于五丈原军中,归葬于定军山下。

　　赶到马超墓绕行三匝,使我陷入了沉思。

　　马超,字孟起,乃东汉伏波将军马援之后。"男儿当死于边野,以马革裹尸还葬耳,何能卧床上在儿女子手中邪!"正是马援留下的军旅誓言。曹操是杰出的大英雄,马超与之有灭族之仇。曹、马潼关交锋,马超雷厉风行,直杀得丢盔撂甲的曹操发出这样的惊呼:"马儿不死,吾死无葬地也!"曹操一生称许过刘备、孙权,对马超的喟叹,应为第三位,此外,他还赞叹过谁呢?

　　在马超投奔刘备时,刘备正兵分两路进军益州,且直取刘璋的大营成都。马超"密书请降"而率兵直抵成都时,刘备万分欣喜地说:孟起"信著北土,威武并照",今来助我,"我得益州矣"。《蜀书》记载:"先主遣人迎超,超将兵径到城下。城中震怖,璋即稽首。"

　　民间早有"天下英雄数马超"的传言,镇守荆州的关羽素闻马超威名,今又归蜀,按捺不住自己,便给诸葛亮去信询问:"超人才可谁比类?"意欲离开荆州到西川与马超较个高低。诸葛亮深谙关羽的性情和心理,乃答之曰:"孟起兼资文武,雄烈过人,一世之杰,黥、彭之徒,当与翼德并驱争先,犹未及髯之绝伦逸群也。"关羽须髯丰美,故亮谓之髯。收到复信后,关羽得意地抚髯而笑,将诸葛亮的来信让宾客们递相传阅。这件事发生在 214 年。219 年,黄忠在定军山斩了夏侯渊,刘备欲封黄忠为后将军,诸葛亮曰:"忠之名望,素非关、马之伦也,而今便令同列，马、张在近，亲见其功，尚可喻指；关遥闻之，恐必不悦，得无不可乎！"由此可见，在"名望"二字上，诸葛亮对关羽的迁就、纵容是入微的、一贯的。

刘备是在219年当了"汉中王"后才封关羽、张飞、马超、赵云、黄忠为"五虎上将"的，诸葛亮答关羽书，尚在五虎上将封列之前。倘是允许假设历史，真的就让马超、关羽在马背上见个分晓，谁敢断定马超不会坐第一把交椅呢！君不见，《三国演义》每写到关羽在战场上挥刀出阵，皆用虚笔，而写到马超的一杆长枪，则如蛟似龙，翻江倒海，直杀得天昏地暗。诸葛亮在信里赞关羽"绝伦逸群"，用的也是虚笔，仅仅是权宜性的安慰式的赞词，不过是给"髯"公戴了顶纸糊的"桂冠"罢了。这顶"桂冠"，在客观上是助长了也宠惯了关羽的倨傲心性。

诸葛亮对关羽一而再、再而三地宠之于内，吴国的陆逊代吕蒙镇陆口（湖北嘉鱼）时，从挫蜀的战略上着眼，便对心高气盛的关老爷故意进行吹捧。陆逊在给关羽的信里写道："于禁等见获，遐迩欣叹，以为将军之勋足以长世，虽昔晋文城濮之师，淮阴拔赵之略，蔑以尚兹。"关羽看了陆逊的信，"意大安，无复所嫌"。陆逊觑准时机，暗施手脚，终于使骄矜自大、刚愎自用的关老爷"大意失荆州"，在蜀汉的天上戳了个谁也无从补救的大窟窿。荆州失而关羽殁，刘备则愤而伐吴，诸葛亮所制定的"联吴抗魏"的大政方略彻底变成了一纸空文。

作为军事统帅，对所属的诸多将领的调理和调度，诸葛亮夙兴夜寐，小心翼翼，已经是尽到最大心力了。战将与战将之间，矛盾不可能彻底平息，疏忽与失误在所难免，单是这关羽与马超的名分问题，诸葛亮也只能依势平衡，妥善调和。

杜甫写过一首叹惋诸葛亮的诗："功盖三分国，名成八阵图。江流石不转，遗恨失吞吴。"诸葛亮终生最大的遗恨，正是这个被他一宠再宠的关羽一手炮制的。

关羽 219 年被杀，张飞 221 年被害，刘备 223 年辞世，镇守阳平关的马超也在 221 年病故了。阳平关北依秦岭，南临汉江与巴山，雄峙于西通巴蜀的金牛道口和北抵秦陇的陈仓道口，历来为"蜀之咽喉""汉中门户"，227 年诸葛亮伐魏时来到勉县，令超弟马岱挂孝，他亲自祭奠马超，心里无疑是很伤感的。

呜呼！性格决定命运，而关羽这个性格，被诸葛亮捧抬于内，陆逊则觑得破绽，就势鼓吹于外，最后所决定的分明是整个蜀汉的命运。长远去看，诸葛亮的举措是很失策的。

酸楚、伤感的诸葛亮在祭奠之际，会不会对自己 12 年前写给关羽的信产生悔意呢？当年如果真的让关羽、马超在马背上一比高下，让后者那杆出神入化的长枪挫一挫前者的傲气，关羽或许会有点儿自知之明，在执行"联吴"的大政方针时或许也能够稳妥一些，倘真如此，蜀汉就不会迅速陷入这样艰窘、凋零的境地了。

234 年，诸葛亮病殁于五丈原军中，下世前他心中有数，遗命归葬于定军山下，与马超之墓长相对映。千多年来，对于诸葛亮心里隐藏的这个"数"字，有谁能理个明白呢？

失误归失误，"万古云霄一羽毛"，诸葛亮终究是不可多得的历史伟人。定军山作为驰名既久的古战场，山下的武侯祠始建于景耀六年（263 年），至今已有 1800 多年的历史，几经沧桑，数次坍塌，历朝历代均有修葺。新中国成立后，党和国家的数位领导人都曾至此参观，不都是景仰诸葛亮的远见、卓识，竭诚、勤奋，清廉、淡泊，智慧、勇迈的高风亮节吗？

在诸葛亮与马超的祠墓之前，我仿佛听到了历史行进的沉重足音。

文武之道别裁

　　倘若没有司马迁的《项羽本纪》，可以说，文学长廊里就不存在空前绝后的项羽形象。

　　司马迁是文人，"司马祠"在黄河西岸的韩城市境内；项羽为武夫，"项王祠"在长江西岸的和县境内。黄河南下，长江北上，殊途同归而东注于海，项羽的一生，主要就鏖战、奔波在这大河与长江之间的中原地域。项羽"学书不成"，认字不多，司马迁则以文字为生涯，两个人均属于悲剧性的人物。一文一武，气质相辅而成奇文吧，《项羽本纪》便成为历史上、文学里相当耀眼的一页，文学、史学，无不以接纳这篇文章为荣幸。在艺术领域，人文双盛，大巧天成，似乎非单纯之人力所能为之。

　　司马迁之后，历代精英们就项羽其人生发过一系列的感慨和评论，简要归纳，大抵有三条：一种人认为他过于"横暴"，杀人如麻，不得人心；一种人认为他胸襟开阔，"忍辱"负重，经得起挫折和失败；更多的则认为项羽坦率粗犷，胸无城府，光明磊落，在人品道德上足以垂范千秋。

　　项王祠的大殿里，到处是名人的书法与联语。毛泽东书写的《题乌江亭》（杜牧诗），刻嵌于右壁首席地位："胜败兵家不可期，包羞忍辱是男儿。江东子弟多才俊，卷土重来未可知。"这意思认可的是前代评论中的第二种观点。"包羞忍辱"仅是表象，毛泽东更深层的体认，则是"不可沽名学霸王"：鸿门忍手，鸿沟划界，提出匹马单枪与刘邦决一雌雄，不都是为了沽一个"仁者"之名吗？不懂心计权术，无视政治手腕，终究被对手按进了泥坑。

"力拔山兮气盖世"，这七个字为项羽所专享，天下公认这是对项羽最逼真、最精练的概括。力有度而气难量。俗气叫人烦，傲气讨人厌，霸气使人畏。而项羽之霸气自树高标，江东八千子弟以此气为荣耀，甘为其卒以纵横天下，直至为之殉身。这等霸气延及后世，人们非但不以野心视之，反而以豪雄为誉。在道德观念上，普通人不同于政治家：世界上黑白颠倒的事情实在也太多了，人们的怜悯同情之心，无形中倾向于失败者。

美女留下小阁楼，猛将多遗衣冠冢。大殿后的花园里，便是"西楚霸王衣冠冢"。帝王家大，龙体存焉；武夫余蜕，坟草荒寒。项羽属于后者。特别令人注目的是，冢后红墙上七个白粉衬底的黑墨大字，"力拔山兮气盖世"，一字一壁，大于碾盘，竟是沈醉 1993 年的手笔（题字人时年 81 岁）。

沈醉在新中国成立前是有名的军统特务头子，新中国成立后成为战犯，被关在功德林监狱里。后来，狱里成立了犯人自治机构学习委员会，组长开始是杜聿明，后来是宋希濂。有一天，宋希濂召集大家开会，说是我们第一次靠我们的双手养了猪，马上过年了，要杀年猪，现在的问题是：由谁来杀？有人提议，要请军统的人干，因为他们杀人都没有眨过眼，何况杀猪！沈醉杀过人，却没有杀过猪，他按照杀人的办法，用刀狠劲去抹猪脖子，因为猪的脖子部位是全身最有弹性、最厚实的，这一刀很不成功。这头猪一跃而起，淌着血、带着刀一路狂奔。最后由"各大兵团司令"围追堵截，总算才把这头猪制服下来。

祠外正西方向远远地建一钟亭，内悬巨型铜钟，名曰"三十一享钟"。项羽 24 岁起兵，31 岁自刭，八年征战，成就了一代雄杰，此钟纪念他享年 31 载。人说雁过留声，项羽那驱动风云的叱咤声，分明是铸进了洪钟里……前国防部部长张爱萍为杭州岳庙题的"三十功名尘与土，八千里路云和月"门联，金光熠熠地倒映在碧波荡漾的西湖里，为这里题的"霸王祠"3个字，却是印在3寸长的门票上，字虽小，印量却大，不胫而走，流布五湖四海。佛门代表赵朴初的题联镌刻于大殿双柱上，肃穆、庄严。步出祠门，凝望三十一享钟，觉得身后的题刻是个意味深长的安排。题字寓意而铜钟有声，互相照应，形成沉重有力的天籁式的提示。话说回来，数千年的中国历史，常常就是这样一锅烩的。

文盲懒进项王祠，洪钟轻易不作声。亭里那钟突然间响起来了，一声接一声，正好延续了31响。是陪我同来的3位艺术家在合伙撞钟，钟声苍茫、宏壮，回荡在滚滚长江的上空……

文武之道，相辅相成。在寥落、清静项王祠里，这8个字的含义耐人寻味，颇值得深长思之。

《人民文学》1994.11

说不尽的西安兵谏

西安兵谏其所以说不尽，一是题旨重大，用外国史学家的话讲，"影响了一个大国的整个历史走向"，属于中国命运接续存亡的一个转折点；二是涵盖复杂，涉及中华民族诸多阶层何去何从的前途和命运。正如毛泽东 1937 年所说的那样，没有西安兵谏及其和平解决，中国大地上"兵连祸结，不知要弄到何种地步，必将给日本一个最好的侵略机会，中国由此也许亡国，至少也要受到极大的损害"。

一、抓蒋

西安兵谏第一个决定性的目标是"抓蒋"，抓住蒋介石，也就抓住了牛鼻子。而抓蒋念头的产生与形成，不可能凭空而降，有一个逐渐演进发展的过程。

蒋介石消灭共产党的决心，早在西安事变 10 年前即已形成，在这漫长艰难的岁月里，以死抗争的共产党人面对强大、凶恶的敌手，也只能采取"反蒋"的斗争方针。

1936 年 4 月 9 日，张学良与周恩来在延安天主教堂里秘密会谈之后，共产党才依从了张学良的建议，易"反蒋抗日"为"逼蒋抗日"。实质上是将"逼蒋"的重担悄无声息地移在了张学良的肩头。红军作为蒋介石"剿灭"的对象，要逼迫蒋介石抗日，在实际上是无从谈起的。

自延安会谈之后，张学良说到做到，从南京到洛阳、自洛阳到西安，对蒋介石哭谏，苦谏，的确是做了一系列从精神、感情上"逼"蒋的文章，怎奈蒋氏顽固不化，反而亲自赶赴西安，增兵遣将，进一步加紧了"剿共"的步伐，拧紧了、强化了"剿共"机器的运转。蒋介石翻转身杀出的回马枪，实际上反而是将张学良逼到了无可转圜的田地。这个时候，张学良深感无奈而痛苦，但在他的心底，似乎尚未萌生"兵谏"的念头。兵谏是通过武力来进行谏诤，这是政治斗争中最后的撒手锏，一旦刀兵相见，基本框架是你死我活，其后果则是很难预料、无从预测的。

在蒋介石到了西安，张学良被逼得焦头烂额而无路可走之时，是杨虎城向他郑重地提出了兵谏——"挟天子以令诸侯"的建议，也就是说，是杨虎城破题之后，张学良这才萌生了对蒋介石实行"兵谏"的念头。

蒋与张一个是总司令，一个是副总司令，二人称兄道弟，也正因为二人是这样不寻常的亲密关系，张学良才敢于把"逼蒋抗日"的担子一肩挑起。假如张学良在延安没有"逼"蒋的承诺，则不会有嗣后"逼"而碰壁的极度苦恼，杨虎城之点火也就没有机缘，无从介入。如果从这个角度溯源推理，延安天主教堂"四九会谈"时化"反"为"逼"，也可以视作周恩来在张的心底于无形中埋下了"抓蒋"的第一粒火种。杨虎城是继周恩来之后的破题人、引爆者、火枪手。那时在西北，张学良的东北军近20万，最具实力，他们离乡背井，无家可归，是一堆积聚既久的干柴（陕西方言称"硬柴"），而张学良作为东北军的首领，自然是兵谏能否付诸实施的最关键的人物。西安兵谏如果缺少周恩来，则没有火种；缺少杨虎城，则无从起火、引爆；缺了张学良，则没有实力，无从实施，更无法成势。这样看来，兵谏之形成与产生，张、杨、周三人，缺一不可。

另外，为最后消灭红军，蒋介石之赶赴西安，也是"兵谏"得以产生的重要的客观条件。就心计手腕、政治权术而言，蒋介石在当时是个首屈一指的佼佼者（杨虎城对蒋之评价）。西安特务那时节多如牛毛，张、杨他们的一举一动都受到暗中监视。精明心细的蒋介石，对整个西北的局势了然于胸，对西安"火药桶"式的局面也反复地揣度过、掂量过。他敢于御驾亲征，来西安督战，是经过慎重考虑的。来到西安后他不住进城里，而是住在城东 70 里的骊山华清池，且又严加护卫，并将自己的"专列"置于眼皮之下，随时随地预备着冲出潼关。这一切都意味着蒋介石对西安万一发生意外情况是有着充足而缜密的思想准备的。该做的文章，他都做得天衣无缝。

即使如此，蒋介石仍然被抓、被扣，这愈益证明张、杨二位将军"明修栈道，暗度陈仓"的斗争艺术的高超与绝妙。二位将领抓住了老奸巨猾、诡计多端的蒋介石，紧紧地抠住了牛鼻子，这是西安兵谏取得成功的第一步。

二、放蒋

事变、政变、兵谏，性质大抵上是相近的，因为是历史纠结的总爆发，是生死存亡的一场决斗，是用刀兵武器做最后的一场拼搏，不可避免是要流血、要死人伤人的。通常情况下，抓住了对手之后又决定放掉，几近于天方夜谭。西安兵谏成功地抓住了蒋介石，扣留 10 多天之后，又放其死里逃生，返回南京，这在古今中外的兵变里是一个鲜有的特例。

西安兵谏能否和平解决（要否放蒋），要由三位一体（东北军、西北军、红军）及蒋介石的态度能否转变来共同决定。从三位一体方面忖度，放蒋的第一朵幼芽是从张学良心底里冒出来的。对蒋既然下硬手抓之，就绝不会轻而易举地放走。从抓到放，在张学良心里有一条萌生与发展变化的脉络灰线。

12 月 12 日之前，张学良认为，兵谏一旦发动，最起码在国际上可以得到苏联的支持和声援，至于在国内得到红军的信任和帮助，更是题中应有之义。这是张学良下决心发动兵谏的心理底线。

实际情况却并非如此，兵谏一发动，蒋介石被抓住，苏联在广播上即责斥张学良的行动是受着日本人的指使，从 12 日开始责骂，这种责骂使得张学良非常难堪，他询问在东北军里工作的共产党的代表刘鼎：这是怎么回事？刘鼎开始时回说"可能他们还不了解情况"，可到了 16 日，苏联仍然在骂，而且责骂步步升级，张学良极度愤懑。他在 5 年前背上了对日本侵略者"不抵抗"的黑锅，这时候，苏联骂他又受到日本人的指使，这使得张学良感到自己背上了比"九·一八"更为沉重、也更其龌龊的一口黑锅。因为当时的中共基本上是依照苏联的指示行事的，事态忽而急转直下，一下陷落到这步田地，导致张学良甚至对陕北的中共也起了疑心，打起了问号。中共代表周恩来是 17 日才进入西安城的。张学良如果动用自己的飞机接送（这在张易如反掌），几个小时即可进入西安。周恩来自陕北奔赴西安途中之周折、迟延、反复，正显示出张学良心理的巨大波动与坐卧不宁的不安疑团。

就在周恩来他们骑着马从陕北向着西安奔波的时候，从 14 日开始，蒋介石的顾问端纳受宋美龄之托，便乘飞机进入了西安，与张学良、蒋介石开始接触，而且向蒋传递了宋美龄开导性、安慰性的信件。15 日，端纳飞抵洛阳，用长途电话向南京的宋美龄报告了事态真相，说是张、杨两位将军愿就蒋的问题与南京方面进行沟通、磋商。可以推理，从 14 日与端纳的接触开始，在周恩来仆仆于道途之际，张学良心里已经萌芽出和平解决这次兵谏的念头了。

蒋介石的态度能否转变，是这场兵谏能否和平解决的首要关节。蒋介石执行"攘外必先安内"的国策是极顽固的。徐永昌 1936 年 10 月 30 日在日记里记述，蒋对张学良说道："使共党方面以手枪拟之，亦不与之妥协也。"可在 12 月 12 日之后，情况就发生了变化。蒋介石突然从太上皇变成阶下囚，一下被置之于生死的门槛上，如不改变国策，就没有生还南京的任何希望。端纳与宋氏兄妹冒着生命的危险相继来到西安，对蒋介石婉言规劝，进行开导，而且带来了此时的南京城"戏中有戏"的消息——亲日派准备拥戴汪精卫上台取代蒋介石，这一消息无异于亲日派准备从背后抛向蒋政权的一颗"原子弹"，一旦汪精卫登台，蒋介石莫说失掉了皇冠，返南京不得，即使被羁留于西安，与一块破抹布也没有什么两样了。"堡垒最容易从内部攻破"，为了生存，更为了地位与权力，顽固的蒋介石只好在宋氏兄妹及端纳的轮番规劝下，开始考虑如何应允张学良所提出的各项条件。

这场兵谏能否和平解决，中共的态度也至关紧要。从 12 日到 17 日，中共提出的一直是"罢免蒋氏，交付国人裁判"的方针。毛泽东初接斯大林要求和平解决的电报，曾想不通，在保安的窑洞里踱来踱去。18 日上午，到达西安的周恩来会晤各方面之后，又发来一电，透露出最新消息：一是蒋的态度转向抗日，二是南京亲日派在积极"倒蒋"，促使汪精卫回国当政。汪精卫一旦当政，亲日派当家，整个兵谏的"抗日"愿望会即刻化为泡影。

斯大林不容回旋的电报，张闻天在保安与周恩来从西安的内外劝说，宋氏兄妹的主动和谈，蒋介石态度的转变，汪精卫的准备回国当政，仿佛一杆杆疾矢簇集于靶心，终于促使毛泽东决定改变对蒋介石的处置。伟大人物在血火之中、险要关头从不感情用事，毛泽东迅即回复到他自己 1936 年 9 月 1 日以中共中央名义下达的指示：即"逼蒋抗日"。张学良对周恩来一直是很尊重、很敬佩的。如果毛泽东不改变态度，坚持要"审蒋""罢蒋"，可以预料，在西安的周恩来有足够的能力扳转张学良，最终置蒋介石于死地。

对于这一点，蒋介石心里是很清楚的，兵谏之后，他对周恩来另眼相待，足以显示出其间深长的意味。

目光深沉，向来顾全大局的杨虎城，当然也同意这场兵谏和平解决，但他坚持要蒋介石对所答应的条件签字画押，事后好有个依据，不能红口白牙说了算。但在位高权重的张学良的固执坚持之下，在视通天地的周恩来的开导劝说之下，其也终于同意释放蒋介石。第一个提出抓蒋的杨虎城，在放蒋的问题上顾虑重重，一直觉得抓而又放，等于放虎归山，纵蛇入壑，自己心底总有些疙疙瘩瘩。

三、送蒋

抓蒋，是三位一体的共识与合力；放蒋，属于和平解决的必然步骤，杨虎城心理上虽持有异议，可他以大局为重，大体上也是认可的。而送蒋，则分明是张学良独自决定的。张学良送蒋之动因大体可以归纳为五条。

一是蒋介石答应了三位一体提出的六项条件，启动了和平解决的大门；二是苏联对兵谏持反对态度，中共之态度也同意放蒋［张学良对中共态度之转变颇有微词，抱怨"红军的态度比我们还软"（见申伯纯的回忆）］；苏联与中共的这种态度，让张学良一下子感到抓蒋是太莽撞、太冒失了，放蒋不足以弥补此过，只有亲自送蒋回宁，方可弥补；三是阎锡山想在这场兵谏里做买卖、搞交易，提出将蒋送往太原由他来调停处理；四是蒋介石当面对张许愿，说是返回南京后，立即改组南京政府，驱逐亲日派，并任命张学良为全国抗日之副总司令；五是端纳与宋子文、宋美龄兄妹竭力担保，返宁后务必要让蒋介石兑现在西安所许下的诺言。

张学良是抓蒋第一人，放蒋是各方公议的、认可的，而送蒋则是张学良一个人断然决定的。张在口头上说他送蒋归宁是为了向蒋去讨债（讨还蒋在西安的许诺），而其心底很可能又埋伏着另外的未曾说出口的话："解铃系铃，我一人承当，你们谁也别想'火中取栗'，借这场兵谏给你们自己捞什么实惠与好处。"从张学良愤怒责斥阎锡山的声音里，明白人不难听出张学良极度愤慨的心声。事情发展到这个地步，张学良之决意送蒋，不仅仅是赌气，其间已含有破釜沉舟的成分了。

兵谏之事过去 80 年了，主要当事人俱已化作了尘土，关于张学良送蒋返宁之举，究竟应当如何评价呢？

陈九如在 1996 年第 4 期《民国春秋》上指出，张学良送蒋返宁是明大义、识时务、舍小我、顾大局的明智之举。送蒋返宁及时消弭了西安事变后列强对华的种种企图，是实行中共倡导的和平解决西安事变方针结果的最佳选择，是平息南京政府内部矛盾、避免大规模内战的有效办法，也是张学良实践毕生奉行"尊蒋"信念的唯一选择。张学良以自我牺牲的代价实现了中华民族一致抗日的宏愿，不愧是有"大功于抗战事业的"。陈九如这样评价，笔者以为是牵强附会的不经之谈。

张学良提出送蒋，周恩来与杨虎城是坚决反对的，张学良身边的心腹也全部表示抗议。放蒋而不送蒋，三位一体可以在西安团结得更紧，合力争取蒋所许诺的六项条款，和平解决成果会更其圆满，更其显著。而送蒋，蒋介石翻脸食言，张学良被审被扣，最有实力的东北军失去了主心骨，少壮派与元老派在争取张学良返回西安的问题上内部分裂，致成自相残杀的"二二"内讧，导致三位一体迅速瓦解，倘无周恩来的苦撑危局，力挽狂澜，舍命回天，和平解决时所谈成的条款几乎全部要泡汤。由于张学良送蒋，20 万东北军分崩离析，西北军也难于立足于陕，更悲惨的后果是张、杨两位将军的遭遇，张学良被囚 54 载（这在中外囚禁史上都是破纪录的），杨虎城被囚 12 年后，全家四口惨遭蒋介石杀害（蒋介石的本真面目，围绕着西安事变，将人性之复杂、险恶展示得最为充分、彻底）。

送蒋之举，只能证明张学良的幼稚、天真，所谓的豪侠、坦荡，也仅是东方"江湖义气"的因子潜伏于心底而已。张学良少年得志，本为性情中人，加上深受西方思想教育的濡染，看一些问题比较简单，对中国官场的反复无常、阴毒险恶，缺乏深刻的认识（在这一点上，他明显不及周恩来与杨虎城），这就决定了执意送蒋只能是下策，是张学良在西安兵谏里的一大败笔。

周恩来一生，曾为张学良三次流泪。一次是 1936 年 12 月 25 日 16 时许，周恩来闻讯赶到西安机场，飞机载着蒋介石、宋美龄、张学良已经升空，周恩来满含泪水反复地叹息："张汉卿，张汉卿……"第二次是 1946 年 4 月，国共两党在重庆和平谈判，周恩来副主席再次提到被囚禁的张学良将军："只可怜那个远在息烽钓了 10 年鱼的人，他这 10 年钓鱼的日子不容易过呀……"别人听了这番话都十分难过，周恩来当时眼里更是闪动着悲凉的泪花。1961 年 12 月 12 日，周恩来总理邀请在北京的当年东北、西北军参加"西安事变"的人士，开招待会，张学良的四弟张学思（解放军海军参谋长）给周总理敬酒，泣不成声，周恩来为人最重感情，想到张学良的遭际，热泪潸然而下，邓颖超举杯说道："我们要化悲痛为力量。"周恩来说："我的眼泪代表中国人民，不是我个人的。25 年来，杨先生牺牲了一家四口，张先生还囚禁在台湾，没有自由，怎能不使人想起他们就落泪呢！"

如果依照陈九如先生说的送蒋是"明大义，识时务"之举，周恩来 25 年间之三次流泪，该如何去解释呢？

毛泽东 1937 年 3 月 1 日与史沫特莱谈话时讲道："如果没有张汉卿先生送蒋回南京一举，则和平解决就不可能。"

毛泽东说这个话的时候，张学良已被囚禁于溪口的雪窦山上，而周恩来正在杭州与蒋介石谈判关于第二次国共合作的具体事宜。在这种形势下，从保安进入延安的毛泽东能挑破张学良的送蒋之举是"心血来潮""忠君义气"吗？毛泽东这样讲，分明是为了进一步加重国共之间磋商第二次合作的政治砝码。张学良是个年轻有为的军事家，而毛泽东不单是军事家，更是个目光深远、历练成熟的政治家。为了对付老辣奸诈的蒋介石，毛泽东对张学良送蒋返宁之举只能是这样评价。

四、张学良与鲁迅先生

1936 年 10 月 19 日（兵谏爆发前 53 天），鲁迅病故，11 月 1 日，西安文教界在易俗社召开追悼会，人们情绪激烈，张学良、杨虎城、邵力子（时任陕西省主席）送了挽联。

鲁迅比张学良年长 20 岁，一南一北，文武隔山，两人又从未谋面，他们的关系从何谈起呢？就目前所知，张学良在 1941 年就已经在阅读鲁迅先生的著作。1941 年 10 月 27 日，张学良在日记中写道："读何凝编的《鲁迅杂感选集》，感觉有些生气，同时感觉着鲁迅死得太可惜了！可是他的文字，活气生生的，活跃于纸上，字字句句，侵入你的骨髓，震荡你的神经；我从来不惧怕什么的，可是在鲁迅文字之前，我有点发抖了，一方面是惭愧，一方面是热血沸升，好像鲁迅枯脸，显于我的面前。"

1942 年 5 月 23 日，他在读书笔记中写下了《鲁迅的伟大》，中间说道："鲁迅他不怕一切，大声疾呼，敢说敢写，是为了什么？……他是为了想救中国大众'出水火，登衽席'。"1942 年 7 月 28 日，张学良还托人买到一部旧的《鲁迅全集》。在张学良看来，鲁迅的文字刺痛了他，1942 年 8 月 27 日，张学良在读书笔记中写道："鲁迅先生的文章刺了我的伤痕，刺了我的隐疾——我是烦恶他这些文章的。可是我接受了她以后，感觉上有些不同了，好像我吸收了'维他命'一样。"

天不怕地不怕的张学良，一生最壮丽的事业就是西安兵谏，直到晚年下世之前，他对自己发动的兵谏也了无悔意，可为什么在被囚禁的第 5、6 年里（当时被囚于贵州的黔灵山与开阳刘育乡），却在鲁迅的文字面前"热血沸升"之际，又感到"惭愧"呢？晚年的张学良，曾说过这样一段话：

　　我一生最大的弱点就是轻信。毁也就毁在"轻信"二字上。要是在西安我不轻信蒋介石的诺言，或者多听一句虎城和周先生的话，今日情形又何至于此！再往前说，九·一八事变我也轻信了老蒋，刀枪入库，不加抵抗，结果成为万人唾骂的"不抵抗将军"。1933 年 3 月，老蒋敌不过国人对他失去国土的追究，诱使我独自承担责任，结果我又轻信了他，下野出国。他算是抓住我这个弱点了，结果一个跟头接着一个跟头。

　　人生最难的，是认识自己。张学良在后半生里，从自己身上找到的最大弱点就是"轻信"。1936 年 12 月 25 日，张学良刚愎自用，一意孤行，不听杨虎城、周恩来的苦苦规劝而送蒋回宁，铸成"一失足成千古恨"的大错，对此大错，聪明过人的张学良分明是在阅读鲁迅作品时才开始觉悟、有所反省的。张学良在蒋介石面前的确是"诚实、忠厚"的，而鲁迅先生早就认为忠厚是无用的别名。鲁迅先生弥留之际，留下了遗嘱，其第六条为"别人应许给你的事物，不可当真"。而张学良在毁誉攸关的国家大事上一而再、再而三地听信蒋介石的许诺，把蒋氏的谎言当成真旨，将鳄鱼的泪滴当成珍珠，结果将自己弄得"一个跟头接着一个跟头"。蒋介石活了 89 岁，对蒋有过大恩的"兄弟"在"老哥"手底被囚禁了 54 年。这就是忠厚与"轻信"在中国政治舞台上所结下的硕大苦果。张学良读鲁迅的作品时感到"刺了我的伤痕，刺了我的隐疾"，我觉得，只有从这里才可以破解一个英雄深自"惭愧"的谜底。

　　张学良所读的《鲁迅杂感选集》的编者是何凝，何凝是瞿秋白的笔名，而瞿秋白，曾经是中国共产党的一届领导人。共产党的缔造者陈独秀，声称他对鲁迅是"五体投地地佩服"，鲁迅则称赞另一位共产党的领袖李大钊的文集是"先驱者的遗产，革命史上的丰碑"。毛泽东一生高瞻远瞩，对于古今中外的历史人物，他最推崇的就是鲁迅，对鲁迅评价最高，最为确切也最为中肯。鲁迅精神，是中华民族脊梁骨里的精髓，史实正如张学良在日记里所点示的那样，一切"为了想救中国大众人们'出水火，登衽席'"的革命者，不管天南地北，彼此的心是相通的。转而言之，任何麻木的奴才、贪婪的官僚、嗜血的屠夫、无行的文人，在鲁迅的文字面前是不可能"发抖"的。张学良的反省进一步证实，鲁迅先生是 20 世纪中国天空最灿亮的星辰，这颗星辰是中华民族与中国文化的骄傲。中华民族要在 20 世纪里站起身来，没有这样一颗引路的星辰，怎么行呢？

前边说过，1936 年 11 月 1 日，西安文教界在易俗社召开鲁迅先生追悼会，张学良、杨虎城、邵力子送了挽联。西安的剧社非止一家，为什么要在易俗社这么个不甚排场的剧社里召开追悼会呢？因为鲁迅先生 1924 年来西北大学讲学时，曾经 6 次前往易俗社欣赏过秦腔剧艺，并题写"古调独弹"的匾额相赠。而西安事变行将发生的夜里，张学良、杨虎城、邵力子在这个剧场里用演出"招待"过蒋介石带过来的 14 位军政大员。说到这里，我想将话题宕开一些，扯远一点。

蒋介石是溪口人，溪口位于绍兴之东百多公里处；邵力子是绍兴人，兵谏时为时任陕西省主席；周恩来祖籍也是绍兴。我去过绍兴周恩来先辈的故居，周恩来与周树人（鲁迅）之家相距不远，同地同姓，谱系渊源我未调查，但二周的长相皆为方形脸庞，有些相像。一场震撼天地的西安兵谏，这么多的重要角色涉及浙东地域，尤其涉及绍兴，似乎值得西安事变的研究者多加留意，或许也有钩沉探讨的必要。

五、解读英雄儿女

早年参加同盟会的马君武，他之名声能流传至今，却是因为在"九·一八"时写下了两首《哀沈阳》的诗作：

赵四风流朱五狂，翩翩胡蝶最当行；
温柔乡是英雄冢，那（哪）管东师入沈阳。

告急军书夜半来，开场弦管又相催；
沈阳已陷休回顾，更抱佳人（阿娇）舞几回。

此诗以讹传讹，却不胫而走，其所以传之迅捷而广泛长远，不单因为"温柔乡是英雄冢"属于掷地有声的千古名句，更重要的，是这 56 个字将"不抵抗将军"张学良挖苦、讽刺到骨子里了。张学良在诗传 5 年之后敢于毅然决然地发动西安兵谏，这两首诗在他心底形同地火，形成的反激之力是不可低估的。

兵谏过后，张学良被囚半个多世纪时，当年兵谏的主要当事人蒋介石、杨虎城、周恩来都已作古，年近百岁的张学良回顾往昔，却声称自己"平生无憾事，唯一好女人"。实际上呢，大浪淘沙之后，生平憾事有矣：是轻信；唯独怀恋且又值得珍惜的：是女人。两相比照，张学良还写下过一首诗作：

自古英雄多好色，未必好色尽英雄；
我虽并非英雄汉，惟有好色似英雄。

从马君武的讽刺诗到张学良的自嘲诗，中间间隔近 70 年之久。天日昭昭的兵谏大事水落石出，兵谏第一人张学良竟将自己波荡的一生归结到自个儿曾经深受其辱的男女关系上来了。这样归结，让人们禁不住要重温马君武当年望风捕影的两首诗作，导致这个男女情爱的旧话题也就再一次浮出水面，成为后来的西安兵谏研究者无从回避的一个题目。

蒋介石 1921 年正式迎娶过陈洁如，1927 年又穷追不舍，与宋美龄结为连理。张学良晚年自承："我告诉你，中国人、外国人都算上，白人、中国人，我前后有 11 个女朋友就是情妇。"杨虎城的第一个夫人是罗佩兰，第二个是张惠兰，第三个是谢葆贞。"自古英雄皆好色"，此言非虚，问题的关键是紧接的一句"未必好色尽英雄"。

在爱情领域，蒋介石就很难够得上个英雄。宋美龄从南京飞赴西安解救蒋介石，谁都知道是冒着生命危险的。宋氏之深入虎口，对蒋介石的思想转变起到了任何人也无法起到的缓解与催化的作用，可以说，作为女性，宋氏对西安兵谏的和平解决有其特殊的贡献。宋到西安一见到蒋介石，蒋介石对之感激涕零。可在 1941 年（兵谏五年之后），当蒋的前妻陈洁如从美国回到上海时，蒋又让人将陈送到重庆，二人"久别胜新婚"偷偷地再续前缘。宋美龄与蒋介石大吵一场，负气飞往美国。又过去两年，在蒋的多次求和之下，宋美龄才返回重庆，陈洁如只好黯然去了香港。可是过了不久，"爱河饮尽犹饥渴"的蒋介石又与陈立夫的小侄女（时为蒋的秘书）搅和在了一起。宋美龄率亲信突然袭击，"捉双在床"。1944 年 7 月，伤透了心的宋美龄再次含泪出走，选择了举目无亲的巴西。在爱情的长河里，蒋介石对宋美龄一次又一次地背信弃义，够得上"英雄"的品位吗？

翻检资料，我一再疑心，张学良的"未必好色尽英雄"这句话也是暗暗影射蒋介石的，因为宋美龄与张学良早年有过一段恋情，晚年在异国依然心心相印，二人俱活过了罕见的 100 岁，全面地俯察全局，检点终始，宋美龄与张学良之间，绝非一般的男女情愫可相比拟。

与蒋介石比较，张学良、杨虎城的婚爱，才是真正经得起考验的英雄美女之恋。张学良这方面的故事，人所尽知，这里简要地说说杨虎城吧。

杨虎城的第一个妻子罗佩兰 24 岁病故时，32 岁的杨虎城披麻戴孝，打幡引路，执孝子礼送行下葬，许多人觉得杨虎城这样做有失丈夫尊严，有失战将威仪。谢葆贞 1927 年与杨虎城成婚，1937 年主动去陪伴被囚的丈夫，这一陪就是十载，1947 年被蒋介石杀害。杨与谢同床共枕 20 年，谢葆贞的后十年是在地狱里陪伴丈夫的。她被害以后，杨将军又将她的骨灰盒在枕边放置了两年，朝夕为伴，直到被特务刺杀之时，杨将军的尸体与这染着热血的骨灰盒才一并被埋进了花坛里。风雨同舟，生死与共，像这样忠贞刚烈的人生伴侣（项羽和虞姬之同刿于一剑约略近之），中外情爱史上实属罕见。

"我虽并非英雄汉，惟有好色似英雄。"显然是张学良的自谦、调侃之词。鲁迅先生的诗作《答客诮》，张学良想必是读过的：

无情未必真豪杰，怜子如何不丈夫。
知否兴风狂啸者，回眸时看小於菟。

鲁迅的诗作逼真地写出了世间豪杰的襟怀与气质，将鲁与张的诗作比照阅读，张学良晚年的诗作，分明对鲁迅的诗意有所引申和推衍。因为他与杨虎城一起，用最后的生命和鲜血对鲁迅的诗作进行了确切的注解和诠释。悲壮的命运，人性的诡谲，爱情的真谛，张学良有着切身的体会。晚年的感喟，是他从历史长河中挹出来的极其珍贵的消息。

在笔者心目中，这也是石破天惊的西安兵谏所沉淀下来的无从泯灭的一个亮点。

苏武、李陵、司马迁

　　儿时，年节的乡村之夜，挤在人窝里看草班子演戏，常能看到一折《苏武牧羊》。戏台上，只见破衣持节而牧羊的苏武与貂帽锦袍的李陵相会于大雪之中，两人唱词激昂，动作也显得非常激动。年长读书，才渐渐理解这是发生在遥远的北海（今之贝加尔湖）上的悲怆的一幕。

　　苏武，西汉杜陵人，任中郎将，天汉元年（前100年）出使匈奴，因其副使参与了匈奴的内部斗争，苏武受到牵连而被流放至北海边牧羊。李陵，陇西成纪（甘肃静宁）人，李广之孙，为骑都尉时（前99年），在战场上矢尽援绝而投降。苏武李陵在长安时"俱为侍中"，彼此关系是很可以的。"久之，单于使陵至海上，为武置酒乐。""久之"是多久？是在苏武被流放牧羊10年以后。为什么过了这么多年，李陵才去看望老朋友呢？原因是苏武拒降在先，而李陵投降于后，大节有亏、心里愧疚的李陵，没脸面赴北海访求故人。

　　苏武与副中郎将李胜率百余人出使匈奴，在介入外政事发之后，单于曾派卫律处理被扣押的汉使（卫律本为长水胡人，但生长于汉，汉朝派他出使匈奴时却投降于单于，被封为丁零王）。卫律在审判以苏武为首的这群汉使时，先施了一个下马威，长剑一挥，斩了一个名叫"虞常"的谋反者，继而吼道："汉使张胜，谋杀单于近臣，当死。单于募降者赦罪。"他举剑又砍杀张胜，张胜跪地请降，卫律便饶恕了他。当卫律将滴血的利剑转而挥向苏武时，苏武却不动声色，纹丝不动。

　　卫律见这一手对苏武无效，只好收起利剑婉言规劝："苏君！律前负汉归匈奴，幸蒙大恩，赐号称王，拥众数百，马畜弥山，富贵如此。苏君今日降，明日复然。空以身膏草野，谁复知之！"现身说法的卫律诱劝了老半天，却遭到了苏武的一顿痛骂。

苏武越是有骨气，单于越是慕其风神。卫律之诱胁失败之后，单于乃徙武北海上无人处，使牧羝。他认为人的观念在漫长岁月中是可以改变的，打算以寂冷得茫无尽头的艰辛与苦难来征服苏武。"武既至海上，廪食不至，掘野鼠去草实而食之。仗汉节牧羊，卧起操持，节旄尽落。"

就这样过去了十年，单于以为时机业已成熟，锦帽貂裘的李陵这才突然出现在故友面前。"为武置酒设乐"之际，语重心长地进行开导："单于听说我与你交情深厚，今天特意派我来劝说足下，单于愿意虔诚地相待你。你呀，终究是不能回本朝了，白白地在荒无人烟的地方受苦受难，所谓的忠贞信义，天地间又有谁能知道呢？你大哥苏嘉扶持皇上的车驾，不小心撞断车辕，被逼迫掣剑自裁了；你弟弟孺卿未完成追捕逃犯的任务，服毒自杀。我离开长安时，你母亲不幸去世，我替你送葬到阳陵；你的夫人年轻，听说是已经改嫁了；家中只剩下了两个妹妹、两个女儿和一个男孩。现在又过去10年，谁知道还在不在世上？人的一生，就像早晨的露水珠儿一样短暂，你何必要这样地折磨自己呢？我刚刚投降时，忽忽如狂，痛心自己对不起汉廷，加上老母被拘押在保宫，死活待定，当时我简直要急疯了，你而今的心情，怎能超过当时的李陵呢！再说，皇上年事已高，政令无常，大臣无辜而全家被诛的有十几家。安危祸福实难预料，事到如今，你还打算为谁守节呢？"

在荒无人烟的北海上，李陵推诚相见，以十年变故摧撼之，以亲情泯灭感动之，以温情哲语启迪之……显然，这是单于与李陵酝酿既久、周密策划之后才安排的一次往而必获的行动。就这样，李陵也还是碰了个硬钉子。

　　第三次晤面在始元六年（前81年），是苏武即将归汉的前夕，李陵安排酒宴祝贺苏武、为之饯行。盛赞苏武惊天地泣鬼神的操守气节之后，李陵忍不住声泪俱下地抒发襟怀：

　　"陵虽驽怯，令汉且贳陵罪，全其老母，使得奋大辱之积志，庶几乎曹柯之盟，此陵宿昔之所不忘也！收族陵家，为世大戮，陵尚复何顾乎？已矣，令子卿知吾心耳！异域之人，一别长绝。"陵起舞，歌曰："径万里兮度沙幕，为君将兮奋匈奴。路穷绝兮矢刃摧，士众灭兮名已颓。老母已死，虽欲报恩将安归！"陵泣下数行，因与武决。

　　对于李陵披肝沥胆的剖白，多年来我一直是由衷钦服的。陵之祖父李广，"功略盖天地，义勇冠三军"，血统心性也还是有些遗传性吧。此外，同朝共事的司马迁与陵"素非相善"，却在众人对李陵之败降落井下石之际挺身而出，在盛怒的皇上面前这样评价李陵："李陵素与士大夫绝甘分少，能得人之死力，虽古名将不过也。身虽陷败，彼观其意，且欲得其当而报汉。"

　　李陵在北海上舞长剑倾诉衷肠时，司马迁去世有10多年了，这位"究天人之际，通古今之变"的史学家从冷眼旁观中对李陵所下的论断，我以为是很中肯的。舞剑的李陵长歌当哭，让我不禁想到那位虞姬在楚帐里舞剑悲歌而自裁的一幕。而李陵的剖白，既是验证着司马迁的非凡的识力，又是进一步将染血带泪的控诉性的"箭镞"从万里之外的风雪中射向了金碧辉煌的汉王朝。"武留匈奴凡十九岁，始以强壮出，及还，须发尽白。"苏武以这样个催人泪下的形象返回长安，在实质上正可视之为李陵所射出的"箭镞"的活生生的化身。描述苏武归来的这19个字，字字含千钧之力，在历史长河中不知引发过多少叹息，多少热泪。

　　苏武、李陵、司马迁，三人同列称臣，年龄也相仿。我阅读《苏武传》《李陵答苏武书》与司马迁的《报任安书》,每于掩卷沉思之际,敬重苏武,叹服司马迁,对降将李陵却是怎么也憎不起来,而是格外同情。相反,倒觉得汉武帝刘彻太武断太蛮横了,三个志存高远的杰出之士分别被整治得人不人鬼不鬼,不全是坐在龙椅上的刘彻用专制权杖"导演"致成的吗?

司马迁是伟大的史学家和文学家,世所公认。李陵、苏武呢?唐代诗人僧皎然在《诗式》中认为,五言诗"周时已见滥觞,乃乎成篇,则始于李陵、苏武二子"。诗圣杜甫也写道:"李陵苏武是吾师。"由此看来,苏、李也完全可以归入骨力强劲的文化人的范畴。可惜,苏武、李陵的诗文在北宋末年已亡佚殆尽。宋廷南移,抱头鼠窜,只图苟安活命,其本身气节就沦丧得说不成了,对于千多年前的苏、李之作,还有什么牵念流连的呢!这一段周折复杂的历史仿佛在提示后人,文化人即使有殊才,而且遭遇过声颓身残的惨烈痛苦,大约也很难在史册上留得下怨愤深沉的传世文字。苏轼嗣后发出过"苏李之天成"的议论,似乎也在探讨文字长河中隐微的真谛与奥秘。

我们民族精神里光照史册、源远流长的忠贞情结和坚强毅力,追根究底,是由刀兵血火锻炼而成的,是从苦涩泪水中结晶出来的,与后来渐渐地自文武之道中分化出来的书生意气在本质上是两码事。作为民族文化的内核与精髓,激昂的纸上谈兵与之无缘,单纯的舞文弄墨也势必隔膜。

历史发展到今天,两千多年过去了。20世纪里的鲁迅、周作人为同胞兄弟,前者骨头最硬,后者则是驰名的大汉奸。时下,很有些人无视其骨子里钙质之含量,认为两兄弟在文化史上是"双峰并峙",各占千秋。在中华民族的精神领地上,这算不算是淡化操守气节、混淆重大是非的糊涂观点呢?

《海燕》2010.6

千年风尘一知己

　　李清照的"生当作人杰,死亦为鬼雄。至今思项羽,不肯过江东",简洁上口,浅明易懂。20个字传诵近千年了,为什么还愈加地引人注目呢?原因是,此诗不仅能启迪人们对宁死不屈的抗争精神的深沉思索,反复咀嚼,再三思之,也强烈地折射出人间情爱那蛰伏着的惊天动地的生命力。

　　乌江亭长欲摆渡项羽过江,项羽无颜见江东父老,心中有愧的原因有三条:始皇帝游会稽渡浙江,他挤在人群里看热闹,对季父说是"彼可取而代也"!秦王朝是被项羽击垮了,而他所期待的那顶皇冠却要落在政敌刘邦的头上,衣锦还乡化为泡影,一愧。"力拔山兮气盖世",身经大小70余战,所当者破,所击者服,然而垓下一战却一败涂地,蹉跌惨重,铸成奇耻大辱,二愧。八千江东子弟是项羽纵横天下的钢铁羽翼,而眼下枕藉荒野,血染蒿莱,无法收拾,卷土重来的希望彻底破灭,此其三愧。

　　上述三愧之外,背后另有一条人所共睹、却易于忽略的心理因素:楚军被汉军围困数重,夜闻汉军之外也尽皆楚歌,这是什么样的歌声呢?当然是欢呼汉军获胜而楚军行将全线崩溃的歌声,这歌声对项羽的打击太沉重了,在军帐中惊悸不安,借酒浇愁,而且忍不住悲歌慷慨,"歌数阕,美人和之,项王泣数行下,左右皆泣,莫能仰视。"这个美人,就是虞姬。

　　虞姬和歌于先而突然自裁于后,这一激雷闪电式的举动,一下子将项羽趋于绝望的心态猛地推上极限、顶峰,精神上再也没有了任何徘徊、犹豫的余地。

刀兵乱世里，剽悍勇猛的项羽白日里奔走厮杀、呼啸冲突，每当夜幕降临之际，更是需要一顶温馨的、安谧的、宁静的帐篷。常相幸从而形影不离的虞姬，自然是这顶帐篷里唯一的精灵。这一座帐篷是飘浮在战云里的精致的花房，也是黑熊式的项羽恢复元气的窝巢。

虞姬猛然间展袖自刎，勇敢、决绝、冷静，没能合上的眸子清澈而美丽、无奈又凄凉。她清楚，她的这最后一剑将斩断项羽那一脉缱绻、缠绵的征尘之恋，会急遽升华其灭裂心态、毁灭情绪，能从温柔异性特有的角度将其推上悬崖，使其桀骜性格白热化、绝对化。

虞姬主动毁秀色于战尘，移柔情于黄泉，正如项羽在巨鹿之战中以破釜沉舟激励麾下士卒那样，虞姬最后时刻面对着灯下的霜剑、酒杯，也将置之死地而后生这一手段果断地移用于项羽身上。期待自己青春的生命能够在项羽躯体里化作突击性、撕裂性的火炬，掷向阴霾，燃起所有的血性、豪气作最后一泼，血溅大江，也是好的（战神以生冷沉重的足音成全了虞姬残酷到极限的这一心愿）。

虞姬、项羽自刎于同一条剑上，在他二人身后所矗立而起的，又何止是忠贞不渝、生死与共的爱情之碑呢？尘世间刚毅魂魄之合璧在激荡风云里是怎样铸成的？如何淬火的？跨着乌骓马扶摇而上的项羽、虞姬，为此做了个最剀切的注脚。

人说真正的爱情是美人鱼在刀尖上赤足舞蹈的情景，惨痛然而美丽。垓下之夜，项羽面对着乌骓坐骑与怀中美人，可奈何，奈若何，缠绵呜咽，悲歌慷慨；令人遗憾的是"美人和之"，那一刻究竟"和"的是什么？《史记》对此无载，在最关键处留下千古之谜。读到这里，掩卷沉思：我忖度虞姬的和歌，最起码与项羽的悲歌也是般配的（主旋律当高于项羽）。司马迁特意留此空白，莫非是别藏用意吗？

蹊跷的是，文字山积，诗手如林，自汉迄宋，史册中潜伏着的这一命题，在千余年后，才由一个"人比黄花瘦"的弱女子自辟蹊径，点石成金，吟成绝句（依照常规，这等相和项羽的诗作应为有骨力的大丈夫所吟，才合乎情理）。历史先行，文学后随，可这随进的脚步也太艰难、太周折了吧。

中年丧夫，国破家亡，不得不随着狼狈的宋王朝过江南渡，这样的遭际使李清照对流离失所、疲于奔命有切肤之痛。漂泊于乱世烽火，本能使她渴望现实土壤里焕发出郁勃的血性，也使之企慕项羽式的烈魂英魄，希图以此抖落掉那个衰颓腐败的阴霾氛围。谙悉中国历史的李清照，处身这等情境，便水到渠成地联想到楚汉对决时的"不肯过江东"，无形之中便与虞姬那等绝望的心态自然接通，构成一种景仰人杰与鬼雄的共识。苟活于世，"凄凄惨惨戚戚"，远不如像虞姬那样脱屣红尘，去追随那一尊痛快淋漓的鬼中之雄！

这首绝句对虞姬只字未提，对项羽则呈示高山仰止、敬其伟烈的神态。同属女性，虞姬是喋血军帐，捐躯于项羽，李清照则是含泪唏嘘，深深地思念着项羽，时距又拉开 1300 年，前后史实作如此安排，恰好能够让我们将李清照视为虞姬的一位风尘知己、远年知音——"生当作人杰，死亦为鬼雄。妾身归大王，岂能过江东！"笔者将此《夏日绝句》略动几字，视之为虞姬自刎时的"美人和之"，如何？

刚烈、贞柔之气，且又能在极限上、绝境里顽强闪光的，为真美，亦为大美。"不肯过江东"这一等阳刚之气所凝成的剑光，使得整个楚汉之争都显得有声有色，在历史长河的上空无疑是一道灼目的闪电，在美学范畴则属至境。

背景过于辽阔，闪光实在逼人，这就决定着李清照的《夏日绝句》必然要在人生的前锋像彩虹那样现形，启迪人生，引领社会一步步前行。

书话

重温《好了歌》

　　迷恋《红楼梦》者，着眼点各不相同，让我难于忘怀的，是第一回里的《好了歌》：

　　世人都晓神仙好，惟有功名忘不了！古今将相在何方？
荒冢一堆草没了。

　　世人都晓神仙好，只有金银忘不了！终朝只恨聚无多，
待到多时眼闭了。

　　世人都晓神仙好，只有娇妻忘不了！君生日日说恩情，
君死又随人去了。

　　世人都晓神仙好，只有儿孙忘不了！痴心父母古来多，
孝顺儿孙谁见了？

　　由跛足道人所唱出的这首歌词，总共 112 字，其间真正腾挪变换的，也就半数文字。全曲着力于客观扫描，每一节都含有耐人寻味的二重性。比如第三节的"君生日日说恩情，君死又随人去了"，金屋藏娇、迷醉于闺房之乐的男子，尚非放浪形骸之徒，可对他的这位娇妻，歌词却嘲讽其丈夫死后即琵琶别抱，这不有"卫道"之嫌吗？还有第四节，面对孝顺儿孙从来鲜见的人生现实，天底下一代代生儿育女的长辈，难道就应当褪其痴心而淡化亲情吗？

　　人生于世，心窍通灵而具备七情六欲，属于正常现象，否则，便与顽石、动物无异。调换一个角度去看，欲望历来就是社会发展的动力，千秋万世的人欲此起彼伏，潮汐般交叠为用，及至将那些

最有才华最有能力的人类精英都赶到了一架旋转不已的踏车之上，这才推动着历史车轮不断地前行。

全部问题的症结，在于天下事都有个度与量，适度、适量属于天经地义，毋庸指摘，过与不及，则走向反面。"世上无如人欲险，几人到此误平生"，这里所针对的是常规生活的另一方面：社会由个人组成，而个人立身、行世的险要、艰危之处，莫过于私欲膨胀。《好了歌》的本旨，正在于以隐晦委婉、含蓄不露的方式提醒人们：警诫"贪"字，节制欲望。

歌词精练巧妙地提摄归纳出四大人欲，置"功名"于首席。

"功名"本指功绩与名位，当"将相"们的历史风云掠了过去，随即转化为单纯的官职和地位。在我们这个古老的国度里，人一旦求得"功名"而戴上乌纱帽，就什么事情都好办了；官做得越大，越是遂心如意。世间流传"心想事成"，为官者用不着惦记金银，金钱就无孔不入地涌过来了；不需记挂儿孙，自有人安排着"入学、从政、出国"；更不用寻花问柳，美女们也会竞相投怀送抱……残疾者对世情的参悟力往往超乎寻常——跛足道人一开口就唱出"世人都晓神仙好，惟有功名忘不了"，显然是曹雪芹的精意安排。千万字的巨著《红楼梦》，鲜花着锦，盛而后衰，不就是围绕着"功名"二字展开的吗？

历朝历代的衮衮诸公如过江之鲫，"身后有余忘缩手"的高官显贵摔跌下来者接连不断，可究竟有几个知足知止、能够自动地抽身退步呢？究其原因，是"功名"的诱惑力太强烈了，前途分明隐藏有暗礁、深渊，可它所呈示出的，偏偏是天堂里灯红酒绿的无上辉煌，导致入仕者的贪慕之心不由自主地由小及大、竭力上攀。求官热切者必作伪，求利过甚者必趋邪，无法控抑于精神，难以节制于细微，自律、克制的堤防全线崩溃。巨大利益之挟裹着他们，很快即等同于少女之于色狼，细虫儿之于麻雀，骨头块之于流浪狗……因欲火中烧而走火入魔，自烈火烹油直至于爆裂粉碎，便成为既定的收局。

茫茫尘世有似于一潭浑水，而名利纠葛更是水潭里诡谲莫测的套着光环的巨型旋涡。官场上下，古今一辙。难怪跛足道人在对《好了歌》作解注时，重点仍然落脚于自盛而衰的豪门与仕途。

《红楼梦》之开卷，即特意安排一位疯疯癫癫的道人吟唱《好了歌》，朗朗上口的节奏、韵律，契合着落拓道人行进时的步调、节拍；它不同于民歌，所蕴含的哲理性又远远地超越着顺口溜，尤为难能可贵者，是用古老的中国汉字将尘世间建立功业、发家致富、贪恋女色、顾念后辈的诸多微妙心态，简洁凝练地做了个总结："可知世上万般，好便是了，了便是好。若不了，便不好；若要好，须是了。"这些脱口而出的话貌似胡言浪语，属于大智慧，实则很为哲学，其底衬则是对于尘世的凄然与无奈。在这里，中国汉字是进入了炉火纯青的地步，曹雪芹也就谱定了《红楼梦》的基调与旋律。

本人年轻时读过《红楼梦》，暮年迟钝，脑海里只剩下化石样的《好了歌》了。天底下歌手如林，歌词多矣，忖度其针砭古今时弊的寓意、张力，似乎尚未见出其右者。既然这样，能否目之为一曲"绝唱"呢？日月苦短，贪欲毁人，我佩服跛足道人所留下的至理名言，顺便也来狗尾续貂，诌句如下：

世人都晓神仙好，功、利、妻、儿忘不了。
四条"蛇虵"纠缠疾，双腿一蹬眼闭了！

《金瓶梅》别议

情、性、爱、欲，是人类肌体中激荡不已的"流水"，一旦静止，生命也就画上了句号。当代传媒急速发展，让明眼人能够切脉似的诊断出爱情流程中的诸多暗礁以及悄然滋生的致命性的病灶。

西门庆是虚构的文学人物，在《金瓶梅》里是以玩弄女色为能事的与官府紧相勾结着的恶霸、奸商。《水浒传》中，他勾引潘金莲，毒害武大郎，被武松追杀而命丧狮子楼。500多年来，在道德领地上一直是人所不齿的丑恶角色。

现在不同了。山东阳谷县拟建"《金瓶梅》文化旅游区"，临清市计划5年内建成"《金瓶梅》文化街"。安徽专家经多年研究，认定《金》书作者及人物原型皆为徽州西溪南村人，当地拟投资两千万元开发"西门庆故里"、《金瓶梅》遗址等一批景点（《解放日报》2006年7月26日）。长期被"压抑"的西门庆，终于可以昂首挺胸舒一口气了。

西门庆之所以能成为灯红酒绿、玩弄女色的楷模，是因为他有强大的经济实力做后盾。或许是要进一步完善西门庆的形象，有人策划、撰写了《管理，向西门庆学习》一书，从中"挖掘"出46条管理格言和经营理念，从硬实力角度深入探讨，以便让当今的企业家仿效（《工人日报》2006年1月13日）。自《孙子兵法》里探求经营之道，外国人借鉴过了，我们现在又从《金瓶梅》里另辟蹊径，看你外国佬还有能耐跟得上吗？况且，"管理"之术在中国，已经不限于"经济"二字了。《金瓶梅》之书名是用潘金莲、李瓶儿、庞春梅这三位被西门庆玩弄的女性的名字撮合而成，而宣城市的市委副书记杨枫则包养了七个情妇，他运用进修时学来的 MBA 管理知识，让首席情妇分别以爱钱型、爱权型、爱吃醋型、爱帅哥型的分类对待法，对诸位情妇实行"科学调度"，而且还真的在一段时间里相安无事（《广州日报》2006 年 7 月 26 日）。

　　安徽双轮集团董事长刘俊卿犯事之后，承认自己的红颜知己多达 70 余人，电话上经常叫错名字，便索性按发展时间顺序编号。一比七十，情妇之间纠纷难免，他便以保卫厂区的名义建立 160 多人的私人"武装"，装备先进于公安分局，凭此"摆平"和管理妻妾间的风醋纠纷。女大学生纪莺莺是刘的首席情人，在她 21 岁生日那天，酒厂礼堂门口的花鼓队载歌载舞，礼炮连放 21 响，刘俊卿向全厂 4000 多名职工宣布放假一天，纪莺莺陶醉了……这个土皇帝，很容易让人想到 2700 年前的周幽王烽火戏诸侯。刘俊卿曾被授予"中国杰出青年企业家"的称号。1999 年秋带着 19 岁的新欢方小雨赴朝鲜考察，在平壤转了一周后，方小雨向刘建议："你看人家巨大铜像矗立在广场，功载千秋，那才叫男人的极品至尊呢！"刘立即派人到上海请来两位艺术家，耗时半载，花费 70 余万元，他那两层楼高的巨尊雕像便矗立在双轮集团的大门口（《家报》2006 年 9 月 27 日）。挥霍钱财，统辖红颜，取乐的决策和气派，西门庆敢比吗？

　　官商勾结，是西门庆的一大特色。郴州市的副市长雷渊利，与38 名商贾经济上暗相勾结，索性就分配这些董事长、总经理分别去担任自己众多情妇的"高级保姆"，商贾们心领神会，巧走"红粉"曲线，将佳丽们一个个伺候得服服帖帖，"醋海"风和日丽，让雷渊利玩尽了风花雪月的花样，商贾们也一个个赚得盆满钵盈（《民主与法制》2006 年第 10 期）。就在雷渊利与商贾们各取所获之际，郴州市具有"诗人书记"之称的李大伦正在拼命敛财，七年内收入 3200万元。李书记捞钱手法高雅，他出版个人书法选集和诗集《岁月如诗》，通过市委宣传部向各单位摊派销售。诗集中有的是廉洁、清正的自我炫耀，并对古文《爱莲说》一咏三叹，击节赞赏（《广州日报》2006年9月12日）。能将"受贿术"作秀成"诗之情"，直让当今的诗坛新秀感到汗颜。比较而言，西门庆那一套算是老几！

令人疑惑的是，这些腐化堕落、生活糜烂的官员，哪怕终日拈花惹草，长期包养"二奶"，只要经济上未露破绽，很少被过问。湖南省专用通信管理局的干部曾国华，给情妇贺某写道：每周和贺要"发生三次性关系"，"每隔一小时要拨一下手机"（《长沙晚报》2006年9月5日）。二人鬼混长达七年之久，曾国华仕途上是步步高升，稳稳地坐上了副厅级的交椅（《检察日报》2006年9月6日）。

海军副司令员王守业（中将），与宣城那个副书记杨枫一样，俱是因为情妇们醋海翻波露出马脚而招致沉船的。《中国青年报》2006年9月1日彭兴庭的文章写道，近几年全国发生的腐败大案，几乎每一宗背后都有"情妇"的阴影，贪官们东窗事发，80%是由非正常渠道曝光的。打击、防范国家公职人员的职务犯罪是监察机关的首要职能，如果将此重任落实到情妇、小偷身上，剑走偏锋，实在是莫大的讽刺。西门庆式的腐败无从遏制，只能从社会制度上去找原因。持古为鉴，以证今之得失，这才是研究《金瓶梅》的正当途径。

扶正西门庆，官商乱成精。而潘金莲是被侮辱被损害的女性，全方位肯定《金瓶梅》，对于当今女性会造成什么样的影响呢？《中国青年报》2006年2月21日刊登了一名女大学生的来信，且摘录如下：

去年春节回家，刚考完研的高中好友告诉我就是考上她也不想读了，接着宣布已经和一个大她17岁的"成功人士"订婚。看我一脸诧异，她解释道，当初作出考研的决定是不知道自己将来要干什么，可现在不用愁了，逛街买衣服和"围着他转"成为她最近生活的主要内容。她的这位"成功之士"有过一次婚姻，有一个孩子、个子不高、相貌平常、已入中年，但有自己的公司，资产逾千万元，有"数不清"的车。她说，只要是成功男人，就是50岁，她也愿意嫁。"干得好不如嫁得好，女人的事业就是要经营男人。"本来我对她这种想法一直很不屑，但后来发现周围越来越多的女大学生跟她有同样的想法。

　　女人所要经营的这等资产逾千万元的男人，难道不正是西门庆的翻版吗？潘金莲是被西门庆千方百计勾引到手而渐渐落入泥淖的，而今有的女大学生将自己的爱情投注于势利的选择，则属于自觉地、主动地投怀送抱，这些有文化、有知识的女大学生比之于潘金莲，人生追求上究竟算是退步还是进步呢？

　　《重庆日报》2006年9月5日登有莫雪庆的文章，且摘录如下：

　　　　今年初，家住重庆沙区的堂姐妹，31岁的林英（化名）和24岁的林波（化名）开始为借种骗局做准备。她们买来6部手机，用假身份证开了一个账户，然后在各地媒体上打广告：富姐，30岁……特回国寻解风情能共孕男……通话选定即付50万元，酒店见面付100万元，怀孕付350万元……通话双方满意后，按约定，要付50万元给男方，但她们让男方先缴个人所得税。收到税费后，她们便以钱包丢了、出车祸、生病等为由继续骗钱……8月底，民警将俩少妇抓获。至此，她们骗了全国10余省市的40多名男子，涉案金额10多万元。

　　潘金莲当年所追求的，仅仅是合理些的生存，而这两个女子，进一步相中的则是男人背后的钱财。她俩以瞒天过海之术在半年内敛财10多万元，潘金莲当自叹弗如。更引人注目的是"全国10余省市的40多名男子"既看中"富姐"的鼓囊腰包，又神往海外风情，被"特回国寻解风情"的几个字眼儿招入魔道，悔也无及。这两个女子"聪明透顶",算是彻底摸透了诸多男人西门庆式的灵魂。巧妙利用异性肮脏、龌龊的心理素质,实施个人卑劣、下作的赚钱企图。我觉得,这40多位荷尔蒙过盛的男子还算幸运,因为智商低下而大做春梦,仅只破财若干,没有丧身于狮子楼,应是不幸中之大幸。

自从人类之性欲渐渐地升华演变为爱情以来,爱情本身理应是纯洁而神圣的。《红楼梦》里有性欲更有超乎其上的爱情,而《金瓶梅》里唯见性欲,爱情阙如。《金瓶梅》所展示的,是人性深处难于抑制的生理本能,取其自然而深刻、凝重,示其真切而露骨、惊心,也不失为当时社会中的一面镜子。可在世道人心江河日下之今朝,读者还是应当记住"东吴弄珠客"在本书序言里的一句话:"生欢喜心者,小人也;生效法心者,乃禽兽耳。"

在今天,时代变了,观念也变了,这是真的,然而,天下事变好还是变坏,总有个是非曲直。倘是在市场经济的支使下硬是从《金瓶梅》中去"挖掘"什么莫须有的"矿藏",盲目地去颠覆传统性的荣耻观念,所招致的只能是举世堪忧的后果。

渐行渐远的背影

　　古典诗词是文学园林里的一枝奇葩。孙女上小学二年级，就能背诵、默写一些古诗词，对这件小事，我却起了疑问。

　　移舟泊烟渚，日暮客愁新。
　　野旷天低树，江清月近人。

　　诗里清江、明月、大树，组成分外迷人的画面，益发衬托出孟浩然旅居在外时的孤寂伤感。1300 年过去了，现在的原野上，树木砍伐殆尽，胳膊粗的略高些的树木被移进城市公园，腰间得吊挂个装有"成长催生剂"的塑料袋打点滴施行抢救。河流呢？尚未干涸者污染严重，恶臭扑鼻，谁也不想接近，还能照见什么呢？

　　白日依山尽，黄河入海流。
　　欲穷千里目，更上一层楼。

　　王之涣当年登鹳雀楼时，依山流动而远行归海的巨龙似的黄河，如今动辄断流。早在 10 多年前，小汽车就能从壶口瀑布的上空飙到对岸，万众聚观，视为奇迹。此诗后两句是含有"登高方能望远"的哲理性，当今城市建筑，多的是二三十层的高楼，可雾霾日盛，行人紧捂着防护口罩，几米之外也模糊不清，谈什么千里之外。

　　李白的传世名句是："床前明月光，疑是地上霜。举头望明月，低头思故乡。"时下，如果有人认为这是最早的打油诗，已不算奇谈怪论了。现在的席梦思前，能有月光吗？再看看曾经脍炙人口的《早发白帝城》：

朝辞白帝彩云间，千里江陵一日还。
两岸猿声啼不住，轻舟已过万重山。

去过动物园的人之外，眼下还有几个人听到过猿啼呢？长江三峡蓄水之后，想重新回复旧观、妙造自然，不可能了。孩子们读这首诗，会觉得诗仙李白是痴人说梦。倘以此为教材，耐心开导，倒是能体会出什么叫"浪漫主义"。

对于亲情、友情，杜甫留下了"烽火连三月，家书抵万金""鸿雁几时到，江湖秋水多"的名句。范仲淹有过"浊酒一杯家万里，燕然未勒归无计。羌管悠悠霜满地。人不寐，将军白发征夫泪"的词作。眼下，且不说飞鸿难觅，以纸笔写信者是很少了。人们一点掌心里的袖珍键盘——智能手机，就能与地球的那一边进行交流。从前街旁绿色邮筒里的信件得用麻袋装送，现在从里边摸不出几封。更为遗憾的，是天地之间还可能出现那样感人肺腑的诗词妙句吗？

说到人间情怀，爱情是无从回避的。

"城上斜阳画角哀，沈园非复旧池台。伤心桥下春波绿，曾是惊鸿照影来。"这是 75 岁的陆游怀念 44 年前的唐琬而写下的诗作。朝上追溯，这是对 300 年前李商隐的"春蚕到死丝方尽，蜡炬成灰泪始干"的诗句在进行最切实的实践与阐释。从陆游后延 800 年，爱情遽变，爱河里全方位地喜新厌旧，时兴的是一夜情，过把瘾就死，白居易的"在天愿作比翼鸟，在地愿为连理枝"，只能让老年人在戏曲舞台上偶尔欣赏。这类只有在东方文苑里才会诞生的千古绝唱，完全可以理直气壮地去向联合国申报文化遗产。

　　抒怀言志的古典诗词，今天也有些不合事宜了。贾岛的"十年磨一剑，霜刃未曾试。今日把与君，谁有不平事"，倒不是因为刀剑已蜕变为"太极剑"之类的装饰品，更重要的是人性的变易。媒体上常有大街上围观成阵、静看恶徒行凶而见死不救的报道，正气泯灭，看客袖手，是人们体内的热血凉了，并非是冷兵器的问题。

　　李清照的"生当作人杰，死亦为鬼雄。至今思项羽，不肯过江东"，吟之于距离南京不远处的长江边上。南京的江宁区，是秦桧的老家。5年前，秦桧已有了自己的博物馆。有艺术家为秦桧夫妇塑了一改跪姿的雕像，取名为"跪了492年，我们想站起来歇歇了"。早在80年前，周作人就说过："秦桧的案，应该翻一下。"想不到而今成为事实。妇孺皆知，秦桧夫妇与岳飞的爱国情怀是冰炭难容。既然如此，岳飞的"壮志饥餐胡虏肉，笑谈渴饮匈奴血""三十功名尘与土，八千里路云和月"，孩子们还要不要去背诵呢？

　　社会前行与高科技发展的强劲步伐，致使古典诗词与我们渐行渐远。在人们的思维结构发生巨大变化的情况下，如果不顾及现实的困境和焦虑，只是让天真的小学生生吞活剥地背诵古典诗词，对拾起"优秀的中国传统文化"而言，只能是隔靴搔痒。

　　科技推转地球仪，世情变换捻指间。
　　千秋瑰宝仍是宝，而今已难再保鲜。

　　中华民族的优秀文化遗产根深叶茂，任是谁也推不倒的。经过10年浩劫，反复耽搁，长期沉埋，重新提倡学习古典诗词，老镜重磨，使其重放光芒，无可厚非。可我们的学校也应当顾及现状，以启迪的方式因势利导，培养小学生的兴趣，这才是正道。死记硬背，那是私塾学究走过的老路。

景仰杖藜人

杖藜者，多指腿脚不便而上了岁数的人。我这里景仰的，是《中山狼传》里"遥望老子杖藜而来"的那位"丈人"。

儿时翻看小人书《东郭先生》，非常崇拜那位站在奔驰的战车上拈弓搭箭、对"人立而啼"的中山狼奋力攒射的赵简子。武功超群的赵简子，行猎时乡官前导、鹰犬罗后，所过之处惊尘蔽天，足音雷鸣，十里之外，不辨人马。幼年之仰慕，与我长大后从戎也有些关涉。实际上，赵简子和杖藜老人只是故事里的两个陪衬人物，文中所着力刻画的，是贪婪诡诈、忘恩负义的中山狼和迂腐麻木、滥施仁慈的东郭先生。

社会发展，人口剧增，现在的原野上很难见到狼了。但社会风气滑坡，名利膨胀，物欲横流，贪污盗窃、坑蒙拐骗的，抢劫杀人、拐卖妇女的，屡扫难绝，可以说，狼性依然是深深地渗透于生活之中。马中锡写的《中山狼传》，仍不失其现实主义的尖锐锋芒。

东郭先生，代表着一类广泛而糊涂的人性。明知狼"性贪而狠，党豺为虐"，却溺于泛爱，袒遮庇护，他欺骗赵简子，救下狼之后，狼却要吃掉他，"先生仓促以手搏之，且搏且却，引避驴后，便旋而走，狼终不得有加于先生，先生亦极力拒，彼此俱倦，隔驴喘息。"像东郭先生这样烧香惹鬼叫、直弄得自己"隔驴喘息"式的自以为高明的角色，今天仍大有人在。

捻指间，本人也年逾古稀了，重读这则寓言，大约是年岁相仿所致，忽然对文末的杖藜老丈产生了浓厚的兴趣：

遥望老子杖藜而来，须眉皓然，衣冠闲雅，盖有道者也。先生且喜且愕，舍狼而前，拜跪啼泣……丈人闻之，啼嘘再三。以杖叩狼曰："汝误矣！夫人有恩而背之，不祥莫大焉。儒谓受人恩而不忍背者，其为子必孝，又谓虎狼之父子。今汝背恩如是，则并父子亦无矣！"乃厉声曰："狼，速去！不然，将杖杀汝！"

狼就是狼，不服训诫，狡辩再三，最后被丈人处死于布囊，弃扔于道而去。这位很平常的村野老者，未必博览群书而有多大学问，可他正气入骨，善恶分明，遇事沉着，处变泰然，惩恶狼有如弈棋，救焚溺易如反掌，真不愧是一位神仙似的"有道者也"。杖藜老人性格坚卓，活得潇洒，处置恶狼后，对东郭先生说道："仁陷于愚，固君子之所不与也。"言已大笑，先生亦笑。

同样是笑，杖藜老人的笑是开心清爽的、坦然明亮的，自以学富五车的东郭先生，则笑得有些尴尬。杖藜之"藜"，即乡野常见的灰菜，一年生草本植物，嫩叶可食，老茎可做拐杖。杖藜老者，穷而骨朗，对人情世故了然于胸，迂腐透顶的东郭先生，这个时候应当跪地拜师才对。

从古以来，儒家忠恕，佛家诚善，道家空灵，墨家兼爱，其共通的弱项乃惩恶乏力，将世事推诿给轮回与天命，致使污浊、腐败之气长期侵蚀着社会与人生。然而，在广漠的大地原野上，在人间不起眼的传统脉络里，也正因为不乏"杖藜"的有道者，中山狼之辈才很难得逞，总也成不了气候——经验难得，阅历可贵，老年人切近于恢恢天网，是谓"大道低回"。

时下中日关系紧张，有友人认为，我们作为一个热爱和平的民族，假如识不透日本右翼的狼子野心，就是个典型的东郭先生。这样比喻，引我深长思索，便想起这则寓言里的杖藜老人。

活到老，学到老。少年时钟爱赵简子，属于天真孟浪；中年时未改初衷，分明为志大才疏；而今进入晚年，转而景仰杖藜者，也算是随着光阴趋向于成熟吧。

《宝鸡日报》2016.7.22

林冲的朋友

　　著名诗人聂绀弩，被周恩来誉为"20世纪最大的自由主义者"。

　　针对林冲，聂绀弩写过两句诗，一句是"家有娇妻匹夫死"，这是大实话。高太尉的义子高衙内为了染指林冲之妻，80万禁军教头林冲硬是被高太尉一步紧一步地逼上了梁山；林娘子倘若姿色平平，我估摸林教头的小康日子起码也是安逸的。另一句对仗的是"世无好友百身戕"，这里的好友指的是鲁智深，却是省略了花和尚的重要对立面陆谦。

　　总体上看，是高太尉将林冲逼上梁山的，可暗施阴谋诡计、直接采取具体措施勒逼林冲的，却是那位"和林冲最好"的朋友——陆谦。陆虞候表面上与林冲"如兄若弟"，亲昵之至，骨子里却是太尉府的心腹，一旦林冲与太尉的利益发生冲突，陆谦可就"顾不得朋友交情"了。

　　在高衙内首次纠缠林娘子而未能得手时，陆谦凭借自己与林冲交好，调虎离山，将林冲哄到外边去吃酒，却精心安排高衙内在自己的屋里强行摆布被谎言欺骗过来的林娘子。这步棋失手之后，陆谦知道林冲识破了他的"朋友"画皮，不敢回家，在太尉府里躲了3天。躲避之际，他向林冲使出了更毒辣的狠招：托人售林冲以祖传的宝刀，并以太尉要欣赏宝刀为由，将林冲巧妙地诱入白虎节堂，决心定林冲一个"手持利刃，故入节堂，杀害本官"的死罪，彻底除掉林冲，然后再去摆平高衙内朝思暮想的那个林娘子。此招是抓捕了林冲，但因主持公道的开封府据实力争，又只好免去死罪，将其刺配沧州牢城。

　　临动身前，在林冲与爱妻生离死别之际，陆谦又暗地出马，用重金收买押解林冲的两个差人，叫他们于半道上了结林冲的性命，而且"是必揭取林冲脸上金印回来做表证"以领取重赏。这紧随的第二步毒招，被精细、勇猛的鲁智深用一条铁禅杖给打得粉碎。这就出现了戏曲舞台上颇有名气的剧目《野猪林》。第三步绝招，仍是陆谦亲自出马，从开封赶往沧州，张开官场惯用的黑暗罗网，设计将林冲烧死在风雪中的草料场里，而且务必要"拾得他一两块骨头回京"，向高太尉报功。当林冲知晓了这千里追杀的一系列黑幕之后，挺着花枪，闪电似的从破庙里冲了出来，先戳倒两个帮凶，回头一看，张皇失措的陆谦才跑了三四步。

　　林冲喝声道："好贼！你待哪里去！"批胸只一提，丢翻在雪地上。把枪搠在地里，用脚踏住胸脯，身边取出那口刀来，便去陆谦脸上搁着，喝道："泼贼！我自来和你无什么冤仇，你如何这等害我！正是杀人可恕，情理难容。"陆虞候告道："不干小人事，太尉差遣，不敢不来。"林冲骂道："奸贼！我与你自幼相交，今日倒来害我，怎不干你事！且吃我一刀。"把陆谦上身衣服扯开，把尖刀向心窝里只一剜，七窍迸出血来，将心肝提在手里。

　　读者看到这里，人人解气，谁也不会责备林冲残忍。

　　我向来认为，梁山泊一百单八将里，林冲的含金量最高，高就高在对"逼上梁山"四个字逼真、剀切的阐释上。人们喜爱《野猪林》，是喜爱鲁智深爽直磊落的友情道义，可在实际生活里，鲁智深这样的人相当稀罕。林冲与鲁智深是刚刚结识的。林冲的朋友里，鲁智深与陆谦为什么新旧错位，一阳一阴，一白一黑，一正一邪，正是截然相反的两种人呢？

　　豹头环眼的林冲，当初闻讯后赶进岳庙，发现有人正在调戏他的妻子，一把"扳将过来，却认得是本管高衙内，先自手软了"，便只好咽下一口唾沫，放走了这个流氓。随后赶来助援的鲁智深听了情况，当即责备林冲："你却怕他本官太尉，洒家怕他甚鸟！"粗话骂人的"鸟"字，重逾千钧，可也在婉转地告诉人们，只有在粪土名利、不畏官府、不怕权势的人群里，才可能找到肝胆相照的真朋友。而陆谦是权贵门下的走狗，为了得到几块扔下来的骨头，对于朋友，只能是谬托水乳之契的肘腋之患。

　　吟味聂绀弩的诗句，用意看起来浅显：找老婆，别找太秀媚的，知冷知热就行；交朋友，于患难中结交，远离名利场所。实际上，事情并不那么简单。人生途中，大抵是到了死生攸关的极限上，这才可能悟得行世的一些普通常识。娶妻、交友，是人生无从回避的两桩大事，而林冲的厄运，正犯在妻子姣美与交友失慎这两块顽石上。花花世界，云雨翻覆。天下所谓的"朋友"，仅仅是利益二字在人际关系间的投影而已。善良的林冲一直认为陆谦是最好的朋友，而面临利害，陆谦恰恰是个最狰狞的杀手，最阴险的敌人。我推测，当林冲最后骂着"好贼、泼贼、奸贼"，并一刀剜出陆谦血淋淋的心肝提在手里时，大概才真正明白了这样一条似乎并不怎么深奥的生活常识，正所谓"血的教训"。犯这等常识性错误者，岂独一个林冲，古往今来，普天下触目皆是。

　　《水浒传》对陆谦的描述，用笔省俭，以鲁智深、林冲左右衬托，反而将陆谦的灵魂、官府的龌龊及林冲的觉悟过程刻画得细致精微，入木三分。施耐庵在人生大局上如此画龙点睛，实不愧为神来之笔。

《宝鸡日报》2015.5.15

人杰武松
——英雄的底色

　　勇武超群者，即为英雄。梁山泊一百零八条好汉，在我心目中倘要排个次序，首席非武松莫属。武松具备鲁达的阔爽、林冲的坚忍、石秀的机警之外，另有几项，也非寻常英雄所能及。

　　英雄豪杰，感情上难免于粗疏、鲁莽，武松则情深义重。

　　思乡心切，是因为武松要回故里清河县看望穷苦的哥哥。途中打虎，仅是偶然遇险；嗣后在阳谷县奠兄杀仇，才是重头戏——这一场重大纠葛，正是由兄弟情分引发的。

　　武松两个月出差归来，突见兄长亡故，他在灵牌前烧化纸钱，放声痛哭，"哭得那两边邻舍无不凄惶"。这样痛哭，既哭兄长之殁，又因为他业已意识到哥哥是"负屈衔冤"的，哭声里也裹挟着报复的因子。此案的介入者唯有一个依靠卖时新果品养家的乔郓哥。这小厮非常聪明，一看见团头何九叔领着武松来找他，就知道麻缠事来了，立时表态："只是一件，我的老爹60岁，没人养赡，我却难相伴你们吃官司耍。"武松掏出五两银子让他安顿老爹，且进一步表示："兄弟，你虽年纪幼小，倒有养家孝顺之心……事务了毕时，我再与你十四五两银子做本钱。"待得事务了结，武松将被解送东平府时，果真又拿出十多两银子"与了郓哥的老爹"。

　　"无情未必真豪杰"，鲁迅先生早就在勘探着、琢磨着英雄的底蕴。尘世间有的是"兴风狂啸者"，在所谓的"儿女情长"方面，他们是无法与武松相提并论的。武松深明事理，然诺重情，对刁徒泼皮毫无畏惧，对小民疾苦铭刻于怀，赢得了阳谷县上下之由衷钦佩，

　　临上路时，许多人"资助武松银两，也有送酒食钱米与武松的"。武松显然不是那等草率的武夫。

　　武松的另一特质是不恋女色，而且参透了女色。

　　一母同胞的弟兄，武松身长八尺，仪貌堂堂，浑身有千百斤气力，而武大矮短，头脑猥琐可笑。在爱情上备受生活凌辱的潘金莲小武松 3 岁，颇具姿色，她怎么能不春心荡漾，迷恋被武大邀进家里的这个叔叔呢？步步切近，婉转引诱，她是使尽了浑身解数。英雄好色，天下皆然，因为美色之魅惑最易让男子汉失却理智。可潘金莲以这一常规尺度忖度武松，却是看走了眼。反复挑逗最后碰了钉子，她恼羞成怒，便在武大面前恶意挑唆。武松知趣，收拾行李，搬到别处去安身。

　　武松深知，这样的嫂嫂极可能是放在哥哥床上的"定时炸弹"。过了些天，将赴外地出差，他又来到紫石街哥嫂家里，特意劝谏："嫂嫂是个精细的人，不必用武松多说。我哥哥为人质朴，全靠嫂嫂做主照看他。常言道：表壮不如里壮。嫂嫂把得家定，我哥哥烦恼做什么？岂不闻古人言：篱牢犬不入。"潘金莲羞得无地自容，转而指骂是武大背后说了她的坏话。防患于未然，弟弟之关爱兄长，令人动情。

　　也正因为精细的武松有所预感，出差返回，掀开门一看到兄长灵牌，立时呆了，吃惊是吃惊，却并未感情失控，悲泣号啕。前面所说的哭得"凄惶"，那是武松直到晚间才另行安排的一幕——悲痛之背后，显然别含用意，这是典型的"男儿有泪不轻弹"。

　　关羽其所以成为被后世神化了的英雄形象，有一个细节很重要——他在护卫二位嫂嫂的过程中，不越雷池一步，守定了不染女色的距离。较之于武松之拒绝挑逗，并由此深入推断，进而预感到兄长的危险处境，武松的心理素质是更其难得。

　　勘破内幕，抓紧时机，有步骤地迅猛复仇，属于事件高潮，也是武松使出的最精彩的撒手锏。

对于这一桩背景深邃、精意编织而成的无头案，武松作为外来户，匹马单枪而欲达目的，确实像是老虎吃天。第一步棋，他将突破口选在了参与焚尸的何九叔身上。以生死威逼的方式由此突破之后，马上带着何九叔、郓哥及哥哥的两块酥黑骨头走正常渠道去告官（此为第二步棋）。县吏与西门庆是"有首尾的"，西门庆暗中又再度许了银两，官府便以证据不全（要求尸、伤、病、物、踪俱全）为由进行推托，"不准所告"。第二步棋之难于走通，已先在武松意料之中，他深知，寄昭雪之望于贪贿枉法的官府衙门，无异于画饼充饥（心细如发，目光如炬，斯为大智）。西门庆再度行贿，且将私下买通官方的讯息迅速地传递给王婆、潘金莲，让她俩不必惊慌，稳住阵脚。换言之，武松此时此地所直接面对的，不仅仅是财大气粗的西门庆，更重要的是峥嵘庞大的国家机器。武松对官场衙门之了然于胸，《水浒传》里以杨花过庭而无影的笔法轻轻掠过，却极度强烈地体现在一连串紧紧相随的行动里。

在道义与法律面前，冰山亮出严峻的本相。武松没有丝毫犹豫，立刻不动声色地着手第三步棋。他带两三个士兵，以答谢帮办丧事的邻里为名，在亡兄灵位前摆设宴席，除王婆、潘金莲之外，他软硬兼施、不由分说地请来了开银铺的姚文卿，纸马铺的赵仲铭，酒店的胡正卿，卖馉饳的张公。请了进来就走不出去，因为士兵在把门。七杯酒吃过，武松让胡正卿做笔录，忽地拔出尖刀，放翻嫂嫂，两脚踏定，命她与王婆从实招供。详情招供之后，在场者全都"点指画了字"。接着宰了潘金莲，提着她的头颅飞奔狮子楼，猛虎下山似的斗杀西门庆，返回家再以两颗人头祭奠了哥哥，这才押了王婆，一干人径投县府自首。

"好汉做事好汉当"，以有理、有利、有节的手段让伤天害理之徒加倍偿还之后，便步调从容地投官自首，益发展示出武松其人的悲壮、慷慨，这神闲气足的淡定身姿，轰动了阳谷县城。刀锋犀利的武松为何留下王婆呢？他心中有底：腐败龌龊的官场也需要给脸上贴金，它是饶不了这个肮脏透顶的"老猪狗"的。

醉来打杀景阳虎，精彩至极；省时剪灭西门庆，实则更见分量。武松面对极境所施展开的棋路，一会儿是草蛇灰线、风拂草动，一会儿又雷鸣电闪、掀天揭地。智慧支撑勇敢，勇敢拓展智慧，三步棋环环相扣，间不容发，衔接巧妙，细致周密，一桩惊天大案干净利落地了结于两三天之内。这等智勇兼具、敢为敢当的人杰本色，直惊得老谋深算的官府衙门也目瞪口呆……

梁山好汉之多无妻室，忽然间让我想到了"文革"中风行全国的样板戏。为了塑造"高大全"的英雄形象，样板戏里的男女主角俱不见其配偶与亲属。从古到今，无论男女，一旦有了家室拖累，似乎也就干不成"革命"事业了。武松则不然，他是深深地介入了现实生活中无从回避的婚爱姻缘，而且在人伦大节上守定了传统道德的底线。从艺术上着眼，武松也是梁山好汉之一，如果说样板戏塑造英雄人物的路数是在学习《水浒传》，显然是没有读懂施耐庵。

围绕此案交织出场的各色人物，生动传神地展示出阳谷县情味浓郁的市井风俗。施耐庵以省俭的笔墨提纲挈领，烘云托月，将人物心理活动聚拢于雷厉风行的一系列行动的背后，自风尘旋涡里矗起了一尊内涵丰厚、人性光辉几近于中天满月似的英雄形象。

《光明日报》2015.11.13

过不去的黄泥冈

　　《水浒传》是古典长篇小说里最成功的作品之一，其中"智取生辰纲"一节曾收入中学教材，以示为文之典范。

　　文中的主角杨志，精明强干。在押送生辰纲的过程中，先后四次以"不"的方式提出过个人的"正确"意见：第一次被采纳，第二次被调和，第三次、第四次，却是被和了"稀泥"。

　　当梁中书夫妇选中杨志押送生辰纲时，杨志推辞，由于他知道上年的生辰纲遭劫的底细，若是再依样画葫芦，重蹈覆辙，势必难脱厄运，所以特意提出改车运为担挑，一行人"只做客人的打扮行货"，连夜送往东京——如此这般，他才愿领受任务（此行关乎杨志的前程，他一心想顺利地押送成功）。梁中书见他胸有成竹，考虑得细致周密，便依了杨志。

　　第二次是将要启程时，梁中书道："夫人也有一担礼物，另送与府中宝眷，也要你领。怕你不知头路，特地再教谢都管并两个虞候和你一同去。"杨志听罢，再一次推辞不干了，回禀道："叫老都管并虞候和小人去，他是夫人的人，又是太师府门下公，倘或路上与小人别拗起来，杨志如何敢和他争执得？"杨志说得在理，却是经不住梁中书折中调和："这个也容易，我让他三个都听你提调便了。"既然当场敲定由杨志全盘指挥，杨志也只好应允。

　　上路之后，实际情况比杨志预为设想的要复杂得多。

　　急于事功的杨志，只想在蔡太师生辰日之前夕抵达京城。上路五七日后，对挑着重担的军健们逼催不已，停慢者轻则痛骂，重则藤条抽打，只背些包裹行李的两个虞候喘得跟不上，也被杨志挖苦、嗔骂了一顿。虞候坐在柳荫下等老都管上来，便诉说杨志的蛮横、恶劣。老都管也看着杨志太为张狂，但碍于梁中书的吩咐，便竭力隐忍，只表示"且奈他一奈"。蹒行十多日，14 人"没一个不怨怅杨志"。一比十四，杨志已变成孤家寡人了。

　　6 月 4 日，烈日当空，一行人赶到了黄泥冈。军健们实在是累极了，便去松荫下躺倒，杨志打这个起来，那个又睡倒，杨志举藤条只管去打。任何忍耐都有个限度，挨到冈子上的老都管实在看不下去，终于喝道："杨提辖且住，你听我说。我在东京太师府里做奶公时，门下军官见了无千无万，都向着我喏喏连声。不是我口浅，量你个遭死的军人，相公可怜，抬举你做个提辖，比得芥子大小的官职，直恁地逞能。休说我是相公家都管，便是村庄一个老的，也合依我劝一劝，只顾把他们打，是何看待！"老都管终于是忍无可忍，足见杨志与众人僵持到了何种地步。倘要继续赶路，显然是不灵了。

　　恰在此时，对面松林里现出了 7 辆江州车儿及躺地乘凉的人，杨志赶上前打问，人家自称是贩枣子去东京的，暂且歇脚纳凉。这时节，远远地一个汉子挑着一担酒，唱上冈子来了：

　　烈日炎炎似火烧，野田禾稻半枯焦；
　　农夫心内如汤煮，楼上王孙把扇摇。

军健们渴得要死，便凑钱拟买酒吃，杨志用朴刀杆又一次打着不许买："多少好汉，被蒙汗药麻翻了！"适才是不准歇脚，眼下又不许吃酒，这边正在闹动争说，那伙贩枣子的已买去了一桶，你一瓢我一瓢吃完之后，又从另一桶里要"饶我们一瓢吃"，卖酒人夺瓢，贩枣的耍赖，一来二往，叫喊闹腾……老都管又一次对杨志发话，要让大伙吃酒避暑气。事已至此，精细观察的杨志便也寻思："俺在远远处望，这厮们都买他的酒吃了，那桶里当面也吃了半瓢，想是好的。打了他们半日，胡乱容他们买碗吃罢。"慎重思考之后，杨志又一次作出让步。

　　众人吃时，杨志自己也口渴难熬，可心里又难免踌躇，只吃了半瓢，嚼了几个枣子。就这样，杨提辖却硬是"起不来，挣不动，说不的"了，眼睁睁看着那 7 个人扔下枣子，"将这 11 担金珠宝贝"装在车子内，一直往黄泥冈下推了去。杨志眼前，满地尽是鲜亮亮的枣子。

　　那 7 辆江州车儿底下，笔者估摸是藏掖着 7 般兵器的。倘是智取失效而必须"力争"时，杨志也绝难取胜，因为他所面对的是早就准备停当的 7 条好汉，自己却是孤身一人，14 个同伙，让他给得罪完了。

　　7 位胜利者，正是以晁盖为首的聚义"七星"。刀枪未动而智取成功，是因为他们占住了"天时、地利、人和"。

　　天时——乃炎热的六月间，面对的是一伙长途负重、疲惫跋涉的苦不堪言者。地利——为黄泥冈，这是由大名府至东京必经的第 5 个地旷人稀的"强人出没的去处"；况且，冈之东 10 里的安乐村早就有个晁盖的内线白胜，此为伏藏龙虎、巧设酒计的绝佳所在。再者，晁盖为东溪村保正，其家作为通民情、传号令、保治安的窠巢，讯息灵通，情报准确，不仅摸清了杨志其人的落魄家底、性格心理，甚至也了解到这一起生辰纲里杂有蔡夫人的私货、私人及私情。

　　十万生辰纲，说到底是老百姓血汗的结晶。7 条群策群力的好汉，筹划精致，盘马弯弓，以逸待劳。而谋勇兼具、武艺超群的杨志，刚愎自用，太过自信，自己将自己弄成个光杆司令，纵有天大的本事，这生辰纲能过得了黄泥冈吗？张恨水对这一节的评语：始终不过运用23人，"而恍若有千军万马，奔腾纸上也者"。

　　仔细检点过不去黄泥冈的诸多原委，实在是耐人寻味。

从醉翁亭说起

　　醉翁亭在滁州琅琊山麓，岳阳楼处于岳阳洞庭湖畔，分别坐落于长江两岸，东西相距千里之遥。《醉翁亭记》出自欧阳修，《岳阳楼记》出自范仲淹。二记精短，合起来也就 770 个字。异地而同时，二记俱形成于庆历六年（1046）。

　　《岳阳楼记》波澜雄浑，展现出范仲淹"腹中自有数万甲兵"的云水襟怀及其"先天下之忧而忧,后天下之乐而乐"的崇高境界。《醉翁亭记》纡徐有致、流动潇洒，深深地隐伏着欧阳修强烈的政治忧患和人生感喟。近千年过去了，细读欧阳修，我们似乎也只能取"高山仰止"的份儿。

　　欧阳修一杆笔纵横开阖，文备众体，诗、词、文、赋之外，其《六一诗话》则开创了文艺评论的新体裁，并在史学、经学、金石学方面有很高的造诣。唐宋八大家里,宋代占六位。欧阳修"奖引后进，如恐不及，赏识之下，率为闻人。曾巩、王安石、苏洵,洵子轼、辙，布衣屏处，未为人知，修即游其声誉，谓必显于世"（《宋史·欧阳修传》）。那个时候，几乎所有的文学家都得到过欧阳修的推举、延誉，这里点名的 5 位大家，正是由欧阳修率领着步入中国文学史的。

　　史学家宋祁，比欧阳修年长 9 岁，与欧阳修一起编修了为后世称许而进入二十四史的《新唐书》。定稿之后，朝廷派御史告诉欧阳修:按照历朝修史的惯例，撰写人只能署最高官职者的名字，"公（指欧阳修）官高当书"。欧阳修回答："宋公于列传功多，吾岂可掩其名乎！"于是，纪、志书修，列传书祁。宋祁知道后佩服地说："从古以来，文人相轻。像欧阳公这样高风亮节者，前所未闻也！"

至和二年（1055），欧阳修担任贺契丹登宝位国信使时，契丹使其国地位最高的四大贵臣在宴会上一齐作陪，史料记载"此非常例，以卿名重"，于此也可见欧阳修声望之高。

后来的人们总是认为，欧阳修之所以位高望重，声誉远播，根本原因是"翰墨致身"——是由于他的文章写得好。然而，宋史记载学者求见欧阳修之际，彼此交流，"未尝及文章，唯谈吏事，谓文章止于润身，政事可以及物"。也就是说，欧阳修认为军国大事才可以惠及万物，于国于民有所裨益，而会写文章以抒发襟怀，仅能滋养的是个人的精神气质。后世所推重的诗文名篇，包括《上范司谏书》《与高司谏书》《朋党论》《秋声赋》以及《醉翁亭记》之类的文字，在欧阳修的心目中，只是为官从政的副产品罢了。

说起欧阳修的从政生涯，则不能不提及比他年长 18 岁的范仲淹。

庆历三年（1043），宋仁宗任命范仲淹、富弼、韩琦同时执政，欧阳修、蔡襄等人同为谏官，开始了有名的"庆历新政"。庆历四年，欧阳修写下了政论文中的精品《朋党论》，论据充分，论证剀切，从理论上彻底掀翻了一个涉及朋党之争的历史大案。因为切中时弊，从根本上触犯了暮气横生的腐朽政治集团，改革失败后，范仲淹、欧阳修他们被诬为"朋党"，同时被贬。实践证明，文章无论怎样的缜密到位，说到底也还是纸上谈兵的翰墨功夫，范仲淹、欧阳修他们之横遭贬黜，却是不争的现实。峰回路转，令人意想不到的是，"文章憎命达"，也正是在被贬黜的境遇里，又同时出现了散文史上的两朵奇葩：《醉翁亭记》与《岳阳楼记》。胡耀邦 1982 年秋天来到醉翁亭里，还能一字不差地背诵《醉翁亭记》。

二记并读，从中可感知两位作者襟抱相投，气质相类。宋史评价欧阳修"天资刚劲，见义勇为，虽机阱在前，触发之不顾。放逐流离，至于再三，志气自若也"，将这 31 个字移用在范仲淹身上，也真的是天衣无缝。从共通的襟度气质上，也不难揣度出他俩何以能写出那等大气磊落、面对浩浩长江而互为照应的文章。

醉翁亭里，"苍颜白发，颓然乎其间者，太守醉也"——这正是欧阳修的自我画像。他不到 40 岁，须发尽白，自诩为"翁"，连皇帝看见，都觉得可怜。我觉得，欧阳修并非读书人那样为穷经而皓首，他这纯粹是严酷无情的政治斗争堆在头上的永冻难消的霜雪。"醉翁"二字，作为欧阳修的自画像，是最成功的一帧，也是最让人心酸的一幅。后世的人们向往滁州，许多是奔着欧阳修而来的；正如人们之向往岳阳，仰慕的是范仲淹的风骨与文采。

忧劳可以兴国，逸豫可以亡身。

夫祸患常积于忽微，而智勇多困于所溺。

祭而丰不如养之薄也。

万树苍烟三峡暗，满川明月一猿哀。

单是凭这些耳熟能详（耳熟能详一词，也出自欧阳修的《泷冈阡表》）的名言警句，就可以想见北宋的欧阳修是个怎样的文坛领袖了。

欧阳修的文章"超然独骛，众莫能及"。真正理解欧阳修为文之道的，应推当代作家孙犁。孙犁认为："道德文章的统一，为人与为文的风格统一，才能成为一代文章的模范。"也正因为如此，欧阳修的文章才"见重于当时，推仰于后世"。

孙犁究竟是因为什么缘故而能深至地认知千年前的欧阳修呢？我忽然想到了 1982 年的 12 月 4 日。那一天，当百花出版社为孙犁老人赠送新出版的《孙犁文集》时，孙犁从楼上看到一位女编辑抱书上楼的肃穆情景，心中万般感喟："她怀中抱的那不是一部书，而是我的骨灰盒。"大道低回，古今同理。文学殿堂里真正的散文精品，作者的文字与他的骨灰是化为一体的。

重读《泷冈阡表》

忧国恤民、直言敢谏的北宋名臣欧阳修，是文坛公认的巨擘。他的散文风靡宋代，而且影响到封建社会的后半期。

欧阳修在世 66 年，他于下世前两年写成的酝酿了 60 年的千余字的《泷冈阡表》，不唯在历代墓碑里属于绝唱，而且是他政治生涯与艺术生命的总结，属于难得的散文佳作。欧阳修的父亲欧阳观（下称欧父）在儿子 3 岁时病故，欧阳修在母亲郑氏（下称欧母）的教养下日渐成人，官做得很大，位及宰辅，文章写得好，声望极高。地位显赫又文章出色者，历史进程中是不多见的。

欧父卒于大中祥符三年（1010），而《泷冈阡表》作于熙宁三年（1070），欧阳修为什么要等到父亲的骨骸化为黄泉里的泥土时才写此阡表呢？他自称"非敢缓也，盖有待也"。实际上是"有待"于子承父愿、事功上有所建树之时，才敢"表于其阡"，以丰硕成果回敬父亲的地下之灵。

与儿子并肩等待的，是欧母郑氏。欧父 59 岁辞世时，欧母 29 岁，年轻守寡，抚孤成才，直至皇祐四年（1052）辞世，她是陪伴着儿子等待了 40 多个春秋。母子相依，共同等待，是因为这个行将成熟的"果实"里蕴含着"积善成德""为善无不报，而迟速有时"的生命进程里的重大因子，关乎欧阳一家承前启后的重大命题。也就是说，母子二人要在天理、命运这关键性的问题上等到一个水落石出，才能给亡人一个圆满确切的回答。所取者远，则所待必久，所就者巨，其所忍必强。这等待的过程与其说是酝酿阡表的过程，毋宁说更是欧阳母子忠诚地、一丝不苟地实践死者遗志的艰难行进的过程。由此而最终形成的《泷冈阡表》，情真意切，简洁质朴，平易与文采高度统一，彻底打破了俗常性的墓表格套，丝毫没有过誉或谀词的些微痕迹。

因为人口骤增，土地紧张，而今有地位的人下世时实行火葬，墓碑不立了，却非常讲究悼词。悼词之形成急不可待，有许多是尸未凉而词已就。这些悼词句斟字酌，总是在云里来雾里去地捕捉死者在世时的所谓"业绩"，以之为活人（儿女）脸上涂彩贴金。至于亡人生时真实的风貌与人品，基本上从火葬场的烟囱里飞散了。

《泷冈阡表》自成高格，得力于一个无论如何也不可轻忽的因素——欧母郑氏。欧父亡时，修才3岁，父亲留给他的印象、影响，全凭母亲在他的心灵屏幕上悉心烙印。《泷冈阡表》便是借用母亲的日常言行重现父亲在世时的典型生活细节，巧用侧笔，以实充虚，明彰父德而暗扬母节，收到了一碑双表的特殊效果。当一个人在自己的位置上献身于帮助其他生命的时候，人类才是纯正的、崇高的。欧母用其夫"烛治官书，屡废而叹"的平实细节，反复向儿子挑明其父正是一个这样的人。扩张仁爱之心与节制私我享受历来是有机的统一体。欧父廉洁好施，"其俸禄虽薄，常不使有余"，而且动辄在叹泣中追录"昔常不足而今有余，其何及也（这究竟是怎么形成的呢）"的最初源头。丈夫去逝后，欧母则尽自己的毕生精力，赓续着丈夫的生前遗愿：

自其家少微时，治其家以俭约，其后常不使过之，曰："吾儿不能苟合于世，俭薄所以居患难也。"其后修贬夷陵，太夫人言笑自若，曰："汝家故贫贱也，吾处之有素矣。汝能安之，吾亦安矣。"

欧母将丈夫以廉俭而养刚正的遗训切切实实地渗透于自己的一

言一行之中，对儿子言传与身教并施，致使她本身就化成一尊厚实高巍的精神后盾，支撑着儿子在复杂多变、坎坷险恶的政治风浪中搏击患难，奋力猛进，这实在是千秋宦途中罕见难得的一幕。

欧父晚年得子，他比妻子年长 30 岁（由此推想，这位郑氏应当是后续的妻室）。欧父辞世时，欧母仍为少妇。一个少妇要在 43 载清苦的守节生涯中将一个 3 岁小儿一步步地提携培养成名垂青史的一代名臣，付出巨量心血之际，需要有怎样的意志和毅力啊！《泷冈阡表》所留给读者的是：欧阳修仿佛是站在风颠浪簸的一只船上，船尾舵手的位置本应是父亲欧阳观的，眼前却是母亲郑氏沉着、坚定的身影……

古今传扬郑氏家贫，她时常以荻画地，教小儿读书认字。这一"欧母画荻"的故实，正好与这位"世为江南名族"的少妇对贫贱"处之有素"的刚韧细节遥相呼应。散文细节，其分量是巧妙地隐伏着的，欧阳修对母亲郑氏的形象刻画，正是得力于此。倘是没有这样的一位母亲，历史上能出现一个不同凡响的欧阳修吗？欧阳修是个珍重情义而又不忘本根的性情中人。父母过世已经分别是 60 年与 18 年了，其须眉动态在他心目中依然栩栩如生。作为长期处于"一阔脸就变"的官场中人，欧阳修诚为难得。

《泷冈阡表》一文，迂徐逶迤中往复百折，条达流畅时闲易婉曲，自节制吞吐、离合参差中见出作者的文采与智慧。散文是返顾性的文字，其根本是以情动人，以理服人。一篇文章里，情与理自有偏重，然而，两者又务必要和谐得天衣无缝才妥帖，这就决定了散文佳作常常是经久酝酿的结果。《泷冈阡表》正是通过精约的亲情描述，将传统的"亲情"推进到一个超越伦理的更为切合人性的层面，情与理在糅合中也达到了水乳交融的地步。

我们不是正在建设一个廉洁清正的节约型的和谐社会吗？无论于官于民，我以为《泷冈阡表》都是值得借鉴的一篇佳作。

　　当今的文坛上不是有著作等身之说吗？一篇悼词酝酿60个春秋，千余字"构思"了一辈子，算不算"著作等身"呢？时下的文坛上动辄是著作等身，文字垃圾也太多了吧。

《绝调重弹》自序

纪昀（1724—1805），字晓岚，一字春帆。天纵聪睿，少即颖异。31 岁成进士，后入翰林院，由编修官至侍读学士。奉诏总纂《四库全书》，13 年间，校订整理，每书作有提要冠诸简首，又诏撰"简明目录"，评论精审，天下膺服。致使《四库全书》成为我国古代庞大、完整的知识文库。

纪昀既是 18 世纪后期的文论家、史评家，同时又是一位足以代表中国古典文化穴结时代的思想家。其精力萃于 200 卷的《四库全书总目提要》。嗣后，于晚年写成的《阅微草堂笔记》，从着手到成书，也断断续续经历了十多个春秋。

纪昀暮年，学问文章名满天下，渐渐又变得"孤峭而诙谐"，灼灼流星似的生命漾动着阅微知世的异样的光彩，自然地显示出辛酸内蕴却又幽默讽世的一等老辣情怀。而众态毕具的《阅微草堂笔记》，取舍广衷博杂，历练精详，充盈着尘世沧桑的冷暖沉浮与诡谲奇异的幻想情态。纪昀的思维、见解、性行、趣味，在这里一点一滴地汇聚为一尊完整而鲜活的立体形象。《四库全书》是遵从"圣意"下水磨功夫完成的，而《阅微草堂笔记》，则是纪昀一生目逾万卷、胸涵千秋而成熟于旷野老树梢头的仅有的一枚硕果。

鲁迅先生认为：《阅微草堂笔记》虽属聊以遣日之书，而立法甚严，行文尚质黜华，追踪晋宋："故凡测鬼神之情状，发人间之幽微，托狐鬼以抒己见者，隽思妙语，时足解颐；间杂考辨，亦有灼见。叙述复雍容淡雅，天趣盎然，故后来无人能夺其席，故非仅借位高望重以传者矣。"

1980 年秋天，孙犁先生对之有更进一步的评述。《阅微草堂笔记》的写法及其作用，都不同于《聊斋志异》："直到目前，它仍然在中国文学史上，占有其他同类作品不能超越的位置。它与《聊斋志异》是异曲同工的两大绝调。"对于其中阐释因果的劝惩之作，孙犁认为"并不是唯心宿命的，它的道理是从现实生活中演绎出来的。因果报应，并不完全是迷信的，因果就是自然规律"。在孙犁先生眼里，纪昀是要从更辽阔、更深邃的领域探索人的生命的内在机密。

《阅微草堂笔记》共有 1296 则，幽远宏博，简练精粹，最短章节仅 43 字。叙事委曲周至，说理明畅透辟，却又回溯高旷，自辟蹊径：逸史辙而从俗，设色不避荒诞；缘事脉而钩沉，析理胜于抒怀；揆世态而狙击，意象邈远出尘。也正是因为其间含有执着的、坚韧的哲理性的探索，为文时就难免出现鲁迅先生所指出的"过偏于议论"的一面。仔细咀嚼，会发现其间的议论极富于创造性，以精锐笔锋剔微妙之理，犀利透彻，胆识过人，典雅幽默，情趣横生，诚所谓"微词之妙选，亦狙击之辣手"，淬砺了也升华了有清一代挟有燕赵气韵的刀笔文风。进入 20 世纪，鲁迅、孙犁的文字其所以风骨独具，每于开拓生路时不逊于刀枪剑戟，自这里似乎也能窥得几缕北地春风递来的消息。

文学事业与社会的前行虽是比肩同步，可社会进展又从来不是径情直遂的。笔者有感于时风，仿海天之翔鸥，翩然其翼，拟从《阅微草堂笔记》里掠撷波光，撮拾精粹，让今天的读者于消闲之际也能会心一笑，益发地眼明……

精选原文之际，笔者注意了以下两个方面：

评述从简。对原文里的典故、人名地名、深奥字词，只作浅近注释。评述尽量地精短扼要，仅于个别章节风筝放线，略肆笔墨，以期引进活力。

注重文心。简评着力于文采、文脉及纪昀为文心态的阐释，拟让文学爱好者欣赏之际，如坐删繁就简之朗朗秋风，如沐标新立异之霏霏春雨。

笔者无意于从故纸堆中捡拾旧帙，只是想矫正流俗与红尘长期以来所蒙于《阅微草堂笔记》的不应有的误读和曲解。在东方文苑里，与《聊斋志异》《红楼梦》一样，倘不割断中华民族的历史，《阅微草堂笔记》也便不会泯灭。

读者只要有心，翻开此书，日读一至三节，坚持不懈，必然岁有所获。有缘分的读书人无妨一试。

青岛　2014.2

明镜高悬
——《阅微草堂笔记》新解之一

雍正十年（1732）夏天的一个夜里，献县城西激雷闪电，大雨滂沱，一个村民被雷电殛死。县官明晟赶往现场，验过尸体，下令入棺埋葬。

事过半个多月，县衙忽然拘捕一个农闲打猎的人，明晟升堂，亲自审问："前不久，你买火药干什么？"猎者回答："用来打鸟。"

"以铳击鸟，少不过数钱，多至两许，用一斤也就足够了，你买二三十斤干什么呢？"答曰："以备多日使用。""你买火药，至今未满一个月，充其量用去一两斤，其余的火药，搁放在哪里？"猎者一下子涨红了脸，答不上来。

明晟喝令："不说实话，给我大刑伺候！"

猎者受刑不过，只好供出他是怎样与村民之妻勾搭成奸，又怎么样在枕边合谋着暗害其夫的。明晟下令抓来那个妇人，将奸夫、奸妇验明正身，绑赴法场斩首。

事后，有人问明晟："你又不是能掐会算的神仙，怎么能知道这个人是凶手呢？"明晟答道："火药没有几十斤就无法伪装成天雷，而合药又必须用硫黄。方今盛夏，非年节放炮仗之时，买硫黄的人寥寥可数。我派人在市场暗暗查访，打听谁最近买硫黄最多，人说是某匠人买得最多；又进一步查访某匠人卖火药于何人，人都说卖给了这个猎者。所以，这个杀人犯也就在网难逃。"

"你又从何得知那个雨夜殛人的天雷是假的呢？"

明晟笑着说："雷殛人是自上而下，不裂地表；即便毁屋，也是自上而下。而那座屋子的苫草、木梁都掀翻了，土炕的炕面也揭去了，可见雷火是从下边炕洞里爆发的。另外，那个地方距城五六里地，雷电自然相同。那天夜里，雷电虽然迅猛，蓝光闪烁不已，可一直在云中盘绕，没有下击的迹象。由此推断，我便认为所谓的天雷殛人是个预为安排的假象。而出事的这个夜里，被殛者的妻子又先回娘家去了，也没法研问追究。情况实在是隐晦、复杂，就必须先想办法找到这个制造假雷的人，别的难题才能迎刃而解。"

对于精心谋划、相当狡猾的一桩奸情谋杀案，县令明晟是思虑周详，剖析如神，悉心暗访，迅即破获，像这样的懂得天文地理，又对俗情世态了若指掌，且又善于分析推理的好官，凤毛麟角，从古到今都是不多见的。旧时的县府大堂上，常见的匾额是"明镜高悬"四个大字，当政者倘要体现"明镜"的本意，那是要有真学问、真本领，更要有一腔"为国为民"的公仆心理才能够胜任的，也就是说，乌纱帽不易戴，当一个为民办事的好官（真正的人民公仆），是要以付出相当的心血为代价的。

而今时代前进了，"公仆"二字叫得非常响亮，可社会上的冤假错案仿佛是从未绝迹。问题的症结在哪里？现在一些为官者，在本质上与明晟判若云泥，有人精于权术，并无济世之心；有人行贿受贿，为自家捞取钱财。这些年揪出的贪官，十个里有九个半又为色狼，像这样的所谓"公仆"，你能指望他"明镜高悬"，为老百姓办实事吗？

从古以来，官员的遴选、考核、晋升制度，实在是太重要了。如果跑官、要官的人频频得手，步步高升，那便是吏治腐败的一个死结，一个绝症。倘若大小官员上下其手，官场全面昏暗，社会上的恶浊现象就会像雾霾一样，失去了治理的根本条件。

在《阅微草堂笔记》里，像这样点名录事、表彰其政绩的文字是不多见的，正可以显示出纪昀用笔严谨、慎重的一面。因为选事典型，叙次简洁，逐物有致，展现复杂事件的同时，也刻画出了明晟其人的神态、心理与襟怀。

记人记事，这是很独到、很难得的一篇。

透析三教
——《阅微草堂笔记》新解之二

　　作为清代文学制高点上的重要人物，纪昀视野开阔，目光分外深沉。对于传世既久的道、释、儒三教，不论尘世上标榜得多么博大、辉煌，可在纪昀眼里，则有点像是今人所谓的"三家村"，各自的角落里总是隐伏着见不得人的阴暗面。下面从《阅微草堂笔记》里选译三例。

　　京师一座道观，传说里边藏有狐狸。老道士设坛，赚了不少的钱。事过之后，与徒弟在神座灯下最后结账，数目上总是缺少数金。老道士便认为是徒弟私自吞没了，徒弟说师父算得不对，两人一直算到三更，算盘珠子还在噼噼啪啪……忽然，屋梁上发出小孩那样的咿咿呀呀的声音："新秋凉爽，我倦欲眠，师父干什么还要聒噪不已？短少的数金，你不是欲买媚药而揣进怀里，到后巷刘二姐家，二姐向你讨要金戒指，你趁着醉意，从怀里掏出来给了她吗？前天的事，难道忘记了？"听到此言，徒弟转过脸去掩口而笑，道士不吭声了，急忙卷起账簿溜了出去。

　　景城南有座破庙，四围清旷，空无人居，只有一僧领着两个弟子在管理香火。三人蠢笨口讷，看起来老实巴交，其实，这只是假象。他们暗地里买来松脂，研炼为末，夜里用纸卷燃撒空中，火花焰光四射，远处的人家望见了，赶来想看个究竟，见到的是三个和尚插着门在酣睡，待人叫醒询问时，三人都揉着眼睛，声称不知道是怎么回事。他们又偷偷地买来戏场佛衣，乔扮成菩萨、罗汉，月夜里或立于屋脊，或掩映于寺门古树之下。有人看见后赶来打问，三人回说我们什么也没有看见，来人说明明地在屋脊与大树下看见了嘛，这三人便毕恭毕敬地合掌答谢："佛在西天，你们想想看，到这个寒酸冷落的庙里来干什么呢？"这些话传开了，人们愈发地认为这寺院是块宝地，施舍者越来越多。寺院呢？依旧颓敝，和尚不肯用一砖一瓦修葺整理。有人问时，僧人发话："这里的人喜作流言蜚语，我们如果对寺院再行庄严，迷惑老百姓的人就更有说辞了。"10 多年后，3 个和尚成了披着袈裟的富翁。有盗贼窥得庙里有钱，风夜入寺，把 3 个和尚活活地给拷打死了，金钱被席卷一空。官府派人来勘察现场，在遗箧里发现了松脂、戏衣之类的玩意儿，才悟到这是"谲诈殊甚"的 3 个和尚。

有一私塾先生，常用儒门礼教苛刻地约束生徒，生徒们恼恨，但先生端庄、方正，声望又高，大家憎恶是憎恶，却只能是窝在心里。

私塾后边有个小花园，景色优雅，一个月夜，先生去散步，发现花丛间隐隐有人影。这时积雨初晴，土墙微圮，先生怀疑是邻人想偷他的萝卜。他赶去查看，却是一俏丽女子躲在树后。看见先生，便跪下乞求："我是狐女，畏公正派，不敢接近，所以夜间赶来想折几朵花插瓶，没想到让你抓住，望先生宽恕！"

小女子言辞柔婉，顾盼间百媚俱生。先生心动，便用话语挑逗，这女子也就半推半就地随其进屋。欢合嬿昵之际，女子说道："我是狐女，自能隐形，来去不留痕迹；就是有人在边上，也是看不见我的。"曙色初现，先生催她离开，她说："外面若有了人声，我就从窗缝里出去，你别担心。"过了片刻，红日满窗，生徒都来上课了，小女子仍躺在床上，先生心旌摇荡，惴惴不安，可还是希冀外人看不见她。忽然，门外有人发话："先生呀，人家她妈接她的女儿来了！"床上女子这才从容地披上衣衫，坐在先生常用的讲桌上，掠掠长发，对先生说道："我今日未带妆具，先回家去洗脸梳头，改日再来取我昨夜的缠头钱吧。"

实际上呢，这是此地新来的一个艺伎。生徒们凑了些钱，私下合谋，游戏人生，共同上演了这样的一场闹剧。

潜水石兽

——《阅微草堂笔记》新解之三

　　1964 年夏，参加高考，我记得试卷上有《阅微草堂笔记》里的一节（且直译如下）：

　　沧州之南，有一座古庙近邻河岸，只因汹涌的河水常年啮噬，山门崩塌于河，蹲于山门边的两尊石兽也沉入水底。10 多年过去了，寺僧募金重修山门，打捞跌进河里的石兽，却怎么也捞不出来，估摸是被水冲下去了，便雇了几艘小船，拽铁耙往下游搜罗了 10 多里地，仍然是不见踪迹。有一位讲学家在庙里开设讲坛，听说人们找不到石兽，笑着说道："你们没有学问，不懂物理。石兽又不是木片，怎么会让水给冲下去呢！这是石性坚重，沙性松浮，沙上的石兽渐沉渐深。你们沿河求之，这就是神经不正常。"大伙听罢，都认为讲学家说得有道理。边上一个多年驻守于河边的老河兵，听到讲学家这样说，连连摇头。他说道："凡河中失石，当求之于上流。盖石性坚重，沙性松浮，水不能冲石，其反激之力，必于石下迎水处啮沙为坎穴，渐激渐深，至石之半，石必倒掷坎穴中。如是再啮，石又再转，转转不已，遂反溯流逆上矣。下游求之，确实糊涂；求之于地下，这不是更荒唐吗！"众人按照老河兵指点的那样，驾小舟、拽铁耙，逆流而进。果不其然，在数里之外的上游，大伙齐心协力，终于让那一对失踪多年的石兽脱离水域，重见天日。

　　对于原文，试卷要求我们填补出标点符号，进行分段，而且要写出一段读后感来。就从那时候起，我才对纪昀的《阅微草堂笔记》格外留意。单看这篇短文：山崖、顽石、软沙、激流，综合为一体长期运作，为力至雄焉，寓理至深焉。人的智力是有限的，动态的物理则日日夜夜演变无穷。那位老河兵的见识之所以远胜于讲学家，是他尊重实践，精于观察，善于思考。在他的心目中，现实生活本身具有丰沛无尽的学问。此文虽短，分量颇重，留给人们的启示至为深远——物理变化与社会演进同理，其奥秘永远伏藏在事物的最隐秘处。真知出于实践，永远是一条颠扑不破的真理。

这则短文，在《阅微草堂笔记》里颇具代表性。行文精要简约，敦厚雅洁，实为一则不可多得的小品佳作。每读一遍，必有收益。

后人为文，不管怎样精益求精，还有希望进入这等炉火纯青的境界吗？

风尘侠女
——《阅微草堂笔记》新解之四

　　天津西南方向的景州有个大财主，为防劫盗，家里囤积米谷而不攒银钱。康熙雍正年间，风雨失调，连年歉收，市场粮价昂贵，可这个老谋深算的财主仍是封仓不粜，他在等待粮价继续上涨，一把下去得抠出十个血印子来。周围的老百姓实在熬煎，可又对这个土老财无可奈何。

　　景州青楼有个妓女，色艺绝佳，聪颖过人，近似于传说中的夏姬、妲己、赵飞燕、杨玉环之类的"狐狸精"，人们便送给她一个绰号：玉面狐。既是恭维，又含着点揶揄的成分。玉面狐听到人们都在抱怨这个老财主，嫣然一笑，说道："这是小事一桩，你们都把钱准备好，等两天吧。"

　　玉面狐款款地进入老财主家，对老财主说道："你心里清楚，我是鸨母的摇钱树，可她性情无常，动不动虐待我。昨天争吵，我们闹翻了，她说我只要拿得出万贯钱来，即可赎身，放我出去；我也厌倦了这种卖笑生涯，想寻找一位忠厚长者托付终身。思前想后，就你还合适。你如果能为我赎身，我这后半生就死心塌地服侍你。可我又听人说，你向来不爱攒钱，我这些年也攒了些私房钱，你只要能拿出两千贯，这事就成了。"见老财主陷入思索，玉面狐又说："昨天有个木材商人得到这个消息，便急忙忙赶回天津取钱了，估计他返回来，当在半个月之后。不管他多么有钱，我也看不上这个木材商。你如果能在10天内玉成此事，我上一世就是烧高香啦！"

　　老财主是青楼常客，早就让玉面狐给迷得晕头转向。今天听到这个话，惊喜万状。为集两千贯钱，急忙出谷贱售。仓库既开，人们蜂拥而至，库门关都没法关，粮食一下就卖光了。景州市场上米价大平。

粮仓空时，玉面狐差遣来一个女友，代她婉谢老财主。她替玉面狐说道："鸨母养活我好些年了，那天一时不和，彼此争执，赌气之际才提出来赎身之事。现在鸨母悔过，流着泪再三挽留我、恳求我，我也不是个忘恩负义的女子。咱们私下商量的事儿，待以后再看机会吧。"

老财主与之原为私约，无媒证也无字据，也没有一文钱的聘定，听了此言，一下子呆若木鸡，半句话也说不上来……

对这个玉面狐，纪昀给予的评价是："闻此妓年甫十六七，遽能办此，亦女侠哉！"妓女一直是压在社会最底层的被欺凌、被蹂躏、被践踏的对象，她们生活在最黑暗、最龌龊的人间地狱里。可这个玉面狐，却是襟怀韬略，随机应变，以自身独具的色艺条件解救乡民之困，致使一个奸猾固执的老财主中计开仓，最后是哑巴吃黄连，有苦难言。天下事无不具有二重性。许多人视女色为天下至乐，而妓妾群里的个别佼佼者，也就巧妙地利用其酷嗜下劣的心理，行道劲于婉媚之内，寓刚健于婀娜之中，玩弄富室主子于股掌之间。上述这一桩快心之事，也算是美人计吧，唯其少见，也自新颖。

为救饥民，一个小妓女机智轻巧地玩弄了一个顽固的土老财，谁能说这是不道德的呢！纪昀赞十六七岁的"玉面狐"为"女侠"，可谓另具胆识，也别开生面。人所共知，"女侠"之誉，后世是归属于秋瑾的。

秋瑾是 1907 年英勇就义的，8 年之后，中国的民主革命家蔡锷之所以能够潜出北京，除得力于梁启超之外，云杏班的妓女小凤仙也是出了大力的。蔡锷成功出走之后，小凤仙被袁世凯投进了监牢。蔡锷与小凤仙最初相会时，蔡锷为之写下的联语是："自古佳人多颖悟，从来侠女出风尘。"将此语移用在玉面狐身上，似乎也是天衣无缝。

　　存在决定意识，也是相对而言。身份地位无论如何也框不死一个人的襟抱心胸，即使在风尘社会之底层，往往也隐伏着聪慧机智、侠义敢为的女性，她们是埋在泥土里的稀世罕有的珍珠。

丫头纵火

——《阅微草堂笔记》新解之五

纪昀的先祖母张太夫人，养了一只小花犬。小花犬嘴馋，经常偷肉吃，女婢们对此非常恼火，于是，就背着老太太，一起动手，勒死了这只小花犬。参与勒犬的群婢里，有一个名叫柳意的小女子，接连几个夜里，都梦见小花犬扑着咬她，惊悸中，她不时地发出呓语。

老太太听说了此事，说道："群婢合伙杀了我的小花犬，为何在梦里它不咬别人，单咬柳意呢？我由此断定柳意也是常常偷肉吃的！小花犬含冤不服：'柳意与我一样，为什么偏偏要勒死我？'"老太太叫人将柳意剥去衣服吊了起来，抽皮鞭拷问，柳意被打得皮开肉绽，只好承认老太太说得对。

主子自心理学的微妙角度来判断、拷问女奴，足证其心术缜密而老辣。纪昀录此，本意在于称许其先祖母的精明过人。然而，仔细想下去，事情真的会是这样吗？小花犬是老太太心爱的宠物，宠物被群婢缢死，老太太心理上是不受用的，既然心里藏有疙瘩，她就要伺机报复。恰巧，柳意人稚胆小，遇此噩梦，且发出呓语，让老主子给抓住了把柄。欲加之罪，何患无辞？由此而致成一桩冤案的可能性，也不宜排除。

穷富阶层，上下之间，变数最是无常。现实生活中，偶尔也发生例外情况。

月黑风高夜，一伙盗贼劫一富室，外面高大结实的门楼即将被攻破，合家主仆惊恐地聚在楼上，盗贼中有人擎着火炬，刀锋在火炬下烁动不已，同时又发出严厉警告："你们谁敢大声呼救，我们进去就杀死谁！半夜三更，送命死了也是白死！”主仆们浑身筛糠，噤若寒蝉，谁也不敢出声……

一个十五六岁的烧火丫头，睡在厨房里，悄悄爬起来，于黑暗中匍匐蛇行，潜至后院，她拿出藏着的火种，点燃了积聚的柴垛，干柴烈火，风助其势，刹那间烟焰烛天，照得远近如同白昼，连数里内村庄的人们也赶来救火，四面八方人多势众，几个盗贼格斗不过，又脱不了身，全部被赶来救火的人们捆了起来。

主家脱险，人人一身冷汗，全家上下弄清原委之后，对这个平时并不起眼的烧火丫头感激涕零。女主人见这个丫头模样也周正，便灯下谋算，能不能让这个丫头给自家做个媳妇。儿子听了母亲递来的悄悄话，点头首肯：“这丫头智勇、谋略兼具，日后肯定是个好当家的。虽说是个灶婢，也没什么不妥当的，杨家将里的那个杨排风，不就是个烧火丫头嘛。”男主人大喜，命令家人立刻拣取最好的衣装、首饰，堂屋里点起红烛，立马就拜堂成亲。他说道：“这个事情可不宜拖延。如果待到天亮，亲朋好友们又来讲尊卑、论良贱，是是非非，长长短短，这桩美事很可能就泡汤了。”

从古以来的社会深处，卑贱者的群落往往又是潜伏聪明智慧的渊薮。因御盗而成奇婚，纪昀在这里记一烧火丫头之智勇兼备，亦志天下人情之易于变衍。

地位低贱者莫可小看，人情之变化多端难以预测。尤其是这样一桩主奴姻缘，稍留一线时间，俗风与惯例很可能扑灭这发自本能的纯洁意念。时俗如水，人情若涛，情随时易的可塑性，连人们自己也不得不抓住机遇，果断行事——“是夜成礼”，凶险成大喜，红烛接晓霞，奇女子凭仗自己的胆识与天赐良机，成就了一宗罕有的姻缘佳话。

多灾多难的生活流程中，偶尔也会卷起一朵七彩、美丽的浪花。在纪昀的笔底，奇峰陡起式的生活巨澜，往往易成为“志异”式的精悍文字（灶婢纵火的全文也就 200 字）。在这里，作者的笔触迅捷敏锐，字句机智明快，煞尾处记男主人之言，深刻有力地参透了俗世之物理人情，给读者留下的印象是鞭辟入里、切合实际，自含有一番机趣。

老翁打虎
——《阅微草堂笔记》新解之六

　　纪昀有个族兄纪中涵，在安徽旌德县任县令时，县城附近出现一只猛虎，非常厉害，人们奈何不了，猛虎反而将几个专门打猎的人给吃掉了。城里几位德高望重的老人求见县令："对付此虎，如果不聘请徽州唐家的猎户，这个祸患是没法解除的。"（旌德南边百十里地的徽州，唐姓猎户声望极高）中涵采纳了老人们的建议，派一位官员带着一笔钱币前往徽州。这官员从徽州归来时，向中涵禀告："唐氏家族里挑选了两位高手，再过片刻就到了。"

　　纪中涵接见了两位客人。他万万没有想到：来者是须发皓白、咯咯作嗽的一个老汉，领着他一个年岁不大的孙子。中涵心里不禁感到失望。他说："远道而来，一路辛苦，你二人歇一歇，先吃饭吧。"老翁看到县令灰不塌塌的神色，下半跪说道："听说此虎离城不到五里地，我先去收拾了它，回来再吃饭也不迟。"

　　3 位衙役将这爷孙俩带领到谷口，收住脚步，再也不愿意往前走了，老翁见状，哂笑他们："有我老汉在这儿，你们还怕什么！"

　　深入峡谷将近一半时，老翁回过头对孩子说："这个畜生好像还在睡午觉，你叫醒它吧。"那孩子马上瞪目龇牙，发出震动山谷的虎啸之声，飒飒然一阵风起，猛虎出林了，伸爪纵身直扑老翁。老翁持一柄短斧（短斧寒光闪闪，刃阔 9 寸，体长 4 寸），奋臂屹立，猛虎扑至，他侧首一让，虎从他头顶"呼"地跃过，便仆然落地，血流如注，一命呜呼。人们发现，这虎自颔下至尾巴根儿，全让斧刃给豁开了，血从伤口处汩汩而出……

　　回到县城进午餐时，有人问老翁："你老人家怎么能有这等绝技？祖上传下来的吧？"老翁咳嗽了一会儿，才缓缓地说道："我练目十年，也练臂十年。你如果拿毛帚扫我双目，我不眨眼的；我站起来伸开两臂，左右各攀起一个壮汉，任其下缒，我是纹丝不动的。"微笑的纪中涵佩服之至，赏赐下许多银钱，派人用轿子将爷孙俩送回了徽州老家。

　　针对唐老翁，纪昀最后总结了这样一句话："习伏众神，巧者不过习者之门。"意思是：技艺娴熟就可以出神入化，任何高明的能工巧匠也不敢在这等神人面前班门弄斧。

　　《水浒传》里的武松打虎，浓墨重彩，着力于正面刻画，单是第 23 回景阳冈上的文字，就在 3000 字以上。而纪昀的这篇，总共也就 500 来字，老翁与猛虎直接对面交手，仅仅 70 个字。此虎前一度伤害过许多猎户；进峡谷时，领路的人畏而却步；县令初见老翁，深感失望；老翁看出县令的疑虑时，便提出杀虎之后再进食（这里很可以让读者联想到《三国演义》里的"温酒斩华雄"）……这一连串的平实细节，巧妙和谐地糅为一体，殊为有力地衬托出唐老翁朴素而神奇的生动形象。

　　文末揭示，唐老翁的惊天动地之举，得之于日常锻炼，久习之功。这仍是一条耳熟能详的生活经验。也就是说，唐老翁倘是一个含而不露的真英雄，纪昀在这里便着实是拙里藏秀的大手笔，他用雷电闪射式的艺术手法，以淳厚简劲的文字光芒，照亮了，也深化了"习伏众神"四个字的本义。

失序与缺钙

　　某出版社近期出版了 12 卷精装的《新中国散文典藏》，包罗宏富，用力良多，序言认为："这是散文界与中国学界的一件大事，必将成为一个重要的界碑与标志。"全书收入 251 位作家的作品，本人也忝列其间。翻检全书，我却是有点异议，起因是排在首卷首位的是周作人。选个臭名昭著的大汉奸在新中国散文的系列里领头，实在不是个滋味。

　　周作人小其兄鲁迅 4 岁。抗战期间，出任华北政务委员会常务委员兼教育总署督办等伪职，1945 年以叛国罪被判刑入狱。主编者却认为"人归人，文归文"，周作人的"散文创作是如此的辉煌与壮丽"。可此书里收入的两篇作品，我是怎么也找不出什么"辉煌与壮丽"。本人弱智，无奈。

　　多数论者，一再推崇的是周作人的理论主张。

　　散文的个性化是周作人一以贯之的创作理念，他将"言志"与"载道"对立起来，尤其注重于抒发个人感情，于是便提倡"美文"，认为美文的特征是"真实简明"。从字面形式去看，这样的美文也合乎情理；问题是倡导美文而否定"载道"之际，周作人奉劝人们对岳飞、文天祥"不必去学"，认为这样的人是"徒有气节而无事功，有时亦足以误国殃民"（《关于英雄崇拜》）；继而进一步提出："秦桧的案，应该翻一下"（《再谈油炸鬼》）。有如此理论开道，几年之后，日寇入侵，周作人就水到渠成地叛国附逆，当了汉奸。

　　文人之无行，周作人算是走到了极致，其举动遭到文化界的强烈谴责。1938 年 5 月，武汉文化界抗敌协会通电全国之外，其会刊《抗战文艺》刊出了《致周作人的一封公开信》，谴责他"昧却天良"，"背叛民族，屈膝事仇"，"贻文化界以叛国媚敌之羞"。

鲁迅先生是文学界的旗帜。这部《典藏》却将鲁迅排斥于外。巴金在《怀念鲁迅先生》一文里写道："人品和文品是分不开的。""血荐轩辕"的鲁迅享年55岁，而卖身求荣的周作人活了82岁，难道是因为周作人活得长久，就能在文学界取代鲁迅的位置吗？

周作人又名周启明，在他叛国附逆之前，鲁迅对其评价就是"周启明颇昏"。现在进入21世纪，认为鲁迅与这个"颇昏"的弟弟是双峰并峙者，倘非昏上加昏，真让人怀疑是别有用意。孙犁认为"参天者多独木，称岳者无双峰"，他在1974年秋天的《书衣文录》里怀念鲁迅先生时写道："而因缘日妇、投靠敌人之无聊作家，竟得高龄，自署遐寿。毋乃恬不知耻，敢欺天道之不公乎！"沾沾自喜而自署"遐寿"者，正是这个周作人。

历史与实践反复证明，针对以抒发性灵为重的散文而言，言为心声，"文如其人"应当是一条不可移易的原则。明代严嵩有过"晚节冰霜恒自保"的诗句，奸佞阮大铖的《咏怀堂集》也不无"小慧"，将其诗文与其人品两相比照，倘非伪诈奸巧，自欺欺人，最起码也能进一步看出他们人性深处复杂微妙的变异历程。

周作人骨头软，鲁迅的骨头最硬。理论界一致认为，我们的散文创作近些年阴盛阳衰，严重缺钙。缺钙者，即"抽掉了文学的骨气和血性"。探究缺钙原因，却似乎难得要领。

新中国成立67年了！出版《新中国散文典藏》，寓意大好，编者也下了很大的功夫。我却是怎么也想不通：这部《典藏》因为时间限于新中国成立之后，就算是没有鲁迅先生的分儿，可为什么偏要拣一顶污秽难闻的"毡帽"冠于《典藏》的头上呢？

呜呼！天如假年，鲁迅先生若能够活到新中国建立之日，在这部《典藏》里就能取代周作人的"领衔"位置吗？我看也未必。

《新民晚报》2016.7.3

散文似水

　　朋友和我聊起散文，问何为散文？我说，小说、诗歌、戏剧以外的文学作品，都是。听起来似乎有些含糊、笼统，然而这并不意味着散文这一文体是松散的、无约束的。我觉得，散文是写作山道上的第一个台阶，上进不易，易写而难工，写好很难。如果以水比喻，或许便于理解。

　　散文似水，随物赋形，了无定态。

　　贮水的瓶盆锅坛，千差万别的湖海江河，俱是水所聚集成的状态，而水的具体形象，是微小的一滴一星呢，还是那波涛汹涌的汪洋大海？谁也说不清楚。书信、表章、檄文、杂文、游记、传记、小品文、报告文学，其间的优秀篇章皆可归之于散文范畴，可究竟如何定义散文呢？词典、辞海上也都含糊其词，远不像小说、戏剧、诗歌那样界限清晰、鸿沟分明。也就是说，散文是自由恣肆、难于把握、难觅写作诀窍的一种文体。上下数千年，纵横几万里，这神龙变化之本身，就是中国散文长期以来所形成的独立品格。

　　散文似水，源深流长，无所不至。

　　我很赞同老作家柳萌所说的，比之小说、戏剧、诗歌，"散文更容易表现出一种真实的自我"。文学即人学，散文尤其注重"个性"，总是在寻释人的灵魂的秘密，是作者内心世界最逼真的反映。换言之，散文的源头只存在于作者心底。当今假风炽盛，谎言迭出，人们看好散文，就是在向往着真实灵魂与本真情愫。

　　读一读古文里的《报任安书》《出师表》《岳阳楼记》《醉翁亭记》《秋

声赋》《赤壁赋》《西湖七月半》《祭妹文》……即可证散文之自由不羁切近于水：水汽化云，可于历史天空风起云涌；云凝成露，能在大地原野上濡养万物；渗入地底者，当有万斛清泉涌出。散文有史以来，一直在不懈地开拓新的境界。诚如另一位老作家、《散文》月刊的创办者石英所言："散文的路子最宽，宽到无所不至，无所不能。"

散文似水，简洁凝练，韵味隽永。

散文之源头在作者心底，也就从源头上决定着感情的真实、蕴藉、质朴、自然，忌讳故弄玄虚、夸张生造、涂脂抹粉、自作多情。

散文有百题，具百态，通常情况下却是抻不长的——多则滥，长则泛。含蓄凝练的短作，韵味悠长，所包孕的力度却不容低估。深山幽壑里的源头，滴水从不间断，日久必然穿石；水之汇聚成江河湖海，可以行舟载舰……魏文帝认为："盖文章，经国之大业，不朽之盛事。"他所指的文章，未必是长篇大论。古往今来，读者心里所铭记着的，往往是精短、隽永之作。鲁迅那些短枪匕首式的文字，其杀开血路的力度是世所共知的。

水在滋养着人类万物。散文似水，大美存焉，亦有大力潜伏。源于心底的散文之流宁静致远，能明心悟性，使人沉着、稳健地向善向美。

在这片追求文明的土地上，人们只要离不开水，散文就不会消亡。

《光明日报》2016.7.15

心灵的透视仪
——《爱与友谊》序言

　　范希文兄从自己独有的角度入手，在这本书里细致认真地写到了 30 余人，其间 27 人年逾古稀。我理了理，不算陈沂、胡启立、李连庆、林呐，当代文坛上如雷贯耳式的名家也近 20 位。这么多的艺高位重者，除了 84 岁的希文兄，谁也没有法力将他们汇集于只有六万来字的一本小册子里。

　　作为一生勤奋的资深编辑，希文兄对作家朋友的作品早就烂熟于心，嗣后与作家本人接触，体察方式是从内到外，表里相契，极具透视力度。这些文坛名人，本书里各有专述，其间描述得最为简约而未列为单章的，是著名翻译家叶廷芳和作家张弦：

　　我们刚到莫高窟大门前，叶廷芳先生即含着热泪扑地膜拜，站在一旁的张弦调侃说："老叶，你磕头也没用，那只胳臂也长不出来了！"左臂断残的老叶当即回答："这辈子不行，还有下辈子来！"听了这话，张弦也扑地叩拜，老叶问他："你这是为什么？"张弦说："为你下辈子祈福！"二人紧紧相拥，涕泗交流……

　　当年远赴敦煌，我是这一幕情景的目击者之一，而今面对这百余字的记述，我只觉得，这样省俭、质朴的文字与书里所记述的诸位作家同步，日渐式微，距现实是渐行渐远了……

　　我生于 1943 年，希文兄那年 10 岁出头。日本鬼子扫荡，姐姐急忙将弟弟掩护于身底，她自己胯部中弹，几被夺命。从侵略者的

　　铁蹄下、在亲人的羽翼里成长起来的希文兄，善恶分明，爱憎强烈。晚年忆及奶奶、姐姐及当年的师友李麦、马献廷、李克简、张冬青……这些人的一言一动，无不眉目传神，活灵活现。不少章节，我推测希文兄是含着热泪写下来的。

　　希文兄有自己的为文之道。议大事如叙家常，叙家常则又紧扣时代，处处、时时从人的精神世界着笔，亲和平易，总能以体贴入微的感人细节取胜。乍读清淡，回味却是醇厚，隽永。品味这等文字，读者能深深体会到"爱与友谊"的真谛。"君子之交淡如水"，呈现在这里的水是清澄纯净的，升空为冉冉白云，坠地乃莹莹晨露，月地里尤其迷人……我以为此书之成，首先是希文兄人品、气质刚正，这才能交到这么多难得的知己好友，进入晚年，也才能出手如许出色的简妙佳作。

　　人品、友谊、文章，是个形散而神聚的结晶体，三者互为滋润，假以岁月，作者的一杆笔才能够游刃有余、入骨入神地形诸文字。这本书的奥秘，或寓于斯。外人可以欣赏，可以意会，学是学不来的。

　　此书之失察处，是让本人也忝在其列。希文兄嘱我写序，无论从哪个角度看，我写序都很不合适。可读罢全书，深获教益，难以已于言，便以"不敢高声语，恐惊天上人"的方式写成短文，顺便也向希文兄交差。

2016.5.16　青岛

颜值别议

　　姿色姣美的女子，泛称丽人。女孩降生初始，毛丫头一个，并不觉得自己有什么奇异之处。岁月如流水，是周围左近称赞、吹捧之声反反复复地熏染、感化、陶冶，进而对镜自怜，"自知明艳更沉吟"，渐渐才感觉到自个儿出类拔萃、鹤立鸡群了。

　　女人啊，一辈子不觉得自身是个美人胚子也就罢了，一旦开窍而沉醉于其间，可不是一桩小事，因为这标志着进入了"我有迷魂招不得"的迷魂阵。"天生丽质难自弃"是《长恨歌》里的诗句，在这儿，白居易假如认为丽质是天生的，就形同于废话，"天生"二字的针对性指向，显然是"难自弃"三个字。青春女性一旦感觉自己是个"倾城倾国"的丽人，再要跳出这个"感觉"所形成的怪圈而回归正道，弃旧图新，可真是难于上青天了。

　　女儿之妍媸，被整个社会长期地、心照不宣地视为女性行世的第一资本。普通女性想也不敢想的事体，在步入迷魂阵的少女那里，则统统属于"心想事成"的范畴。别人上不了的舞台，她能上得；别人抢不到的镜头，非她莫属；别人可望不可即的灯红酒绿，纸醉金迷，在她是家常便饭……少女一旦被单凭色相就可以蔑视大千世界的光环罩住，其精神、心理便严重失衡，陷入无从控制、无以自拔的几个误区。

　　首先是不知不觉地摒弃了正当、合理的成长机遇。

　　年纪轻轻，风华正茂，本是学习做人的紧要关口，丽人却认为自个儿是天使下凡，仙姬降世，世间好事会自动麇集于自己周围，无形中也就忽略了学习、思考的最佳机遇，结果是高颜低能，在为人处世的常识方面陷于低能儿，反不及颜值平平、柴米油盐过日子的女性来得实在、成熟。对此，民间总结得十分到位：说委婉些，为绣花枕头，说直白点，是个外面油光的驴粪蛋子。

丽人身价飙升，势必导致贪婪无尽、欲壑无底。

美女一旦攀上高官或者大腕，她的人生词典里立马就勾去了"知足"二字，弄不清自己到底要追求什么。有人说，成功男人的背后总有一个贤惠女人，与之对应的是，许多贪官的背后，丽人往往不止于一个、两个。近年常见情妇扯出贪官，或者情妇联手扳倒贪官的报道。情场毕竟不是战场，彼此恶斗时的背水一战、破釜沉舟，与韩信、项羽的战法截然是两码事，这里没有胜出者，谁也得不到什么辉煌战果。豪华场所多丽人，她们俱是上得天来摘星星、摘得星星要月亮、月亮到手要太阳的贪婪心地，既被"贪"字死死锁定，也就只能与贪官一块毁弃在欲壑无底的火洞里。贪欲毁人最是无情，不管是怎样的丽人，灵魂只要被"贪"字俘获，就怎么也逃不出殉葬品的噩运。

再者，丽人总是高估色相之价值，不懂得何为过眼云烟。

"女儿十七八，赛过一枝花"，这话不假。然而，花好月圆的时光从来都是短暂的，即使能像杨玉环那样"一朝选在君王侧"，最后也难免"宛转蛾眉马前死""花钿委地无人收"的凄惨结局。这样的例子史册上随处可见，足证姿色的价值即便完满兑现，不过尔尔。

可怜天下父母心。尽管尘世间有许多丽人，势必要遭遇狂骤的风雨、面临别样惑迷的陷阱，而世世代代的痴心父母，谁又愿意自己生下的女儿是个丑八怪呢？俗常生活里一直对"长得好"的女儿家另眼相看，赞不绝口，即便抛开有口无心者，其背后又包含着多少梦想描摹和人性失守的无奈成分。从古以来，人皮难披。女儿家不能因了俊俏而任性，可也不宜过于丑陋而难堪，为人父母者这样念想倒也无妨，实际情况是"天意从来高难问"，谁也做不得主的。

　　颜值高低，有时候真会成为要命的东西。花花世界花家妹，谁能解得其中味？反复掂量，还是唐代诗人于濆的《马嵬驿》看得透彻：

　　　常经马嵬驿，且说坡前客。一从屠贵妃，生女愁倾国。
　　　是日芙蓉花，不如秋草色。当时嫁匹夫，不妨得头白。

遥远的书缘

最近，《绝调重弹》（阅微草堂笔记选评）一书由线装书局正式出版，装帧大方、精美，让我情不自禁地回想起一段旧事。

36 年前，我生平第一次出差江南。在长沙，湖南省军区的曾凡华热情接待；晚上邀我看电影，银幕上出现的竟是戏曲片《三滴血》。在遥远的江南逢遇乡音，让我非常兴奋。风靡于西北大地的秦腔《三滴血》，情节大致如下：

山西的周仁瑞在陕西韩城县经商，生意折本，妻子又于产后死去，留下一对孪生儿子，他迫不得已卖了一个，留一个自己抚养。10 多年后还家山西，想不到弟弟周仁祥企图独吞祖产，硬说哥哥带回的这个儿子是"野种"；官司打到县衙，县太爷晋信书用书本上记载的"滴血认亲"来判案（剧里的第一次滴血），断定周仁瑞之子周天佑不是亲生，驱逐出县境。

周仁瑞的次子卖给陕西韩城李三娘做义子，取名李遇春，并与三娘的女儿李晚春订亲。行将成婚时，李三娘不幸病故，恶霸阮自用欲强娶晚春为妾，控告遇春、晚春是"姐弟成亲，有伤风化"。韩城县官断不清这二人是否同胞，请求"上宪"将晋信书从山西调来判这一案官司。晋信书又一次"滴血认亲"，活活地拆散了一对夫妻；遇春逃亡，晚春也在阮家的新婚之夜趁着新郎沉醉而逃出虎穴。后来，周天佑、李遇春路途邂逅，情义投合，患难中结为金兰；再后来，彼此立下战功归来，喜烛双烧，阖家团聚。那个晋信书被削职为民。

看罢电影，陪我回招待所时，曾凡华叹息道："《三滴血》的确是好，可惜我们是南方人，听不懂里边一些地道的陕西方言。"

晋信书上边是两度滴血，剧名为什么称作"三滴血"呢？只因首次滴血以后，周仁瑞硬是不服，认为晋信书这是胡闹，晋信书为了证明"亲骨肉的血，没有不黏合的"，又把周仁祥父子调上堂来进行"滴血"实验。先后滴血三次，剧名就称作《三滴血》了。

执拗的晋信书反复滴血，特别是第三次以周仁祥父子进行实验，务必要证明真理握在他的手里，便揭示出此剧的源头是纪昀的《阅微草堂笔记》。原文不长，且载录如下：

> 从孙树森言：晋人有以资产托其弟而行商于外者，客中纳妇，生一子，越十余年，妇病卒，乃携子归。弟恐其索还资产也，诬其子抱养异姓，不得承父业。纠纷不决，竟鸣于官。官故愦愦，不牒其商所问真赝，而以古法滴血试；幸血相合，乃笞逐其弟。弟殊不信滴血事，自有一子，刺血验之，果不合。遂执以上诉，谓县令所断不足据。乡人恶其贪媚无人理，佥曰："其妇夙与某私昵，子非其子，血宜不合。"众口分明，俱有征验，卒证实奸状。拘妇所欢鞫之，亦俯首引伏。弟愧不自容，竟出妇逐子，蹿身逃去，资产反尽归其兄。闻者快之。

《阅微草堂笔记》共 1296 节，上述文字，仅是其间的一节。陕西的范紫东依据这 200 来字，在纪昀逝世百年之后，成功地改编为秦腔《三滴血》。1959 年，田汉激赏此剧，赞其可以"追步莎氏"。

黄河两岸"二司马"（司马迁、司马光），是史学界对峙的两座文化高峰。在此地，却出现了一个泥书不化的晋信书。周仁瑞一家，隔一条滔滔黄河，为生计奔波于秦晋两地，却又被这个隔山渡水的晋信书异地判案，硬是将夫妻拆散，父子分离，一家四口人在两个省分为数起，生离死别，波澜迭生，情节曲折而不离奇，头绪纷纭又不杂乱，先后 3 次以 6 人之血滴于铜盆之内，最后形成的归结点是揭露出晋信书的"死读书，读死书"，眼睁睁地制造一连串的冤假错案。

"尽信书，则不如无书"，这是孟子 2400 年前所说的话。晋信书三字正是"尽信"的谐音。《三滴血》其所以能风靡于西北，正是此剧深深地扎根于中国历史、来源于现实生活的佐证。

我对纪昀的《阅微草堂笔记》深感兴趣；可在读书淡化、成书艰难的今天，《绝调重弹》这样的冷门书又怎么能够出版呢？想不到，主持线装书局的曾凡华先生怀恋旧谊，也看重此书，遂使此书很快问世。

曾凡华是湖南人，我的根底远在西北。检点《绝调重弹》成书之流程，时隔 36 个春秋，居然由秦腔《三滴血》一剧漫长周折地穿针引线，得以在北京顺利出版。结合当今全国的出版形势，回眸灰线迢遥的前因后果，我以为，这大概就是俗常所谓的缘分吧！

书香难得

看到"倡导全民阅读，建设书香社会"的消息，"书香"二字引起了我的思索。

古人为防虫子咬噬书册，内夹芸香草（此草产于西部，花呈黄色，可以入药），据说是打开书册，清香袭人，是为书香的缘起。可我大半生在西部度过，至今也没有弄清芸香草具体是什么样儿。

孙犁称自己的书房为芸斋，所写的文章就叫"芸斋琐谈""芸斋断简""芸斋小说"，这里的"芸"字自然就指的是书香了。书香源于书本，实际上却又是从读书人的举止、行为中体现出来的一种独特的气质与"香氛"，它与花草香、酒肉香是两码事。

季羡林表述过这样的意思：书香温心，可使心灵明澈，眼界通达；书香润身，可使情趣高尚，襟怀似海；书香养德，可使正气入骨，疾恶向善。花香、酒香是分型类、有浓淡的，书香也不例外。生活里长期沉淀下来的"不以物喜，不以己悲"，"为天地立心，为生民立命"，"铁肩担道义，妙手著文章"……俱是从先驱、先贤身上所散发出来的书香。这样的书香里蕴含着纯正的至善、大美，属于书香的最高境界，是承续人类文明的重要桥梁。

人生一世，做个读书人不易，欲从汗牛充栋的卷册里汲取书香，滋养精神，更难。多数人终其一生，终于也不知书香为何物。要进入以读书为习尚的"书香社会"，真的是任重道远呢。

《文汇报》2015.7.31

随感

寻觅小康

　　建设小康社会是宏伟目标。如何理解小康，却是因人而异。

　　生活困顿不是小康。长年为衣食住行所累，颠沛奔波，心劳志短，是很能扼杀人、毁灭人的。贫穷、困顿的另一面为大富大贵，炙手可热，颐指气使，其实也与小康无缘。富贵场合，暗地里最难摆脱钩心斗角、尔虞我诈的固定窠臼，灯红酒绿、甜腻过甚，表面鼎盛繁华的背后，似乎总在酝酿着某种潜伏的祸殃。

　　小康之"小"，隐喻物质要求不宜太高，而小康之"康"，更是不容小觑——"康"字在这里有两重含义，一指个人体质，体衰多病，卧床难起，自个儿遭罪，合家苦累，谈什么小康？二指精神因素。安静简朴，知足知止，能浮云似的脱屣荣利，流水一样淡化烦忧。这等物质与精神谐调适度的融洽状态，有别于庸俗的怠惰、懒散、通宵打麻将，不同于吃五谷生六事，属于高尚的精神层面。这几重并不惹眼的"小康"大门，质地厚重，是轻而易举能够掀开的吗？

　　小康由天更由人，君临到具体人家，条件相当严格。心雄气盛、血性方刚的中年人处于全力以赴奔小康的途中，这正是征途中的必须过程，辛苦、劳累、紧张属题中应有之义。人生倘不经历这一奋力上进、吃苦耐劳的重大环节，其前景也就无法与小康接轨。

　　小康境界是大众化的追求。高高在上的帝王家华苑金殿、钟鸣鼎食、山珍海味、锦衣玉食，与小康风马牛不相及。传统型的读书人，自认为沉溺于书斋即为小康，这等只容许少数人涉足的小环境，时限性更其逼仄。笔者以为，在不愁温饱的前提下，能全力从事自己喜爱的工作，自由自在，心想事成，乐在其中，既保障衣食无虞，事业上又总有进展，于世有补，于人有益，这才是真正的小康境界。

诸葛亮蛰居隆中时是个淡泊宁静的读书人，经刘、关、张三顾之后被请出茅庐，54岁那年就星殒五丈原，后来虽是大名垂宇宙，可山坳里那种与书为伴的小康生活，是春梦一样的短暂。由此可知，造化将小康大体上是安排在人的后半生的。与息肩退休之人探究小康，好像更为适宜。今人寿永，年逾六旬者一如过江之鲫，嗣后桑榆之景能延续十年二十年的，逐日锐减，能够切实地享受"小康"者，也就很有限了。夕阳无限好，愈是稀罕、难逢，愈值得爱惜、珍重。

拆穿了看，幸福与小康是一纸之隔的近邻。天下多少好事，降临之际，人都不以为然，觉得司空见惯，平平淡淡，悟不出它的来路多么艰难，多么不易，也感受不来其间的和悦与温馨，在事后经人点破，自己这才嚼出了内中深长的幸福滋味。面对这等顿悟之后的回味，抱憾之外，只有暗自失悔。世间多少人，一辈子就是这么稀里糊涂过来的。

世上有大红大紫之谓，却从未有过十全十美的人和事。轻苦微甘，保留住人生的清醒和希望，这才是纯正、难得的小康境界。

红尘俗风本炎凉，"圆满"误人更荒唐。
细愬微羞"小康"在，留点缺憾盛吉祥。

《宝鸡日报》2016.9.2

官　惑

　　人生道路千条万条，其间最能迷惑人的，应数仕途。

　　"人不婚宦，情欲失半"。只要有一线可能，不想出仕者就像一辈子不想结婚者一样，极其罕见。出仕即做官，官大就能出人头地，被誉为人上之人。旧衙门击鼓升堂，老爷坐于正中；出巡时鸣锣开道，八面威风，闲杂人等远远地就得"肃静""回避"。当今社会进步，重要场合，官高者仍坐于首席，其他人依序发言，得由主官先定个调子，谁也不宜于唱反调的（俗称官家"金口玉牙"，也是"真理"在主官口里之意）。现在跨入新世纪，也仍有水平不怎样的高官藏不住尾巴，在老百姓面前动辄流露出气宇轩昂的官老爷本相。

　　官家座椅由名利恩威合铸而成，数千年来，它的骨架结构很少发生变化。坐上这把交椅的人，发号施令之外，也就具备了恣意行乐的条件。食取山珍海味，衣着高档名牌，出入星级宾馆，行则高级轿车……现代化之今朝，这些已经属于正常现象了。漂亮妩媚的女性，被世俗目之为尤物。而今口头上是不提"尤物"了，用场却是依旧。近年间被查处的贪官里，百分之九十五的人包养情妇。封建帝王三宫六院，官僚贵族妻妾成群，是公开的；现在的贪官包养情妇，则是鬼鬼祟祟、偷偷摸摸的。俏丽女性被视为纵欲工具而冠之以"尤物"，即源于巨富、高官。

　　由封建积习所凝结成的官家特权，致使高官在行乐、享受之际，无形中失落的是勤勉、节制、纯洁、俭朴等一系列天赋的美德。他们为权所蔽，为欲所惑，对道德情怀的悄然流失注定是麻木的。

官高红火之日，多的是趋炎附势的酒肉朋友，阿谀奉承者让他们只听到赞声盈耳，于无形中便感觉自身出类拔萃、高人一等。也有的朋友，是让金钱主动地朝着大官投怀送抱，使其在财源滚滚中迷失心窍，贪婪膨胀得无以自拔。这两股朋友，前者以虚荣为铲，后者以实惠为镢，实际上是在精心地设置着看不见的一眼陷阱。官家直到一跟头栽倒之时，才发觉周围尽是缠手咬喉的金钱、虚伪阴险的嘴脸。自己早就在"朋友"们的裹挟之中将真诚、谦逊、清廉丢失得一干二净。官场之内，感情真的是轻于鸿毛。四围的朋友，所施行的尽是障眼法与诈骗术。官高者因为地位特殊，失却了反省、明察的自觉，对朋友的前呼后拥窃以为喜，对朋友的用意也不想深究。

旧官场与改换门庭、光宗耀祖是一个无从分割的有机体，而今虽然有了根本性的改变，但很难彻底剔除。官位显耀者，其七大姑、八大姨在诸种不同的大小场合也还是有了头脸，赴宴坐得上座、说话有人恭维之外，更有一人得道、鸡犬升天的潜规则在暗中悄然运行。高官位置上辐射而起的金色光晕，不唯令圈外之人有些目眩、眼花。这时候的官家本人，也不知不觉地与本有的悲悯情怀渐渐剥离，原有的良知与善念也会悄然蜕化，自身实际上是坐在了一条没底的船上。

走邪的小人，在仕途上蹦跶不了几下。能将官渐渐做大者，根基大抵清正，有的出身贫贱，年轻时经历过苦难的磨炼；有的刻苦自励，才力显著，给人的印象是勤勉奋进……这些人之所以能够不断地"进步"、升迁，大抵也还是有过一段披荆斩棘、艰难曲折的历程。为什么到得高位时，鬼出神没，有的人很快就蹉跌落马呢？

纪昀说过："平沙万顷中，留一粒草籽，见雨即芽。"人生于世，心田里不可能是纯粹的净土。倘是将襟怀喻之为一片平沙，各色各样的草籽也就不限于一粒两粒。平时不生妄念，而妄念的种子是隐伏着的。一旦仕途通达而上得高位，风调雨顺，得春气之先，便为草籽的萌动提供了最佳的氛围和最好的温床。由此可知，高官高位是机遇最多、诱惑力极强的一个所在，也是诡秘性的幻影盘根错节、最能够移人性情的一座迷魂阵。进入这个层面至为不易，到得这个位置，要在个人欲念上保持冷静和清醒的抉择能力，则更其艰难。

检察业务专家姜德志与落马贪官近距离接触之后，在《检察日报》上有这样的话：成克杰、慕绥新、刘金宝都跟我提出过："能不能向中央反映一下，一分钱也不要了，什么官也不要了，到偏远地区盖个小房，做老百姓行不行？"人生途中，悔过自新、重新做人的话是常见的，历史与现实却又反复证实，这话对权重位高者不适用——迷失于官场的心灵想要重新回家，因为迷误过度，陷之太深，无论如何是回不去的了。

过去国家贫穷，这种人前半生因为贫穷而与金钱隔膜，无从认清钱财的本真面目，到了高位上瞎子摸象，为适应社会进程中的游戏规则而晕头转向，直到被金钱撂倒之后，悔之无及，这才回想起重当"老百姓"的布衣生活。

普通老百姓辛苦是辛苦，通常却也跌不进苦难的泥淖。跻身高官，一旦失足而从繁华高处摔下来，势必迅速掉进黑暗的深渊。在下跌的瞬间，原本的立足点（曾为老百姓）只能是一掠而过，那一掠疾于闪电。官场没有回头路，自高位上跌下来者，古往今来，从未听说过有哪一位又落到了原初时平头百姓的位置上——小康日子是上天特赐予老百姓的，并非"眼前无路想回头"的高贵者想进来就能够进得来的。

步入官场的人，循规渐进，登山一样颇难高就；倘是驾直升飞机，越轨空投，底下云雾苍茫，则后果堪忧……难怪老百姓说道："做官，太险，官愈大愈险。不如我们——萝卜青菜保平安。"

实际上呢？"世间无如人欲险"，仕途只是个变易人性的最为强烈的磁性的诱惑场而已。在这个位置上，失足的毕竟是少数，为人民作出巨大贡献而青史留名者有的是。

有志于仕途者，务必慎之又慎。出仕之前，最紧要的是先学会老实做人。

《中国财经报》2016.6

忧　富

　　有的人居危思安，忧国忧民，我却是杞人忧天：为富者忧。

　　眼下，不少人一下子空前地富起来了，因为富得流油而晕头转向，致使社会风气有所下降，这是本人在那一穷二白的岁月里怎么也料想不到的情景。面对现实，我怀三忧。

　　一忧爱心蜕化，道德滑坡。

　　为富不仁。大多数富人眼界不宽，心胸狭小——他们知道手里的资本是流动的、转移的，其实际价值只能存在于交换与滚动之中。竭尽全力滚动"雪球"者，会很快剔除自身的质朴、正直与勤恳，与此同步，无形中也就会失却人际间的呵护、信任、善良的传统美德。

　　吕梁山南端的乡宁县有百余座煤田，占全县面积的百分之七十八。有一年一场大雪后，新上任的县长到双鹤乡一个小学检查工作，"学校竟然连取暖的煤都没有，孩子们的脸冻得发紫，手背满是疮"。就在县长走家串户时，一辆奔驰六百从他身边疾驶而过，他吸进一嘴的尘土……针对这种情况，县长实施了"劝富济贫"的举措。与此同时，《北京晨报》报道，在北京的商务车展上，山西煤窑主组成的"大款团"，五天内买了80辆豪车，两辆超过600万元的顶级名车——世爵和迈巴赫俱是当即付账直接开走的。这些势焰熏天、目空万类的富豪，纵有100个乡宁县长，能劝得转吗？

　　二忧财迷心窍，绝弃福缘。

　　财富的雪球如何才能滚大？有人策划、撰写出《管理，向西门庆学习》一书，从一个世所不齿的淫棍、奸徒身上，挖掘出46条赚钱的经验、信条，从道德上忖度，这是怎样的荒唐、可悲？雪球一旦愈滚愈大，越大越是费劲，中途停滚，势必自动消融，化为一摊浑水。滚雪球者一天到晚忐忑、焦躁、烦恼，这种人有幸福可言吗？他们的最大幸福，充其量也就是西门庆那样地恣意挥霍、玩弄女色而已。

媒体报道，烟台市三名女学生在雪地里拾到 2 万多元人民币，送至派出所，警方通过当地媒体寻找失主。派出所每天接到许多认领电话之际，直接来所认领者竟达几十人，有的痛哭流涕，丑态百出……这些人里，没有一个是失主。人啊人，一旦被钱财迷惑到如此精神错乱的地步，"幸福"之光还会照临其身吗？

三忧腐化糜烂，祸隐其后。

富人食不厌精，"上穷碧落下黄泉"，总想吃到世所罕见、别人没有吃过的东西，从来也不考虑会招致什么样的后果。

贵州多座城市流行"贵族新食品"——马蜂蛹。山里村民即焚烧蜂巢而取其嫩蛹。某年秋天，望谟县一个小学 27 名小学生惨遭蜂蜇，3 名死亡，10 余名重度昏迷。南方某城蛇馆密布，某蛇馆生意火爆，一厨师依往常之法将活蛇斩头扔弃，迅即烹饪，让食客以享鲜活之美味。打烊后收拾厨房，厨师顺手拾取早就扔在一角的蛇头，却被仍未丧失"神经知觉"的蛇头紧紧咬住手指，毒液迅速感染，厨师不治身亡。田野上呢？因为蛇遭斩杀，无蛇制鼠而鼠辈猖獗，导致庄稼减产。蜂蛇细虫，尚以死相拼，对平民、厨师如此报复，虽属个案，起因不都是由富豪们的肆意挥霍引发的吗？

长期以来，贫穷一直是威胁人类的痼疾。现在呢？因为发展迅疾，仿佛是一下子倒过来了，富人已经形成一个厚重的阶层，而且是集体性也在道义上陷入了误区的阶层。

陀思妥耶夫斯基说过："光有金钱而没有崇高思想的社会是会崩溃的。"这样的社会，崩溃时会是什么样儿呢？难于设想，本人也没心思去想。

金钱二喻

生命的尊严及其内心的挣扎，不能不受到金钱的制约，于是，"没有金钱是万万不能的"这句话颇为流行。有人故意"策反"，则认为"金钱不是万能的"。因为两句话间距甚大，各占形势，彼此抵牾，人们便很难识辨金钱的本真面目。

"天下熙熙，皆为利来；天下攘攘，皆为利往"，有人说金钱是骏马（世路难行钱做马），有人说是兄长（孔方兄），有人索性认为是命根子。金钱的使用广泛，无孔不入，数千年往矣，很多人并未能认清其本真面目。对金钱认识得比较深刻的，一个是700多年前英国的培根，另一个是1300年前的唐代名臣张说。

培根认为金钱对于人生，近似于辎重之于行军作战。没有辎重，军队是寸步难行；辎重倘是过剩，不仅致成拖累，贻误战机，而且会反过来招致灾祸，一败涂地。人生处处是战场，培根提示人们对金钱要取用有度，马虎不得，比喻得确切精当。

早于培根500余年的张说，针对金钱写过一篇187字的《钱本草》。本草，为中药之统称。张说以中药喻金钱，寄寓着诊疗人性之旨意，其目光之深沉，远非普通郎中所能及。《钱本草》认为，金钱"偏能驻颜，采泽流润"。运用金钱可以摄取人世间第一流的脂膏雨露，滋养本体，补益自身，吃得好，穿得好，玩得好，愉悦的心情洋溢于面颜，气色红润，容光焕发。正因为这样，张说在一开篇就指出："钱，味甘，大热。"财主们心里满足而泛起愉悦的甜蜜感，而且是钱越多越甜蜜，甜蜜感渐渐生热，热气旺盛而气粗，气粗则胆壮，红得发紫，炙手可热也。"味甘、大热"之际，张说则一声断喝："有毒！"

毒在何处？"其药采无时，采之非理则伤神。"

"药采"即敛财。世间敛财的方式多种多样，技术、方术、武术、巫术、魔术、马术，几乎都可以拓展成敛财的门径而成为骗术。培根也指出致富的途径千条万条，其正道则只有一条——依靠诚实与汗水致富，正道上勤劳致富，效果虽是迟缓，却也是稳妥可靠的。要成为暴发户，唯有步入贪污、受贿、盗窃、讹诈的歪门邪道，所致成的必然症状便是"伤神"。何谓"伤神"？张说认为是"能召神灵，通鬼气"。

人性面对着金钱时，着实险恶。两个贼夜间盗墓，墓里的将宝珠递出穴口，穴口上的接到宝珠，便用铁锤猛一下击毙同伙，封闭穴口，悄然遁去。美女有钱，绝不嫁于老翁；而老翁腰缠万贯，必能娶得美丽的少女。金钱能不动声色地毁人生命，破人贞操，不就是"召神灵，通鬼气"的绝妙注解吗？

俗谓"金钱万能"。财主们手里大量的金钱，依然具备着诸种用途。问题是，财主有财主的愿望，其愿望因为归依于难填的欲望，这愿望便只能是失衡的、失度的，在政坛上铸造成野心，在经济上掘成为欲壑。依照培根所言，面对巨额金钱，上天只赋予财主们暂且的、虚荣的保管权力——饱饱眼福罢了，他们心里所预为安排的俱属幻影，无一成真。这是"召神灵，通鬼气"的又一条注释。

有史以来的贪官污吏，在金钱上俱是"终日只恨聚无多"的典范。针对这亘古难移的财主本性，张说进一步挑明："如积而不散，则有水火盗贼之灾生。"积而不散，悭吝成性，被盗被劫，或遭"水火"，尚属于小患。现代社会，保安防范措施日益完备，盗贼、"水火"之类，都不在话下了，笔者所理解的潜在"之灾"，应是"药采"时来路鬼祟，终究要受到现实生活的认真清算，严厉审判。

恰如其分的比喻，有益于拓展人们对金钱的认知。

　　西方的培根从宏观上俯视，喻金钱为辎重；东方的张说自微观处切脉，喻金钱为本草。中外思想家的光芒与魅力，互为表里，无远弗照，至今对世道人心仍有导航之效。

朴素的质地

　　强毅的对应词是懦弱，俭约的对应词是豪奢，朴素的对应词是什么呢？倘以"豪华""富丽"作答，似乎不甚确切。

　　朴素，是人类生命里先天形成的内在情愫，它与朴实连襟，属于生理积淀、精神内蕴的自然流露，是本色、本心的外晕与光芒，无色无味，悄静、平淡，在现实生活里很不起眼——实在难于做具体界定，这里只好自其对应面试图归纳：

　　不雕琢修饰，不包装遮掩；不追求时尚，不随波逐流；不矫情做作，不张扬卖弄；不注重名位，不出人头地；不艳美强者，不嫉妒同行；不贪图享受，不溺于安逸；不因循守旧，不随俗裹足；不无所作为，不甘于平庸。

　　朴素与庸俗是截然不同的两码事。芸芸众生，布衣荆钗者有之，洗去铅华者有之，沦落为丐者有之，这与朴素不能画等号。另有什么"红装素裹"，"素面朝天"，"淡妆浓抹"，也仅仅属于修饰与表象，与朴素的内在质地无涉。此外，有人一夜暴富而豪奢，有人财巨业大而悭吝，有人权重位高而颐指气使，有人官小职微而怀谄相，这号人陷在虚饰、贪婪与鄙污的泥淖里自鸣得意，自以为华贵、荣耀，则属于地地道道的庸俗。至于仕途上随处可见的"一阔脸就变"，那是因为其未阔之前就是庸俗透顶的阿Q和小D，地位升迁而变脸，水落石出，实则是现其本相也。

朴素气质貌似静止,实质上含有如云似水式的流动性。天下江河是愈走愈雄壮,而朴素、迁徙、潜移的趋向恰恰相反,在行进途中仿佛只能是日渐式微,是消散与流逝,徐徐地走向消亡。

仔细推敲,朴素质地也切近于阳光、空气,在漫长的历史进程中,是酝酿力量的源泉,是藏掖闪电的渊薮。

社会失衡,贫与富一旦列阵对峙,朴素的一方貌似弱小,前途却注定是光明的。从事革命十余年的方志敏,经手的款项"总在百万元",他严谨不苟,舍己为公,将过手的金钱一点一滴地用之于革命事业。1935年临难之际,他执笔写道:"清贫,洁白朴素的生活,正是我们革命者能够战胜许多困难的地方!"唯有不断地战胜困难者,才有希望迎接胜利的曙光。素者至美,朴也无敌,洁白朴素之所以是艰苦奋斗的巨大基座,根本正在于洁白朴素是扎根、诞生于灾难、困顿、痛苦的浩大旋涡之中。实践早就证明,方志敏所言是颠扑不破的真理。

雾霾遮蔽阳光、污染空气,因为来势凶猛,扩张迅疾,直接地威胁到诸多生理体系,人们尚怀有治理、复明的期望。如果全社会大幅度地趋向于奢靡而盲目地、了无节制地扫荡天经地义的朴素质地,看不到铺天盖地的"糖衣炮弹",下一步将会招致什么样的后果呢?

《羊城晚报》2016.3

贪官八穴

改换门庭，光宗耀祖：从古到今，约定俗成，对于仕进者而言，似乎为题中应有之义。举世认同，谁也不觉得意外。

阴阳两面，擅长作秀：流传下来的诸多廉政之箴言，怎么看也赶不上贪官台上演讲时的信誓旦旦，自我标榜。贪官之善于作秀，无师自通。

妻妾成群，渔色猎艳：贪官一生守一个结发妻者，本人孤陋寡闻，尚未听说过。或者，这是媒体宣传有片面性所致。

贪得无厌，欲壑无底：行贿的钱少了，像是点眼药水，不管用。而贪官那里是上不封顶（因其贪欲乃无底洞）。"世路难行钱作马"，此马乃行空之"天马"。

旅进旅退，狼狈为奸：反贪时是一提一窝子，一拔一长串。越是位高权重的贪官，被提出的窝子越大，被拔出的串子越长。

不学无术，目光如豆：钱的用场何在？贪这么多的钱能干什么？要干什么？结局又怎么样？这是习见于史册的普通常识，贪官怎么就不懂得呢？

路尽回头，欲归原点：许多贪官是从一穷二白的农村一步步攀上来的，犯事之后，异口同声提出要回去重新当农民，俱是白日做梦。

外强中干，骨头脆软：在位时威风八面，不可一世。犯事后交代真诚，坦白彻底。这与第五条的"旅进旅退"，互为呼应，浑然一体了。

贪官有此八穴，历来针灸无效，属于死穴。

天外黑风吹海立

——回忆"群众运动"

　　20 多年前，我在机关食堂就餐，常见一个人打饭时总凑在免费的汤盆前细致、认真地打捞那漂动的西红柿片儿与鸡蛋絮儿。同桌的食友悄声告诉我："别小看那个人，'文革'期间，可是个群众领袖哩。"重新打量当年的"领袖"人物，使我记起了当年的"群众运动"。

　　"横扫一切牛鬼蛇神""把颠倒的历史再颠倒过来""炮打×××，火烧×××，油炸×××"……传单上、墙壁上到处是这类触目惊心的标语，游行、集会、批斗会上，从震耳欲聋、沸反盈天的口号声中，就能想见杀气腾腾的场面。在人头攒动的"群众"里，鱼虾龟蟹、三教九流、阿 Q 小 D，什么人都有。不知怎么被激怒而涌动起来的人潮，形成一个巨大恐怖的旋涡，似乎人人都处于狂乱状态，竭力地展示人性中固有的武断、蛮横、凶恶的兽性。

　　"人们喜欢带着极端的偏见在不着边际的自由中使自己得到满足。"（培根）单个人从来是渺小的、卑贱的，潜伏着、压抑着发泄的欲望，畏惧承担行为的后果与责任，这等心态致使其渴望依附、随从于一个突然降临的庞然大物，似有主体感，却无责任心，隐身于一个弥天的雾幔之中来"起哄架秧子"，发泄、施展其浑身之解数。孟子所谓"虽有智慧，不如乘势"，或者指的正是这种卑下怯懦的惯性心理。

　　"文革"中，到处崛起的是起落无常、聚散不定的人群，他们凑合成横冲直撞的一尊尊庞然大物，游行示威之外，疾风暴雨式的抄家、夹枪带棒式的批斗与游街示众，充分显示出人海里长期潜伏着的落井下石、鼓破乱人捶、墙倒众人推的劣根性。有多少自私狭隘、胆小如鼠的懦夫在"群众"大潮里挥动拳头，破天荒地叫喊着："天下者，我们的天下！""问天下谁主沉浮？我们！我们！我们！"混合成的口号声震耳欲聋，呐喊者尽管是底气不全，总算在"运动"中撒出了一点发自丹田深处的窝窝囊囊的"鸟"气。

有人认为群众运动是洪水猛兽。洪水奔袭，要有个决堤者；猛兽跃扑，得有个挑逗者。而那时节的群众运动是领袖人物"发动"起来的。名为发动，实乃挑逗，是将一只息躯静卧的老虎挑逗起来，怂恿它跳掷着、狂吼着到处去咬人、吃人。

"发动"一词，本当是用于优良机械的，而挪用于素质低劣、色样驳杂的芸芸众生，如何去实施呢？（风之吹也，在沙漠里才能掀起沙尘暴；如果掠过森林，浩茫林海仅报以滚雷之吼）率先被偏执、偏见与狭隘观念发动起来的是阅历浅、易冲动的学生们。发动者抹去了学生娃尚未成熟的是非、羞恶、恻隐之心，而潜伏着的卑下、邪恶的因子却被挑逗、诱发、反激了起来。那时节北京高校最多，学生们先后闹将起来，有愣头青在本地打、砸、抄、抢，更有好事者赴外地去煽风点火（美其名曰"革命大串联"）。"群众"乃似有若无、混茫莫名的巨大怪物，一旦被"发动"起来，正常的秩序、平静的生活碎裂了，天下大乱，及至乱到了是非颠倒而不能不发生"武斗"的地步。

1967 年一个炎热的正午，围困中南海的造反群众揪斗国家主席刘少奇。刘主席手举一本《宪法》大声抗辩："我是中华人民共和国主席！"在无法无天的"群众运动"面前，他手里的《宪法》似一叶薄纸飘落在湍动的急流里……两年之后，破衣飘絮、白发盈尺的刘主席在开封一间湿暗的房间中去世。国家之主席尚且如此，其余的可想而知。

中国人口数量世界第一。一个人若是一滴水，亿万人汇成的就是大江与大河。稳妥有序的流水能养殖行舟，浊浪拍天的巨浪则只能是险恶万状的"黑洞"。历代农民起义也属于群众运动。如磐重压之下长期积淀而无从消解的人间不平，仿佛在各地布满了干柴，一落上火星儿就会形成"呼啦啦"的燎原烈火——当然，那烈火之燎原正是历史行进的巨大身影。可是，在人为地"发动"起来的特殊的"群众运动"里，功过颠倒，黑白混淆，则是龙卷风式的魔影。

古往今来那么多的人间悲剧，到头来为什么难于寻见肇事者呢？诸种人性之恶，似乎总是被"群众"的巨型外套遮裹着。

畸形的集体性的行为，起落倏忽，来去无踪，"群众"自以为法不责众，时过境迁之后，责任归属自然是无从追究的。刘少奇被群众运动无情地吞噬时，也只能叹息："好在历史是由人民写的！"这里的"人民"，即使不包含当时正在置他于死地的那些所谓的"群众"，总该包含几十年后"一窝蜂"下海经商、"一窝蜂"出国旅游、"一窝蜂"进行抢购的人们吧……

"十年一觉扬州梦"。斗转星移，时过境迁，许多个曾经红旗摆荡的广场，一如退潮之后的沙滩，静悄悄的，嗣后渐渐变成了白鸽游戏、碧翠茵茵的草坪；许多条曾经锣鼓震天的大街，偃旗息鼓之后，空空如也，继而变成了霓虹闪烁、车如流水的长街……"文革"中被"沙尘暴"卷走的人们，死者长已矣，而侥幸存活者，抚摸伤疤时，还记得当年那噩梦似的"群众运动"吗？

功罪是非总难诬。随着时光流转，当年的痛苦铸造者，终于也躲不过因果报应的"轮回"，而从前那些涌动的、高呼着"再踏上一只脚，让他永生永世不得翻身"的"群众"呢？怎么忽然间就蒸发了呢？

这个世界上从来就没有"永生永世"不得翻身的事情。现在的中国，最需要的是卓立特行的勇气、魄力和胆识，推崇的是社会责任感和行为承担力，至于那些善于随狂风而扬碌磲的所谓的"群众"，太平盛世里，风平浪静时，暂且是看不到的了。

悟　佛

"天下名山僧占多。"平时进入名山大川，逢见寺庙，我必要"随喜"，很少空过。参谒大佛，数点罗汉，转悠曲径通幽的禅房、玲珑曲折的廊庑，在红墙碧瓦、梵音檀香的氛围里瞻云就日，看法轮常转，渐渐地便生出几点人生感悟。

一为知足。佛相威仪圣洁，相好庄严，眉如初月，目似朗星，耳轮垂长，躯体丰润，给人们最深的印象是圆满、知足。凡尘苦恼，正苦恼在欲壑难填上，诸多麻烦事，从不知足发轫；意外祸殃，也是由不知足招致的。

蛇之舌细长而分叉，乡下人称曰"芯子"。人的欲壑，近似于蛇张其口，抖动不息的欲火正是扑闪不已、嗞嗞有声的蛇芯子，最难收敛。寺庙里，佛因知足而宠辱皆忘，对足下升腾的香火供奉瞧也不瞧，佛之手永远是花朵一样绽开的，松弛的。在这个世界上，人皆有两手十指，有多少长伸的黑手，胆比天大，什么都敢捞，什么都敢抓，所有的抓捞者共同收获、最后落实的，只是个"虚空"。这等波折坎坷、艰难痛苦的人生弯路，千条万条，殊途同归，佛是成竹在胸，早就看得一清二楚，是谓看破红尘。

次为明察，知足则不为物使，不为物使而后明察。人世间的钱财，只说是潜入了官府衙门，大堂上那高悬的明镜阴翳自起，自然蒙尘（物欲最迷惑人的玄关灵窍）。比较而言，佛殿上真正乃明察秋毫之地，佛体的背后空空如也，唯见我佛虚极静笃，视线端正，稳若泰山，聪慧而无语。人说到清凉境，生欢喜心，这才是彻里彻外的清凉境界。

　　明察与内省相邻。"苦海无边,回头是岸";"放下屠刀,立地成佛",皆佛门心语,本旨是点化众生反观自我、内视灵府。神与魔原本一体,善自内省者,从严自律者,有希望从水里划开清浊界限,自魔而晋升为神。

　　人一旦成佛,可了不得,天启慧目,为"天眼"开(肉眼凡夫横竖是睁不开那只"天眼"的)。坏人之坏,恶人之恶,俗人之伪,小人之邪,普通人怎么也猜不透他们会坏到什么程度的,毒汁十成,人们充其量只能估到三分。芸芸众生,扰扰攘攘,从其间感受好人容易(如坐春风),辨识坏人、恶徒,则务必要付出痛苦的代价(风刀霜剑)。唯有佛,能透析恶人的五脏六腑,洞悉其内心动机。

　　再次是容忍。世人难容、难忍的,佛宽大为怀,概不以为意。"忍"字心上一把刀,我佛高于大英豪,尤其一个"忍"字,包含着坚于磐石的精神操守。佛,在天地之间向来是专意精诚守护着一方净土家园的典范。知足而后无欲,明察才有包容,"无欲则刚,有容乃大",在刚正、廓大的基座上,才有条件插定"忍"字的大旗——这是佛门的帅旗。

　　说及容忍,自要讲究气度。而气度,要苦苦修炼,方能成云水之渊薮。"炼"有别于"养","修养"与"修炼"之间不宜画等号,"炼"有炼狱之火长期焚烧、熔铸的一层重大意味伏寓其间。

　　地狱乃魔鬼的归宿,炼狱为消愆的洪护。扶善惩恶,永远是佛门的第一宗旨,也是法轮旋转的唯一中轴。

　　"养怡之福,可得永年"。我总以为,佛门不像是颐养天年的所在。禅院山门左右侍立着"金刚",左称密执金刚,右为那罗延金刚(四天王又称"四大金刚")。他们赤身裸体,缠裹衣裳于腰际,威风凛凛,虎气勃勃,怒目奋臂逞威猛相,其天职是镇魔、降妖、驱邪。佛,静静地坐在正殿里,派遣出各位金刚向天下信徒率先显示佛的意志(自古迄今,拜佛敬神者尽属良善百姓,恶人、坏人视佛门为畏途，恰恰是心里胆怯）。

金刚者，金中最刚之义，稳固、锐利、无坚不摧。他们的共同态度是：无迁就的余地，无饶恕的意思，无通融的缝隙，但只消灭、镇压之一途（这像是鲁迅临终前说的：一个也不宽恕）。这里分明在宣告：江山易改，人性难移，所谓的诱导、教育、改造、脱胎换骨，对坏人、恶徒基本无效。人性是脆弱的，一切理性只是从人性里滤出来的少许晶体，故也更其脆弱。坏人、恶徒是定了型的狰狞陶器，唯有击碎了之。常人对恶人难免抱有幻想，那是上天让善恶取得平衡的砝码，是佛法典籍里隐秘的、必备的一页。

佛门金刚成双成对，或二或四，这大约是坏人能量大，活动力强悍，而且横生竖萌，层层叠叠，赶不尽兮杀不绝，需要金刚们手持法器，通力镇压之，反复扑灭之。

朗月清风，花放水流。古往今来，信徒蜂拥。梦想成佛者，也是连踵接袂。而真正修成正果的，有几个人呢？

阿弥陀佛，成佛不易！

《中国最美的哲理散文》湖南人民出版社　2013.7

沧桑隐忧

"沧海桑田"与"发展变化"的意思切近，差异是前者属于自然进程，后者主要指人为地推进。面对当今社会天翻地覆的变迁，襟怀隐忧，不知是否有杞人忧天之嫌。

我的故乡在关中，从戎后千里西上，在兰州待了30余年。所在的营区北濒黄河，黄河绕出个阔大宽展的雁滩，继续东注，不远处便是北折朔方的拐弯之地——这是黄河自昆仑下来后折出的第一个钩弯。初至兰州，河水雄健丰沛，夜静时能听到隐雷似的阵阵涛声。

我所供职的科室，曾经是著名画家黄胄所在过的单位。他在这里时，常去黄河边上"速写"那些拖水车的毛驴，那时节河水洁净，专门有四蹄殷勤的毛驴拉水进城，以供居民饮用。赶车的见一个年轻军人在边上尽画些驴蹄、驴耳朵、驴尾巴，便取笑他："你这个当兵的没情况，连个小毛驴也画不全，尽画些七零八碎的玩意儿。"拉水的人不懂绘画，何尝晓得这些蹄、耳、尾巴在以后的潜在价值？我到来时，黄胄已经晋京了。兰州城迅猛发展，污水暗地里流入黄河，河水无法饮用，毛驴车自然也就消失了。

营区东过马路，就是陇上最高级的宾馆——宁卧庄。我住六层楼，在最高层，正对着"宁卧庄"宾馆，宾馆内外古树苍然、林荫郁郁，内部设施相当出色，自北京来的中央领导，俱下榻于此。大约是1984年，因为工作关系而进入宾馆的院落里，我就遇到过正在散步的胡耀邦总书记。他号召在西北地区大力种树种草，就是这次在兰州提出来的。

　　"宁卧庄"，多么温馨精雅的名儿，和平安恬，高枕无忧。有一天转悠，与一个进城的菜农闲扯。他告诉我："这地方处于黄河边上，开初是一片烂泥滩，小村子名叫'泥窝庄'；后来烂泥滩渐渐变成了庄稼地，牛马鸡犬多了，改名儿时动了两个字，叫'牛卧庄'。现在不知怎的，叫着叫着叫转音了，成什么'硬卧庄'了。"（这个菜农，大概不懂得这里是个高级宾馆，一口方言把"宁"误成了"硬"）。细究几个字之同音互动，三度移易，既隐寓沧桑变迁之义，也微妙委婉地显示出大异其趣的不同境界。

　　营区北畔的雁滩，我来时就见不到大雁的踪影了，可到处是果园，碌碡粗的梨树随处可遇，春季梨花开时，奔腾的黄河所搂抱着的简直是美不胜收的一方"雪海"。然而，岁月如梭，无形之中，黄河则是一天天地瘦弱，晚上人静时，我们是再也听不到沉雷似的涛声了。随着黄河之消瘦，雁滩上雨后春笋似的出现了住宅小区，伐树、填湖、建房，鳞次栉比的楼房一家比一家高巍……毋庸置疑，人们的日常生活也相应地富态、安逸起来。这里且不说别的，在滨河大道通往雁滩的交叉路口，我就见到过一个胖大警察追不上一个飞奔的小偷的尴尬场面，警察返回身气喘吁吁地抹汗，小偷远远地躲在高大的左公柳（左宗棠率湘军所植）背后，一边飞快地数点赃物，一边偷偷发笑。

　　兰州市濒依着黄河，两旁山陡，没法建设，城市扩建无可奈何，也只能围绕黄河退让出的河道打主意。我退休后，从陇上迁居青岛10多年了，前年初夏，回了次兰州。雁滩上高楼林立，长街纵横，俨然是新兴的繁华闹市，市声如沸，梨树销声匿迹，黄河已细瘦如线，被窄窄地挤到了北山根下。我自一位朋友居住的高楼上俯视下边，黄河像一条被巍巍大山与钢筋楼群钳制住的长龙，悄无声息地往东滑溜，仔细察其行色，分明挟有敢怒而不敢言的气味。

　　天有不测风云。近日武汉淹城，一个重要因素就是由于房地产开发，近百湖泊被开发商填埋侵占。我想问问：兰州之强行侵占黄河故道，与武汉的填湖造楼究竟有多大区别呢？

　　黄河长江，沧海桑田，逶迤行进中自有其变化之规律。黄河是中华民族的母亲河，河边塑有"黄河母亲"凝望着东方的巨型花岗岩雕像，面对目光短浅、急功近利的儿女们，这位"母亲"是否也会有震怒发威的一天呢？

《光明日报》2016.9.9

金钱引起的危机

世人都认为"钱不咬手"，金钱是多多益善，越多越好。如果有人提出金钱能引起什么危机，自然被指斥为奇谈怪论。

太平岁月，人延其寿。从前，70 岁为"古稀"，当今是年逾 80，方算尽数。

退休以后，政府每年为我们安排一次体检。意在早日发现疾病苗头，及时诊治，将疾病扑灭于萌芽状态。当代人的寿命之所以大幅度提升，防病于未然显然是一个重要的因素。体检项目详尽而细致，每人每次得花销七八百元。当我在彩超室门口等待之际，忽见有年轻辈的阔人持着"贵宾体检表"径直入内，不用排队。我想，人家分明掏了优先检查的费用，免去了排队的麻烦，也就算是掏了几十元"加塞"费吧。

回家来过了两天，从报纸上忽然看到，持此表的为豪华体检者，一次要花销14000元，价格比我等小康人物高出几近 20 倍，体检的项目当然也要多出许多且详尽得多。从前的郎中，望闻问切，耐心细致，几乎不用任何仪器，极其注重人文关怀；现在医学进步了，仪器不断创新，望闻问切一概被仪器取代了。那些花万余元的"贵宾"，额外获得的也只能是诸种仪器的检查。对我们平常人如果动用 10 种仪器，人家大概得动用上百种更为精密的仪器吧。

检查的目的是为了防治疾病，花费昂贵为的是强化防治，争取比普通人活得更其长寿，享受更大的福祉。他们这等美好的期望与理想能够实现吗？我觉得玄乎。

　　人的精神素养实在珍贵，任何高科技手段要僭越它是有难度的。在时下这个科技发达、物质丰盈的时代里，没有必要盲目地陷入技术的狂热之中。一切技术狂热也难免二重性。如今电脑普及，而电脑的功用止于信息，正如过去的毛驴功用止于驮骑；人类假如因为有了电脑信息而停滞思想，正和从前因为有了驴儿代步而企图放弃走路是一个道理。人不走路，又放弃思想与思考，那后果无疑是可怕的。

　　所谓精神素养，指的是平日的文化教养与性情磨炼，这让我记起刚刚仙逝的南怀瑾先生留下的话："今日的世界，在表面上看来，可以说是历史上最幸福的时代，但从精神的层面上来看，也可以说是历史上最痛苦的时代。在物质文明发达和精神生活贫乏的尖锐对比下，人类正面临着一个新的危机。"这里说的新的危机，绝不仅仅是大款大腕之痴迷于技术狂热，在这狂热的背后，很值得深思。

　　从 2010 年开始，我国稳居世界经济第二位置；可在"透明国际"组织 2011 年公布的"清廉指数"里：在 183 个国家和地区中，我们排在第 75 位。反差如此巨大，足证有权的比有钱的更为猖狂，这情景让我忽然想起民族英雄岳飞说过的话：文官不爱钱，武将不怕死，天下太平矣。

　　2010 年至 2011 年，全国纪检监察机关共立案 277480 件，处分289410 人。数字显示出这么多的权贵人物因为热衷于地位金钱而纷纷落马，难道证明不了什么是严重的精神危机吗？

尚俭与戒贪

尚　俭

俭者俭朴节约。现在以此为话题，是有些不合时宜。可眼下反腐倡廉，雷厉风行，归根究底仍在于立俭；俭字不立，腐败照旧，艰苦奋斗又从何谈起呢？

上了年纪，我也留意养生，有一天看到报上"以德养寿"几个字，便记起诸葛亮《诫子书》里"俭以养德"的嘱咐；政治家语重心长地诫子、训子，又让我进一步想到司马光的《训俭示康》了。

《训俭示康》是司马光写给儿子司马康的一篇家训。司马光拜相之前，隐居于洛阳 15 年。暮年老病相仍，他在写给至友吕公著的信里说道："光以身付医，以家事付愚子，唯国事未有所托，今以属公。"这篇恳切严谨的家训，不足千字，分明就是"以家事付愚子"的产物。

文章短小，事体却重大。司马光在回顾了自己年轻时即以俭素为美及眼下全社会的颓弊俗风之后，以孔子之言提纲挈领，相继列举了 10 多个著名权贵（其中有北宋三位宰相及一位副宰相），将他们奉俭与行奢的行径强烈比照，意在阐释这样一条道理：

夫俭，则寡欲。君子寡欲则不役于物，可以直道而行；小人寡欲则能谨身节用，远罪丰家。故曰："俭，德之共也。"侈，则多欲。君子多欲则贪慕富贵，枉道速祸；小人多欲则多求妄用，败家丧身，是以居官必贿，居乡必盗。故曰："侈，恶之大也。"

　　这时候的司马光，焚膏继晷，经过 19 年的努力，业已完成了皇皇巨著《资治通鉴》；为此，他熬得筋骨疲惫，视力减退，齿发脱落。可他并不自知，正是由此，他才将自身在以后的历史上塑成一尊高巍的形象：隔着一条冲决龙门、滔滔南下的黄河，与千年前的司马迁隔水相望，双峰并峙，被史学界誉之为"两司马"。对于《资治通鉴》这部"天地间不可无之书"（王鸣盛语），就连当代的毛泽东也读了 19 遍之多，线装本上写满了眉批和心得。毛泽东之所以为共产党人提出艰苦奋斗的精神纲领，显然与中国的历史进程大有关涉。

　　而司马光在《训俭示康》里，仅仅是列举出十多位宰相级人物的立身言行及其所致后果，为什么对那么多处于统治巅峰的帝王只字不提呢？原因似乎很简单，帝王们的俭奢之事在《资治通鉴》里已经写尽了；而且因为涉及顶端层面，对于俭奢二字，司马光有着更深邃、更沉重的思考。

　　南朝宋的建立者宋武帝刘裕，幼年穷困，曾贩履、种地、捕鱼，420 年称帝后倡导节俭，"未尝视珠玉舆马之饰，后庭无纨绮丝竹之音"，而且将卑微时躬耕用过的"耨耡之具"仔细收藏，严格要求诸皇子保持俭朴的品德。可他无论怎样地示范要求，整个刘氏皇族仍是迅速地滑向奢靡。后辈看到他身后留下的生活器具，竟讥笑先辈刘裕是个土头土脑的"田舍翁"。武帝之俭，二代即绝。

　　隋文帝杨坚，更以崇尚节俭著称。二儿杨广窥知父亲将崇俭抑奢作为选择接班人的标准，就暗自经营自己的形象工程。文帝尝幸其第，杨广将美姬隐匿于别室，唯留老丑于门，又改屏帐为粗布，断绝乐器之弦，故意布尘埃于其上。文帝见之，"由是爱之特异诸子"。杨广终于以骗术斥逐兄长杨勇而成为太子，继而又瞅准时机，索性杀死崇尚简约的父亲杨坚，自己当上了穷奢极欲的隋炀帝。

　　距司马光也就 200 多年的唐玄宗李隆基，刚登皇位，下诏书销毁金银器玩，规定天下不得采珠玉、织锦绣，且对官员服饰按照品级作出严格规定。可是刚过了两年，有胡人称海南多珠翠奇宝，李隆基就命监察御史杨范臣偕胡人前往求之。自立的俭约规矩，自己又很快地打得粉碎，朝令夕改，随心所欲，名副其实是昙花一现。

史实证明，俭始奢终也是一项无从抗御的历史变衍的周期律。"由俭入奢易"，对俭朴而言，奢侈正是惊涛拍岸的洪水猛兽——在绝对权力的支使怂恿之下，不分什么上峰下属、血亲朋党、小人君子，普天下上行下效，旅进旅退，任何诏命律条与防范措施都是软弱无力的。

"齐家、治国、平天下"，其总前提是"修身"。围绕俭奢而"治国"，司马光在《资治通鉴》里强调过了，接着就是为"齐家"而训示子孙。对于以俭朴修身，司马光始终是身体力行的。他经常说的一句话是"衣取蔽寒，食取充腹"，"众人以奢靡为荣，吾心独以俭素为美。"其妻去世，没钱办理丧事，皇帝派人送来 10 斤白银，司马光立即命儿子送了回去。他说："葬妻是家事，岂能动用国家的钱财？"为办丧事，他将仅有的三顷薄地典当出去。这就是流传甚广的"典地葬妻"的故事。司马光在世 68 年，辞世的前一年才成为宰相。他刚直一生，勤奋一生，"财利纷华，淡然无所嗜"，自身也一丝不苟地俭朴了一生。在历朝历代的名臣系列里，人们还能找出第二个司马光吗？

政治风云，吊诡难测。司马光下世 16 年后，宋徽宗启用蔡京为相。蔡京定司马光、文彦博、吕公著等 117 人为奸党，由徽宗亲书其名，刻石为碑，立于端礼门；而且命令各地府郡都要刻这样的"党人碑"。《历代名人传》里有这样一段记述：

长安石工安民当刻字，辞曰："民愚人，固不知立碑之意。但如司马相公者，海内称其正直；今谓之奸邪，民不忍刻也。"府官怒，欲加罪，泣曰："被役不敢辞，乞免镌'安民'二字于石末，恐罪于后也。"闻者愧之。

　　俭奢自古同冰炭。司马光生前死后能这样地深入人心，而大贪官蔡京却被永远地钉在了历史的耻辱柱上，这也是我在读书时格外看重《训俭示康》的一个心理因素。"长安石工安民"，是陕西人的骄傲。

　　小富即奢，国之大病。司马光在家训里无可奈何地叹息："嗟乎，风俗颓弊如是！"近千年过去了，当今的风俗，奢靡败坏的程度比北宋时节是有过之而无不及。我们国家实行富民政策，许多人是富起来了，可富裕与奢侈是两码事。贫穷，固然没有"俭朴"的余地，而富裕，也绝非"奢侈"的借口。

　　与时俱进，那是年轻人的事，我们老年人，只求养生自保。报纸上提示的养生诀窍是："多走路，少吃饭，远烟酒，心放宽。"我们退休了，不再参与优胜劣汰的竞争，心是宽了；饭馆的山珍海味，与烟酒同样昂贵，也不敢沾了；可走路呢？路上小车似箭，首尾相衔，老年人过马路左顾右盼，提心吊胆，多走路是好事，也还是难于实践（即使跟不上时代，也不能说小车满路就是奢靡，可那些豪车又分明是奢靡的标志）。在这样的境况里，我们还能为忙得脚不沾地的儿女们写什么家训吗？

　　重温司马光的《训俭示康》，单是从教育子女的职责上着眼，我也只能是掩卷默坐、梦寐思之了……

戒　贪

　　丘为土堆，壑却是深沟。欲壑难填，比喻人之欲望犹如"水归其壑"，从来也没有个填满的时候。

　　欲望不同于希望。希望属于心目中的向往与追求，切近于理想，有时热烈，有时渺茫，一旦破灭即成失望；前一个破灭了，新的希望又可能像旭日那样升起。欲望则基本上属于生理范畴，往往与物质追求连襟。平素默默隐埋，悄然潜伏，不露痕迹。若是逢到机遇，一有诱惑，则即刻萌芽，而且是根芽茁壮，其生长力之旺盛匪夷所思。

正常的生存欲望（衣食住行，婚爱生子），人皆有之。令全社会感到头疼的：是"欲"字前边冠上一个"贪"字。欲而入贪，是为贪婪，这贪婪并非与生俱来，而是自小而大、由少而多逐渐生长起来的（换言之，欲壑是后天形成的，也是自个儿掘就的）。额外的欲求每一次得手，侥幸心理即增长一分（进一步伸手的胆量会添加三分）。占据、拥有得越多，欲望也就滚雪球那样成倍地壮大，"欲"字头顶也就顺理成章戴上了"贪"的帽子。欲望倘若是一匹马，一旦冠上个"贪"字，就成为一匹极难驾驭的烈马了。只说是跨上烈马，什么"急流勇退""见好就收""知足知止"，就再也没有立锥之地了。用时下的话讲，这叫"贪欲膨胀"。普通人不明就里，对这膨胀的速度便很难设想。营营竞利的小苍蝇，只说是被好风送上青云（地位升迁），眨眼间就变成个老虎，似可推测这是什么样的膨胀速度。

贪得无厌者只谋私，不为公；唯利己，不顾人（这正是西方人所说的"为烤熟自家鸡蛋而不惜烧掉公家的房屋"的极端利己主义者）。实际上呢，这种人每次欲望实现之际，所得到的也仅仅是些蕴含有苦涩味的所谓的快乐而已（远非到手之前所想象的那一等狂热之洪福）。这并非事与愿违，而是当初的期望，压根儿就是从"欲壑"里浮升起来的沙海蜃楼样的幻景。

巨贪敛财，多为子孙筹划。对此，林则徐说过："子孙若如我，留钱做什么？贤而多财，则损其志；子孙不如我，留钱做什么？愚而多财，益增其过。"为国为民、刚直不阿的林则徐，距我们并不遥远，嗣后那些成群结队的老虎、苍蝇们，有哪一个能听懂林则徐的忠告呢？由此可知，不管是地位多高的重量级大人物，凡是"贪"字当头的，俱都是见识浅、没文化的角色。

欲望以"贪"为镫而跨上烈马，马背上的人很快就变成了猛虎。猛虎也有二重性。贪官污吏固然是盘剥人民脂膏的铁老虎，可也是一戳就破的纸老虎。腰缠亿万者，常在几个小钱面前捏不起、放不下；富可敌国者，在美色面前总是力不从心、失手折腰。原因是"欲壑"甚于无底洞，一个"贪"字，将他们灵魂里的沉着、从容与定力全部给销蚀了，导致其内里空虚。一旦事情败露，一查一长串，一拔一窝子，虎、蝇们彼此间狼撕狗啃，瓦解崩溃得比冰山还要快，这正是贪腐者内里脆弱的明证。

即使这样，也不宜将贪腐之徒简单地归之于愚蠢系列，仔细想去，还是培根说得到位："它是老鼠的聪明，因大屋将倾，鼠必先逃之；它是狐狸的聪明，因獾掘洞穴，狐占而居之；它是鳄鱼的聪明，因其欲食之，必先哭之。"贪腐之徒如果说还有点聪明，也仅此而已。

欲壑难填，说透了也就是个"贪"字。时至今日，人类社会所面临的最大危险，莫过于日益先进的科技与疾速膨胀的人性贪欲的彼此结合。可明眼人都看得很清楚，从古以来，这个世界上从未填满过的"欲壑"俱是贪婪之徒自己掘出的，所乘的欲望之"烈马"也都是自己豢养的，最后的下场与归宿，则是历史发展规律所注定了的。

"贪"为顽疾，殊难医治，且让那些贪官污吏在"欲壑"里挣扎、扑腾去吧。这里诌几句歪诗，收束此文：

青山绿水天然境，蝇营狗苟贪敛人；
长蛇入壑拔楚项，唯有淡泊宜养神。

《光明日报》2014.8.22

雪崖滴水小辑

1

心地善良的人，幸福是突如其来、不期而至的，其欢乐往往是出乎意想之外的。相反，整天以琢磨算计他人而思谋获取利益者，费尽心机，与幸福反而是背道而驰，渐行渐远。

2

能从司空见惯的平凡事物中发现那一等常人难得领悟的美质，属于审美的特殊能力，证明他（她）具有一双超乎寻常的秋水明眸。

3

人与人之间如何相处，是一门微妙的学问，亲疏失度，招致的俱为苦果。对于朋友，要时时搁置在心里。一旦到了掏心窝子说话之日，距离分手之期大概也就不远了。另外，再深挚的爱，也经不住一次次的冷淡与漠视；再坚固的信任，也敌不过轻微的欺骗与背叛。

4

自作多情容易，淡定从容很难。无论你取得了怎样的成绩，在他人眼里，其实都没有自己心里所想象的那么金贵，那么重要。能将自己看轻看淡而低调处世的人，才可能与这个世界和谐相处。

5

文坛上个别的年轻人，无意于谦虚谨慎地以前人为梯朝上攀缘，而是一心想推倒前人、踏着人家的躯体向前跃进。这里且不说能否向上的高度了，仅仅是原地踏步，也难以持久。

6

陶渊明是从经世的徒劳继而反思，才悟到"误入尘网"，这才回归大自然的。壮美的大自然是名利场上的疲惫者与受伤者最佳的慰藉之所。

陶渊明的诗文，也属于"泥上偶然留指爪"。泥指泥泞路途，那些在泥途上守不住底线者，指爪印痕凌乱，是什么也留不住的。

7

对于初涉爱河的少女而言，审视、凝视爱情之际，总以为那是个温馨、明亮、和美的幸福所在，她们压根儿就不可能懂得"近切起烦，密久生厌"的生命含义。一旦进入，才迅速发现那其实是个无边、无底的深邃的黑洞。倘若再想要跳出来，真的是难于上青天了。

从前寻短见的女性，多出现于新婚之后。俗世称新婚第一晚为入"洞房"，这"洞房"二字，真的是奥秘莫测，不可细究（汉语文辞之妙，于"洞房"可窥一斑）。

8

王朝龙椅是这个世界上最奇特的一尊怪兽，无论什么人，包括非常之人，一旦爬上去，骑上去，往往不能不发生异化。

历朝历代，龙椅上的封建阴魂与智识者的较量，从来都是以后者的失败收局、告终的（司马迁是显证，魏徵则属于例外）。然而，失败者薪火相传，其顽强精神从来也没有最后熄灭，这火焰在鲁迅身上最为炽烈，致使鲁迅自身也化为中华民族的一炷精神火炬。

9

纵观历史，因为武将不怕死，英风长留；由于文臣不爱钱，华章时现。这是历史行进途中闪耀着的美质。

对此等美质而言，封建帝王家往往处于与其对立的一面。

10

想象力与幸福是连襟的。而读书，是丰富想象力、提升道德品位的最佳途径。年德俱进，可望长寿；倘不读书，年德就只能依仗先天之遗传了。

11

自命不凡而热衷仕途，醉心红火而忙于挣钱；

不愿平庸而急于成名，不甘寂寞而追步时尚；

阅历肤浅而性气浮躁，作秀有术而背弃质朴；

哗众取宠而不顾廉耻，踩踏别人而自封前驱。

——凡备有上述心态者，不可能进入审美的艺术行当。

12

俗情似海水，变幻无穷。欲望似海水，深邃无际。

爱情似海水，愈饮愈渴。命运似海水，远景莫测。

13

欲脱屣庸俗而拟与美质结缘，最可靠的途径是沉溺于艺术。接触经典文字的人，能从心灵深处汲取一些青春的、美好的、向善的活力。

经典里的精魂之真，情愫之挚，文辞之雅，会凝铸而成至美。

14

命若凿石见火，真的光芒据世时间非常有限。

前一世的种子，务必要加上这一世的缘分——沃土、阳光、雨露，才有希望成功地复活，最后修成正果。作为一粒种子，需要从容、沉着——不着急；大度、宽容——不竞争；淡定、耐心——不上气，方为修行之正道。

15

留侯进退迹无涯，淮阴钟室毁其家；

刘项千载何云泥，龙蛇鱼蟹有造化。

彭德怀下世时，癌症剧痛，将被头都咬烂了。一代英豪，如此凄惨辞世。事前看不透，事里挣不脱，其实，每一桩遭遇的背后都有草蛇灰线可循。

16

经典书册能被水泡成泥浆，也能火焚成寒灰。可它一旦转化为人类高尚纯美的精神因子，却可以江河一样长流于天地之间，有时候，也能够火炬一样撕破阴霾。

17

自好自洁，独善其身，在风雨中锤炼从容，熔铸冷静，坚定地走自己认定的路，守正笃定，久久为功，最后也许可能踩踏出一条小路的。他日路成，却是一个脚印也不留存的。

18

无病无扰，清静淡泊，普普通通而不为人注意的人生，是难得的最高的享受。真的人生知己是不在意聚散的，距离与光阴只能风干多余的水分，增进感情的浓度。

19

人，纵有天大的本事，也是翻不过命运之手心。

人一生行善还是作恶，老天爷是不会睁一只眼闭一只眼的。

有作有为有余兴，无欲无求无心病；

天赐风雨我自笑，路多泥泞且慢行。

20

知识分子说这说那，于事虽也有补，但眼目下效果甚微。鲁迅先生在"呐喊"之后是"彷徨"，"呐喊彷徨两悠悠"，仿佛是个早就注定的格局。

21

赠人玫瑰，手有余香。

掬水月在手，弄花香满衣。

庭闲月无影，梦暖雪生香。

沾衣欲湿杏花雨，吹面不寒杨柳风。

——其间仿佛隐伏着东方艺术内在的微妙消息。

22

骏马上战阵，似蛟龙之入云海。毛驴儿，是陆游、张果老骑的。青牛，是哲学家老子骑的。骡子呢？好像没人愿意当坐骑。人与畜类不同，而畜类的某些赋性，却与人是暗地相通的。

23

中国古代的上层社会将醇酒与妇人并列。后宫佳丽三千，帝王们无不好色，而踞于龙椅上的醉鬼酒徒，却难得一见。

醇酒与妇人，帝王家常用以赏赐臣僚。仔细去看，美女比醇酒在总体上还是要高出一个档次的。然而，也正由于高出一个档次，美女在倒霉时往往也就一下子变成了祸水，醇酒终于也还是醇酒。

24

勤劳简朴，坚毅淡定，心地善良……坚持与生俱来的赤子之心，这是生命的原动力。无须羡慕别人大富大贵，也不必炫耀自己小康知足，一步一个脚印走自己的路。

25

文化人自爱、自重，有如禽鸟之珍惜羽毛，这是正常的。问题是，往往又不自禁地自命非凡，骄傲起来。

禽鸟失羽，无法凌空翱翔，地面行走，未必赶得上乌龟。而文化人能写一手好字，能来几句诗文，能描几幅好画，作为个体，终究也还是纸上功夫，社会效应极其有限。无端地感觉良好，如鹤冲天，目空万类，只能证实自己是个半吊子文人而已。

26

置身名利场合，学会平静地、深深地埋葬一个"我"字，绝非一日之功。倘要彻底埋葬，那是不可能的。

27

《西游记》是天上空中的事，《红楼梦》深涉皇家富室，《三国演义》在马背上逐鹿问鼎，《水浒传》乃草野小民之存亡抗争。可能因为出身草民的缘故吧，本人最喜爱的是《水浒传》。

28

商场交易，尾数上时见"四舍五入"以结账，五进而为十，四舍即为零，已经是约定俗成。弘一大师说过："利关不破，得失惊之；名关不破，毁誉动之"。名誉乃大事，迥异于市场购物。可在名誉面前，人们多的是"五入"心态。入五为十，自得里含有一半虚妄存焉。相反，能够舍四为零者，身上却是存贮了四分切实的积累。

29

唐太宗在《诫皇属》中说："先贤有言：'逆吾者是吾师，顺吾者是吾贼。'不可不察也。"我们普通人，更要珍惜别人生气时、愤然时所说的话，因为那才是发自肺腑的真语言，是不掺假的金玉良言，是透视自己灵魂的一面宝鉴。所谓的苦口良药，多在这个时候出现。

30

人贵知足，不忘本根。不要想自己没有的东西，要多想想自己拥有的东西。掂量掂量这些已经拥有的东西，难道俱都实实在在，是你理应获得享用的吗？经常问心有愧的人，才是善于律己的正常人。

31

八百里秦川，尘土飞扬；三千万父老，高唱秦腔；
一碗面条，趾高气扬；没有辣椒，嘟嘟囔囔。

离开故乡多年了，我总是忘不了上边的顺口溜，那样的生动、逼真，将关中风土人情及乡亲们的形象描绘得非常到位。

32

"文革"中，我们在大学六年了，还拖延着不能毕业，几十位男同学晚上躺在乡村中学的通铺上胡诌歇后语。

孟德强说道："秦始皇拉炭——请大伙打一人名，此人大家都熟悉。"可大伙横竖是猜不出来。孟德强说道："王腊梅。"众人一听，哄然大笑。

因为王腊梅是我们班的一位女同学，大伙当然熟悉。

我琢磨，我们村有个叫"王后发"的生产队长，假若让孟德强捏弄成歇后语，很可能是"皇上放屁"了。我感觉孟德强之聪敏，显然高人一筹。

一位高级领导人被打成"黑帮"，造反派让孟德强看押监督。两个多月里，孟德强不由自主地同情起他了。因为"站错了立场"，最后毕业时，孟德强吃了许多苦头。聪明人是注定要吃些苦头的，是为"大道低回"。

33

我从前认识一位大名"单丕艮"（Shànpīgèn）的山东老作家，人挺好的。他有一天去医院看病，坐在门口候诊。等候良久，一个年轻护士出门叫号："单（dān）丕艮！单丕艮！……单、丕、艮！谁个叫单丕艮！"单丕艮想了想，忙起身答应。女护士很生气地抱怨他："你这人咋啦？坐在眼前就是不答声，耳朵这样差劲！"单丕艮连连点头致歉。

34

天堂，适合于人们不懈地想往、追求，却是不宜于进入、抵达的。说句难听话：人生旅程抵达天堂之日，大体上也就是生命到顶之时。

35

官场为晕头转向之地，人群是迷失自我之所，读书乃灵魂清醒之剂。

36

逢到一篇佳作就是遇到一个难得的好朋友，问题是，你能不能实心实意、谦虚谨慎地善待这个难得的朋友，将朋友身上的优长学习到自己的手里。

37

中国女性是温暖、辽阔的大地。川原山陵、江河湖海、鸟兽虫鱼、林草花卉，尽是大地母亲躯体上外在的"真善美"的结构部件。

38

人之所以为人，即让"爱"突破自身的局限性，兼爱天下，这是人类高出于动物界的最大特征。

亲友间情意重，是为和谐幸福；夫妻间情深义重，为天作之合；心灵里情义重，易发现人生之和谐美好，易于知足常乐。久而久之，自然延年益寿。

敏于见人优长者，善于反省自身者，事后常怀愧疚而绝少怨天尤人者，当属可引为"知己"的朋友，因为这种人珍重情义，珍惜友谊。

39

狼的天性是忘恩负义，寡情薄义，残忍毒辣。当今之世，有人热衷于自诩为狼。愿意与这种人交往者，是没有读懂明人马中锡的《中山狼传》。

40

月满中秋古稀年，阴晴圆缺寻常见。

活出一个真自在，顺水随缘乃神仙。

老来如意常八九，人仅知我二三成；

曾经沧海难为水，多少楼台烟雨中。

41

由于中国人民在苦海里浸泡太深、太久了，对死亡已经无所畏惧。既然蔑视死亡，而对于强盗、匪徒、禽兽，也就敢于浴血争斗，以死抗争。日本之右翼分子，显然不懂得这一点。

42

风雨里同舟，彼此才能够患难与共。一旦风雨过去，天晴气和，同舟之人很快就变脸，"卧榻之旁，岂容他人酣睡"？彼此拳脚相见，极难善终。封建帝王之用人，让我想到：

不拘一格用人才，用到最后究可哀；

非是人才泯初衷，多是主公易襟怀。

43

写字的事，第一是人们好认，第二是有个人的特色。书圣的我们学不来，怀素的又不想学，那属于高深的书法艺术，离我们平常写字的人遥远了些。

44

像贾宝玉、林黛玉那样彼此相爱，爱得死去活来，几近于彼此折磨，这就是天地间幸福的爱情吗？我觉得，这是受活罪，活受罪。

45

从事艺术者倘是没有摆脱功利羁绊，也就证明他尚未真正进入艺术的境界。从这个角度去看时下的诸种评奖设置，该怎么定位呢？

46

用责人之意责己，推爱己之情爱人，以好色之心好德，这是圣人才能做到的事情，我们常人能放空自我，朝着这个方向进行努力，就很可以了。

47

时光是个永不疲倦的最为高明的雕塑家。进入老境者，生死之间的门槛很低矮了，近乎一条浅浅的灰线，一不小心，也就跷过去了。正常的心态是：

人生斯世，草木一秋；俯仰荒野，沐浴雨露。

扎根大地，无谓甘苦；小草结籽，乐兮忘忧。

48

儿童吹气球的时候，只知道愈大愈好，直至吹破才罢手、扔掉。而今文学界吹捧时的一哄而上，近于此举。

49

载道与审美应当是有机的统一体。道为皮，美是毛，"皮之不存，毛将焉附"？

带露折花一束

1

纪念碑未竖之先，为天然的寻常石料，是山体上不足道的一斑。被艺术家刻镌竖立之后，自上而下是一柱恨与爱的华表，往昔历史性的浪涛、波痕渗透于其间，凝固了，静化了。艺术之功，不可小觑。

2

范蠡、张良或许是看透了：帝王家天生下来注定是需要一个对立面的，他们的人生是打出来、杀出来、砍出来的，故而一生遵奉的是斗争哲学。旧的对立面消亡之后，务必要寻找、选择出一个新的对立面来，这才是生活。

3

人活世上有一碗饭吃不易，倘要写出好文章更难，而立身做人则是难上加难。秦桧、汪精卫、周作人他们，都是在"立身做人"上失足的。

4

上帝造人，毛坯而已，时光对这毛坯一刀一凿地进行雕刻，让毛坯在失落与痛苦中渐渐呈示出人形。人类就是这样进化的。

5

时为时间，空为空间，生命正是时空的交叉点。过去与未来，俱近于虚无。永恒呢？是人世风雨所设计的彩虹。那些在时间长河中学会等待，在空间格局里善于把定距离的人（距离是不断变化的），或许与永恒有缘。

6

年轻时沉溺于爱，老境里时时面对一个"死"字，这是生命的规律。死亡即虚无。多去医院、太平间、火葬场看看，在生死门槛上盼顾沉思，有利于勘破红尘。年轻时的"爱"字，此时在回望中渐行渐远……

7

退休为人生舞台之谢幕，死亡乃生命基座的塌陷。"无常"二字，最乐意在失却健康的字典里露面。进入晚年，你才能彻底认识"无奈"二字。

8

权力是春药，权力之大小决定其烈性之强度。

对帝王倘是取消了三宫六院、佳丽三千，许多人的帝王梦大约会淡漠许多。官场若无潜在的渔色猎艳的特权，不少人的官瘾也会消沉许多。

9

爱河里多的是爱得死去活来的男男女女。俯察爱河的全部流程，几乎很难找到几个总是游在上水头的成功者。

10

善良、才华、德行，俱属美的内在因子。秀外慧中的女性，让这个世界弥漫着香氛，也充满了灵气。难怪高尔基有言："世界上最美好的一切都来自对女人的爱。"卓越女性是美的化身。

11

女人弹性大，什么苦也能吃，什么福也会享。正因了弹性太大，有时候吃五谷又生六事，让男人不得安宁。故而又有这样的俗语，"老婆、瓜子、烟，不可在身边"，而且将老婆排在首席。

12

青春是什么？小溪旁，柳荫下，水之湄，月之野，情趣不一，其乐无穷，大抵上是青春儿女的摇篮。

所谓神性，知识女性庶几近之。浅薄女人近俗，庸俗使之与神性拉开了难以逾越的距离。

13

因为深刻，哲学原理近于骷髅。

因为鲜活，男女情缘有如骨肉。

终生为文者，文字最难得处，是既鲜活又深刻。

14

俗世有说不尽也理不清的难言之隐。七仙女之下凡，白素贞之求嫁，皆为糊涂之举，不如嫦娥去奔月。鲁迅写《奔月》，深意存焉。

15

老女人是她的青春岁月在地面上的投影，对纯净、明丽、天真的青春严重扭曲。而一切文字里勾留下来的形象，乃是她们青春时代留在历史长河中的倒影。倒影摇曳多姿，似乎比当年的现实更其美妙。

人会迅速变老，文字则万古长青。

16

美是空际的一缕浮云，德是水上的一叶小舟。人生如海，风云际会，波卷浪涌，无边无际。在这里，善与真会相继播下精神的种子，后人收获的将是大美与至美。

17

灵窍天成，上帝所捅。灵感后生，多属女性之吹拂。好女人是引发艺术烈焰的火花。有多少艺术家，只待"金风玉露一相逢"也。

18

"梁祝""西厢记"，热烈、激情，美则美矣，又电光石火，转瞬即逝。巫山云雨是单相思的化身吗？它在艺术领域仿佛含有某种永恒性。

19

大有大的难处，小有小的烦忧；
高有高的隐患，低有低的艰窘。
中庸之形成，固有其渊源。

20

聪明二字，介于智慧与狡猾之间。我们中国人，多将聪明变成了狡猾的转语，远远地脱离了智慧。"大智若愚"，与聪明之间也划出深深的鸿沟了。

21

哲学宁静、致远，时俗急功、近利；哲学家仰望星空，平常人埋首红尘。世俗教人忘掉天与地，这正是红尘那看不见的力量所致。

22

质朴有石性，击之方能生火。

清纯为美。"夜雨剪春韭"，常人知其嫩净，却不解其清纯之美。

23

古人用水照容颜，而今之水浑而不静，欲整仪容则失据。

24

大苦难（大灾难）在世上敞开了大尺度，促使人们脱离一切琐碎纷争的狭隘、渺小与无谓的纠缠。汶川地震后，有人说"想这想那全无用，力争过好每一天"。我也觉得："天地毁弃时，叅然灭古今；鸡肠小肚辈，试看汶川人。"

25

虚荣心，仅仅是自己哄自己的一种精神胜利法。然而，斯世倘无虚荣，会是多么寂寞，又有多少人活不下去。人生途程中，最难战胜的，或许是自身的虚荣。人能推开虚荣，庶几近神。

26

善良之海上才能浮现个人幸运之浪花。总盼着他人倒霉的人，先将自己置于不幸之海上，他又怎么能交着好运呢？善于成人之美者，福莫大焉。

27

常做好事、善事而从不张扬，且又生恐人知者，个人命运中必得神助。

28

孤独是一种精神燃烧状态，浮躁是泡沫在飘荡。

天下多的是愚妄的欢乐，与其对应，也多的是自寻的烦恼。

29

正因为友谊是宽容的，一旦形成裂痕，必定是不可愈合的。过于湿润的土地，逢遇干旱则裂缝至深。

30

朋友之间，除希望对方平安、顺当之外，彼此再不宜怀有别的什么期望。否则，友谊中便掺了沙子。

31

设法活出自己的风采，不要成天想着超越别人，赢过别人，胜于别人。

人啊，度自己易觉其长，视他人易见其短；展望未来动辄光明灿烂，返顾前尘往往是寡淡黯然。

32

进入大商场，对某一物品想买又不想买时，才能买得到真正满意之物品。进市场之前，志在必得，对购回之物往往失悔。

33

欲望耗精神，劳累磨气质。大红大紫，是剥离人的质朴与真诚的最灵验的药剂。埋头耕耘而且从来不羡慕别人（眼红他人）者，最有希望做好自己的事情，收获意想不到的果实。

34

太远情分淡，过近无挚友。亲戚、同事，相互间的距离尺度不好把握。处世之术，常困于此。夫妻离异，兄弟反目，同事翻脸，战友分手；误认朋友形成巨大的陷阱，误会婚姻致成焦心的纠纷，都在证明着人性、人情、人际关系是何等的复杂、微妙。

35

真天才有点疯劲，伪天才动辄发狂。稠人广众之中时刻像个天才者，伪天才也。宣泄过甚，是伪天才之症状；大智若愚，乃真天才的本色。

36

带不来喜悦的东西也就形不成失落的痛苦。得失之间，形形色色，归根结底是"失"的结局，只是快慢早晚而已。

世间有多少赞扬是由衷的呢？投其所好者实为多数，而听者对赞颂一概是喜爱的，起码也不甚反感。

37

法律是手术刀，道德是中草药，西医中医，外科内科，彼此为用，扶持一个病态的社会往前挪动。

38

流水、光影、记忆，是虚无留下的三帧底片。失忆之人，同于寂灭。佛门之击钟敲磬，是在不断努力地打消现实与寂灭之间的界限。

39

人们对时光与健康有相近的感觉：

处乎其间不以为意，失去时方知金贵。

貌似简单、平易，实际上是最难于把握。

病患袭来，部分人犹可挽回健康；死亡降临，任谁也无可奈何。

健康有严格的时限性。时光只顾走自己的路，与人的健康似乎绝缘。

有了健康之前提，才能说人生的好日子尚在后头。而健康本身，向来是入壑之蛇。这个世界上，回光返照是有的，却从未有过越活越健康的人。

40

人生途程中欢娱之事，在人的回忆中稍纵即逝，驻足短暂。倘要返顾往昔，检点前尘，苦味仿佛耐嚼一些。人老了喜食苦瓜，自有道理。

41

三人为众，有组织的群众便是集体，集体是力量形成整体的象征。组织严密的军队远胜于临时凑合的乌合之众，集体与集体，素质上差异很大。武装集团固然是具有战斗力、抗争力的团体，彼此较量时，少能胜多，弱而胜强，则另有门道——军事家即是从这里显身的。

42

小时常常听到"没灾没病就是福"的话，不大在乎，中年过后，行将退休，才渐渐体会到这是一句至理名言。心地善良，气量宽宏者，自能长寿。疾病天然性地回避这样的人。

43

光阴似流水，处世逆行舟。人间多少事，默对为上筹——沉默是神祇降临的永恒仪式。

44

顽石被高手雕去了无用之处，仿佛便有了生命与灵气。力量与感情的艺术性的投注，是产生艺术美的唯一根源。

45

真正的文化人，在名利上皆为轻装。人一旦进入文坛，名利之念的滋长是不知不觉的，察觉之后想要从心底彻底剔除，因为它已经根深蒂固，剔除起来至为艰难。

46

方志敏的《可爱的中国》，叶挺的《囚语》，瞿秋白的《多余的话》，与两千年前形成的左丘的《国语》，不韦的《吕氏春秋》，韩非的《孤愤》，算不算俱是绝境里方能发出的绝唱呢？是否同属于一种历史的回响呢？

47

瞬间审美，永远存留，能将二者沟通者为艺术家（在这个世界上，似乎唯有艺术是可能超越时空的精灵）。"永恒"二字是相对的，艺术本身也难于永恒。

文学创作中，作者用笔实现着对真善美的追求，把自己内心所珍爱的价值变成与人共享的对象，在灵魂之林里传递着美的火炬。当艺术家感到自己的劳作是一种神赐的难得的享受时，其作品兴许是有些意思了。

48

没有女性，文学殿堂里还有色彩与光明吗？倘没有男性呢？同样不可思议。天造地设罢，最灼亮的艺术之光，或许闪烁于男女之间。

49

刘项交锋，才能取胜，品德败北。

项羽近疯，虞姬近痴。项羽、虞姬的失败结局，就证明着品德二字，对逐鹿中的巅峰人物无从谈起。

战时的才能，在和平时世则晋升为权术，权术之下，品德更是沦落得说不成了，刘邦就是这样。

50

《红楼梦》里有"千红一窟"。虞姬、西施、貂蝉、杨玉环、陈圆圆，境况与时势有别，毁则一也，归宿亦为"千红一哭"。

51

陈伯达用方块汉字高高垒起的文章，是一种巨型的政治游戏，最终是将自己塌成肉泥式的灰色泥浆。晚年陈伯达应当最理解"理论家"三字的底蕴与含义。

52

填海逐日，壮心不已，且又能长期甘于寂寞者，艺术上或有造就。巨大名声是事业行进途中的终止符。红火热闹，名列榜首，属于虚荣，与艺术缘浅。

53

"不胫而走"一词是孔融发明的，原比喻珍宝流通及钱财流转。用以表示传媒力量者，则是后来的白居易。而今信息火爆，传媒过剩，交织为网络，又几乎成为绊人思绪的绳索了。

54

身届老境，我于案头写了十六个字：主动收敛，自求清静，远离尘嚣，麻木心性。有故友说道："倘是这样，你可能会患上老年痴呆症的。"

我答曰："人生大梦，晚年将散，痴呆于我不为病。"

55

有人以经验自诩："从小卖蒸馍，啥事都经过。"问题是不读书、不思考，对于所经历的事情，未必有深至的理解。此为"凡事样样都经过，终局只是卖蒸馍"。

56

年轻时，我与一同事住同一宿舍，晚睡之前，他动不动嗅自己脱下的臭袜子，有时还深深地吸纳两下。人哟，要么闻不来自己的臭味儿，要么嗅得，也不觉其刺鼻、难闻。

57

有一联座右铭是："只如此已为过分，待怎么才是称心"。前一句在询问你能否"知足常乐"，后一句在探试你是否明白自己欲壑之浅深。这两问实质上是一回事，人生于世，要做到却极为不易。

仁之所以多寿者，外无贪而内清静，心和平而持中正，正因为是做到了这一点，才能够摄取天地之大美以养其身也。

58

疾病对人的侵凌有攻击作战意味，它总选择人生忽略之点强行突袭。于人而言，加强锻炼之外，别的任何防治一概是被动的抗御方式。

59

人之追求幸福是正常的，无可厚非的，许多问题出在"人比人"上，大多数人总是在追求"要比他人幸福"，无形中便将幸福异化为痛苦。这叫"人比人，气死人"。

60

人与人智商的差距十分有限，关键是致力点的差异与用力的久暂，到最后则显示出云泥之高下。而致力点与其久暂的程度，又不仅仅取决于个人的意志与毅力。

61

世上最难写的一个字是"人"字，最难解读的一本书是《女人》，此字此书原创者乃补天之女娲。滚滚红尘里，若非过来人，难解其中味。

62

为物所累是人性里的通病。在金钱面前，许多人都是语言上说得明白的巨人，可在行为上，常常陷于不折不扣的矮子。贪官之前赴后继就是例证。

63

思想可用语言表述，而深挚的感情则只能见之于行为。爱河里信誓旦旦者，绝大多数是即兴之言，不可深究。

64

看轻自身是一种境界。天使从不看重自己，故也能凌空翱翔，形成一种高格调的美韵。将自己看大之日（骄傲之始），也就开始埋伏下蹉跌与倒霉的祸根。

65

男人女人化，女人小儿化；小儿宠物化，宠物贵族化；贵族痞子化，痞子市场化；市场欺瞒化，社会混沌化。

66

《报任安书》《李陵答苏武书》、前后《出师表》《讨武李愿归盘谷序》《秋声赋》《醉翁亭记》《记念刘和珍君》《为了忘却的纪念》，仿佛尽属于奋斗、抗争者的声音，这或许正是中国散文的重要传统。汉文、唐诗、宋词、四大名著，是一座座无从逾越的高峰。散文自由，足可以放开羽翼，在这些峰峦之间任意翱翔。

67

一个人的地位、金钱、名望彻底泯灭之后，他所创造的艺术品才开始渐渐地放射光芒。泯灭之前，虚光过盛。

68

小说前加一"小"，为小小说；散文前加一"大"，成大散文。多年过去了，长篇小说越印越多，大散文则没甚情况。至于大手笔，大诗人，大画家，"大"字满天飞，人知其大名，却闹不清其人有什么作品。

无论多么优秀的人才，如果太自私，对社会对人生没有感情，唯我独尊，其文字价值会怎么样呢？

69

男儿醉则现本性，鲁智深醉打山门，武松醉打蒋门神。女儿醉则亮本相，西施之醉于吴宫，杨玉环之醉于牡丹亭。

70

工作着就要全力以赴，发奋图强；退休了就要心平气和，好好休息。去世之日，自然而然地化为一缕青烟，销声匿迹。正常生活，应当是这样，道理人所共知，做起来未必容易。

海滩拣贝一掬

1

太阳隐没，蜀犬吠之。

太阳无声而经天，是因为大字将那"一点"藏掖于下；蜀犬狂吠而失态，是因为大字将那"一点"扛于肩头了。小小的"一点"，高低迥异，可为骄狂者戒。

2

农民种地，收获五谷杂粮，而五谷杂粮外形相近，其代表形象当属于豆子。

而农家子弟，世世代代传下来的本色、本性，似乎也脱不出豆子顽固的局限性。知识分子若为农家出身，要摆脱"目光如豆"四个字的局限，也大为不易。

3

成功需要时间。时间的内涵不是"守株待兔"式的等待，而是"精卫填海"式的辛勤劳作。

4

不经意自己的善意，不张扬自己的美德，不计较自己的得失，不算计自己的朋友，即于佛性切进。世谓"佛心"，功夫只在"善""静"二字。

5

佛门，是个躲避开俗世苦乐的所在。至于普救众生，也是只能立足于精神引度。天底下善良的人，给他人一粒种子，自己就会收获一缕绚丽的春色，这种人与佛最近。欲望愈盛者，欲壑难填者，距佛则愈远。

6

人活一世，幸福与快乐的源头，永远潜藏在自己的心底。至于少数人所谓的收获与成就，归根结底，是与这个人的心胸及善良的天性有关。

7

上帝无聊便捏造出人，男人有权而玩女人，女人无聊则养宠物。人间除却李清照，寂寥谁能参得透？李清照"聪慧"之至，绝不会养什么宠物的。

8

爱情婚姻，是个永远也理不清楚而又说之不尽的话题。月柳下谈恋爱，红烛下看美人，大天白日就琐碎繁杂地过日子吧。两口子相处也是一门艺术课，学会吵架与争执，不至于中途分手而将就着能白头偕老，就算是和谐的爱情历程了。如果有朋友要离婚，我想送他这么几句赠语：

花好月圆乃愿望，酸甜苦辣是本色；
莫嫌自己命不济，同床共枕天撮合。
造化万类有缺陷，爱河水石相磋磨；
天下诸多离异者，再婚烦恼更难说。

9

人间夫妻，包括才子佳人、英雄美女这类被反复称道的爱情在内，一概跳不出"日久生厌"这一既定的格局。艺术家从长远的夫妻生活里，很难找得出多少闪光的爱情亮点。周立波有几句话，且抄录如下：

女人经不住老，

男人经不住穷；

女人做情人让男人心疼，

做妻子让男人头痛。

男人爱上女人后会作诗，

女人爱上男人后常做梦……

看这意思，上帝所安排的男女之爱真有点穷折腾的味儿。不这样折腾磋磨，这尘世间不知会多么寂寞。

10

情爱具有解脱死亡的力量，而许多在爱河里抵达极限者，又往往取死亡为归宿。婚姻在生与死之间是转机微妙的一层薄膜，是影像不清的一层薄纸。

11

对耐不住寂寞者而言，幸福，是可望而不可即的。上天为你设置了条件，你就应当将心仪之事务力地做到极致。这才是幸福的人生之旅。

12

美，是日光、月光、星光在下界尘世间的沉淀，其微妙的实用性几近于一闪即逝的神物，可又与水、空气相类，人类文明总也离不开它。

13

时间，总是用默无声息的衬托手法展示出什么是诚恳、正直、坚韧、巍峨。而虚伪、邪恶、脆弱、渺小，转瞬即逝。前者是斑斓于水底的石子，后者只是随流而过的泡沫。

14

钱越多官越大的人，自由离他越远。如强行切近那等变味变相的自由，钱权就会联手，将他捺进泥淖里去。

财多势大伏祸殃，没灾没病即安康。

心无所欲活神仙，自留缺憾盛吉祥。

15

在物欲里沉浮的人，灵魂无从安放，精神无处栖息，即使大富大贵，也依旧不得安宁。过多的欲望是天空聚集滚动的云团，浓重压抑之际，即是风雨将作之时。小康生活是人生幸福的最佳选择。

尘世波澜茫无际，海上仙山何可期?

大贵巨富蜃楼影，小康日月最相宜。

16

在这个世界上，爱钱的人触目皆是。人们看不到金钱这外在的财富，很容易变成限制自由的至为沉重的枷锁。淡泊名利者，才理解精神是内在的财富。外在的财富易取，内在的财富虽是难得，这内在的财富却足以砸碎任何束缚性灵的桎梏。

17

朋友间接近相处，感情上自然连襟。彼此的生活都不宽裕，某一位朋友突然买彩票中了大奖，他本人大为兴奋，你心里是高兴呢、嫉妒呢，还是无所谓？不久，朋友又忽然倒霉，患上了不治之症，你心里又是什么感觉呢？

18

病榻、太平间、火葬场，是显示生命真谛的三座课堂，所含至关重大。医院的停尸房称为"太平间"，实在高明；火葬场的焚尸炉，为何不改成"登仙阁"呢？

19

政治家（曹操、毛泽东）居高临下弄文学，高屋建瓴，异常出色。而文学家去从政，像李煜、赵佶那样，将政治会弄得很糟糕。

20

文人一旦乘上狂奔的政治马车，往往晕头转向，身不由己，周扬、郭沫若、老舍他们，引人思索。

拒乘此车者鲁迅，半道上被掀下车者丁玲。

21

秋瑾、瞿秋白、张琴秋，为什么皆与一个"秋"字连襟呢？文字通神，革命者的悲剧命运，难道真的与汉字姓名有涉吗？

22

竹简刻字的艰难，成就了古文言的精练简约；后世书法家引人注目的笔画，仍然遗存着刀刻的力度与痕迹（永字八笔处处显示刀痕）。当今之书法，变成最易于展示个人才华的工艺型的职业，龙飞凤舞，貌似高雅，实质上与耍把戏庶几近之。新兴的电脑上，不存在什么书法新秀了。

23

过多的选择，造成的反而是困惑。新兴电脑与互联网上装的知识与信息太多，形成许多文字垃圾，足以窒息人们的灵性、人的脑瓜反而有些不灵光了。

过度的娱乐，其后果只能是疲惫。网络大兴，其间游戏娱乐者盛，思考学习者寡，新华书店人迹寥寥，只好纷纷关门。

24

小人从骨子里不相信这个世界上有正人和正气。他认为自己的成败输赢，只是由于运气与机遇的好坏而已。

25

小聪明看不见大智慧，大智慧却是识透了小聪明。心眼儿多，并不意味着比人聪明；相反，欲望过盛者，天蔽其明，心眼儿太多者，反而会降低本有的智商。

26

烦，是自己想出来的；

恼，是与人比出来的；

气，是心思造出来的；

病，是嘴巴吃出来的。

心平气和者洪福齐天，烦恼气病者折寿短命。

27

史铁生留下了许多珍贵的文字，我最喜爱的一段是：

当我受伤坐在轮椅上时，我开始怀念我站着的时光。当我得了褥疮，我开始怀念先前安安稳稳坐轮椅的时光。当我后来得了尿毒症，我又开始怀念我的褥疮时光。

28

宽容和忍让包含着理解与原谅，背景衬的是胸襟和气度、意志与毅力。看到别人的优长与发现自己的缺陷，恰恰是一个事物的两个方面，没有前者，后者当不复存在。

29

婴孩时，渐成小我；长大成人，当属大我；大我更上层楼，即为无我——无我为人生最高境界。以"自我"为中心者，并未进入生命的最高境界。

30

每个人都有一把衡量幸福的尺子，富贵者尺短，平凡人的尺子长。短尺子测不出长尺子的度量。

31

"身在福中不知福"可归于人的天然本能，这就决定了幸福的指数大多存在于人们的回忆之中。

老年人前无所求，后无拖累，且又安康而多忆，此即幸福气象。

32

久病床前无孝子，对老人而言，疾病是最大的灾难。

对未进入老境者来说，久病床前无美人，因为美人心里是不安静的；长相平凡的女性，风雨同舟的可能性会大一些。

33

不愁温饱，淡泊名利，心有所专，对自己长期喜爱的事体钟情如一，不改初衷，即为养生之正道。康熙皇帝讲过："人果专心于一艺一技，则心不外驰，于身有益……凡人心有所专，即是养身之道。"

34

追求完美乃人之本能。处事，省己，在尽量地切近完美之际，明智者会着意留点儿不足与缺憾，以期与完美保持适度的距离。

35

登山的乐趣，并不在于匆匆忙忙抵达山顶，而在于悠闲自在，左顾右盼，从容地欣赏步移景换的天然景致。乘缆车上山者，有多少乐趣呢？相应的，海滩上专注于埋头拾贝，意思也有限。

森林里不材及无用之木，庄子称曰"散木"。社会上无用之文被人们冠之为散文。我在海边散步，常羡慕低头拾贝者，自己写的，就是没有用处的寻常散文。而观海听涛者，似乎在默写着所谓的"大散文"。

D 附：入选教材文录

黄河臆象

摊平我国地图，从东北向西南、自东南往西北，平直绷起两根细线，线的交点恰巧是兰州的所在地。黄河九曲，逶迤数千里，它只正儿八经地穿过了一座城市：兰州。

在晴朗的日子里，百里长街，市声如沸，流经闹市的黄河则是悄无声息的。不甚透明的水纹盘旋交织，沉默平稳的波痕在朝晖夕照里犹如铜汁浇铸的块状肌腱，透出凝重的粗犷的血色，流动成浩浩的、浑厚的一派，仿佛千万条汉子衔枚疾进，无声地运行。人们看不出别的迹象，只看见瓷实的、富于弹性的肌腱在起伏、在抖动，强悍雄劲却不暴戾，元气勃勃而不响动———一切怀有巨大追求的生命，常常是无声的。

"不到黄河心不死"，"跳进黄河洗不清"，小时节，我听到父辈动不动念叨黄河，心里也觉着黄河了不得。读书时，耳畔啥话都有，有人说黄河是一支剽野的黄肤色的歌，有人说是长长的一线泪滴、深深的一声喟叹，也有人说这是月亮下神话里的一条龙……我向往黄河，以为今生今世能见它一眼，就知足了。没料想成人之后，我这生命的火星儿渐离父母之邦，西掷千里，住进兰州，居然与北国大地上最古老、最有声望的大河相依为邻了。夕照下，风地里，雨天，雪天，我独自在河滩里逍遥漫步，纵览这亘古不息的、不舍昼夜的活的巨物，聆听这似乎无言、却分明有意的弦外之音，久而久之，我这情绪便有了些神秘的变动。

——黄河，是大海以它倔强的手指深深地抠进陆地里的一个"大问号"。这问号在兰州形成稽考历史的第一个锐利弯钩，钩起一连串的积淀物：踏波跳浪的羊皮筏子，策驼西上的汉使张骞，120丈铁缆的镇远桥铁柱，湖湘子弟栽植于3000里征途中的左公柳，兰州战役时在炮火中旋动不已的大型水车……这些记载过我们民族的年代的实物，有的化作了濒水而立的花岗岩石雕，有的尚绵延着一线活气，对"问号"努力进行解释。

　　——黄河，又是天际一霎闪电犁开的鞭影，鞭杆攥在汪洋的掌心里（渤海是汪洋紧握的拳头），鞭梢抽打在一个微微耸起的背脊上。在兰州，黄河并不是箭杆似的插城而过，每于人迹稀寥处蹚个大弯，长的波痕便斜倾如熊腰，低吼喑呜，拍石崩岸，狂不可羁，这一种地上没有路便要踢开一条路、前方没有海自己便要掬成一个海的霸王气概，着实惊人！黄河在兰州，并不晓得前程上还有横流四衍的壶口、有"平地一声雷"的龙门、有大禹神斧劈裂的三门峡。浪未至而气先凝，这一条由海魂挥动着闪电似的长鞭，它那征服一切的气度是先天具备的。

　　"黄河远上白云间"，那仅仅是它远上昆仑时偶尔一现的背影。兰州乃挟水之山城，夜来两厢灯火，珠玑罗列，金冠嵯峨，洋洋洒洒映进黄河，致使这里的流水成为千里躯体上光明璀璨、瑰丽无比的一个段落。"昆仑者，天象之大也"，昆仑怎么也容纳不了的黄河，正从我身边经过……

*北大附中高考语文模拟试卷
*2013届高考语文阅读题

日月行色

我们村西有一条河，流水清澈，平平的河滩廓大宽展，自远处眺望，浅亮亮的河水仿佛是铺晾在沙滩上的一派银箔，轻轻闪烁。

农村兴订婚，"订"者"定"也，仪式就既简单又庄重。记得订了婚的第二天，她随我涉水过河以后，有意地、稍稍拉开些距离，不即不离、不紧不慢地行走在匀净暄软的沙滩上。夕阳衔山，晚烟萦树，河那边农家矮矮的房屋半掩在烟霭里，上下远近静极了。她不上二十岁，刚刚撞破乡下小女儿的"壳"儿，正要步入农家姑娘的行列。我斗胆拧过头去，想仔细瞧瞧她。她那儿仿佛早就防我呢，倏地摆过脸去，避开了我，故意注视那落日。顺着她的眼光瞄过去，西方天际遥远的地平线上起伏着矮矮的黛青色山峦，那就地绵延着的黛青色与她那披下的洁亮浓密的乌发是同一个色调。半边脸颊红红的，与衔山半隐的落日遥相映衬，弥散如火的晚霞从侧面铺张开来，勾画出秀婉窈窕的一尊倩影。

她没有回头，却轻轻放过一句话来："村里那么多赢人、出众的女子，你咋就……"

"村里人说你聪敏、灵性。"我回答。

"谁说的？"

"老人都这么说。老人经的事稠，我信老人的话。"

她顺下睫毛，不吭声了。我反问了一声："你……你对我的印象呢？"

滩上晚风习习，清畅、爽凉。她翘起指尖掠掠被晚风扰散的鬓角，不打算回答。这怎么成！你能问我，我就问不得你吗？我暗暗用目光逼住她。她见躲不过去，微微咬咬唇儿，有点不怀好意地瞟了我一眼：

"你一定要我说，不说不行吗？"

我郑重地点点头。

"你是个鳖熊！"声不高，字咬得很重。

鳖者王八，水底青腥烂泥里的硬壳软体爬行动物；熊者狗熊，天下蠢笨无二的"黑瞎子"。在我们那个地方，这是个恶狠狠的、咬牙切齿的比喻。"谁说的？这是谁说的？"我止住脚步，心底猛地腾起一股无名火，屏住呼吸，胸脯一起一伏。

她那细密的牙儿咬住唇儿，眯缝起细长的眸子，平静地、神秘地斜睨住我："也是村里老人说的！"说这话时，眼波活似乌油油一眨闪电，那一瞬间，致使她的全身在收束将尽的晚霞里显得益发俏丽、撩人。我"咕咚"咽下一口唾沫，像是咽下了一砣秤锤。

"这么说，你……你信那些老不死的嚼舌头了！"

她垂低头，没有了任何声息。伸动一只脚在软沙上划过去、划过来，金黄色的细沙净净亮亮的，宛若凝结在地的晚霞，纯洁无比。我俩刚刚涉过河，她的一双薄薄的新布鞋提捏在手里，脚趾反反复复，画了个半圆形的弧圈。落日隐灭了，这弧圈像是东天刚刚出山的半轮新月——新月美极了！

"有话早说，回头还来得及，往后再后悔就迟啦。"我正告她，催她重新表态。订婚仅仅是个形式，这"订婚"与"结婚"之间，才横亘着爱河里真正的关口。

她抬起美丽的细长的眼睛，瞅了瞅东方那刚刚托起新月而呈现暗紫色的山垭，脚趾依然下意识地画着弧圈，画着、画着，长长地舒一口气，接着是一声无可奈何的、深深的叹息："唉！老人还说咪：灵性人是鳖人的奴！"

＊2007年湖北高考语文试卷

＊高考现代文阅读　首都师范大学出版社

春水一畦辘轳声

山里人靠泉水生活，我们平原上的人靠井。

半个世纪前，八水仍绕着长安，井水水面离地表才五六尺，秋雨时上升三四尺，有的人家浣衣洗菜，伏在自家井沿伸长手臂，就能拎一桶清水上来。

无垠的田野上，绿树井台合，哪儿若是耸起一团绿云似的高树，其下必有一口椭圆形水井。青草茸茸的井台位于地亩中央，远看是处于一马平川之内，实际微微上凸，是四周田亩无形的一个制高点。

我家在村东有一口井，井台周围植有七棵杏树，最粗的一抱合不拢，更粗些的槐树、柳树，间杂于杏树之间。暑天旱季是井台上最红火的时日。平常人家，是用临时撑架起来的辘轳绞水浇地，牛皮绳在直径九寸的辘轴上缠绕十余匝紧相排列的圈儿，空桶"哧溜溜"下放，吃满水时"吱扭扭"上绞，每桶水百余斤重，"哗"的一声倒进箍好的水池，任它由渠口冲入渠道，蜇进高可没人的青纱帐里。青纱帐里有老者持锨看水，一畦一畦逐次灌溉。绿禾似海，密不透风，暑气蒸腾，看水之人大汗淋漓。

在我成家半年时，曾与二十来岁的妻子在水井两端各守一架辘轳，面对面绞水，她那水桶比我的略小一圈，我这桶水翻倒进池时，她那空桶正好放至井底汲水。两只桶一起一落，需搭配有序，速度恒稳，长长的渠道里才不会断流，畦垄之水也才能缓缓漫进，让禾苗润透饮足。偌大井台上只有我和她，她着一袭淡红碎花薄衫，我则赤膊上阵，一边绞水一边随意说笑，配合默契，两只水桶交替均匀，上下若飞，桶粗水满，我俩额头、鬓角淌着细汗，裤管高挽，两双赤脚浸在沁凉的水池中。头顶有阴凉遮蔽，微风轻轻拂动着树梢，池里湃着祖母从园子里摘来的西瓜、黄瓜、甜瓜与蟠桃。池里每进一桶水，瓜果们便要欢舞庆贺似的忽上忽下，翻转沉浮一通。天宫王母娘娘宴会上的仙苑珍品，也比不上这些池中物碧脆鲜美。哗然而有节奏的水声里，笑语阵阵，高蝉鸣于树，小鸟饮于渠，不知不觉便浇过一二亩庄稼。劳动可以为人生编织出最美的花环，劳作本身就是尘世间最生动的画图，不似七夕又胜于七夕……

岁岁年年，转动不已的辘轳显示着人们的意志和力量，人越是勤快，足下这滋养万类的水井越是不会干涸，反而愈淘愈旺，只因连续取水，水位下降，井内水压减弱，底部那泉腺会受到四方地下水勒逼之威，冲压而后畅达，暗泉自动疏通。这样的水井酷肖于人的生命，有志者愈勤奋、愈努力，愈是探测不来自身蕴有何等厚重的能量、多么雄浑的潜力。

我家院落里的小圆井与田野水井是沟通的。小圆井旁供有尺许高的龙王爷拓像，每逢春节，祖父、父亲都要点烛进香，叩首礼拜，那一缕细细香烟袅袅起升，逸过房檐，飘往田野那井台方向去了。老辈人说是井底的水眼水脉与大海龙宫相通着哩。

地下水脉辽远，流动而鲜活，井台之花早绽于东风，别处花树才孕春蕾，这里的杏花已经粉弄弄湿润润的像一团从天际卷过来的水红色的烟雾。同时栽于别处的同一种树，三年以后，井台就近的明显生机勃勃，苗壮许多。秋风落叶，别处已落净了，井台之树仍迟迟地挑着几串黄叶儿……庞大的根系纠结盘错在井台地底，广摄养分，先汲活力，新陈代谢中与众不同，春秋换季时也便自树一帜。树犹如此，长饮井水之村野人家岂能例外呢？

半个世纪过去，关中地下水位降落得厉害。绕长安之八水中曾有灞水，我们家就居住在灞水边上。麦收天的傍晚，辛苦一天的人们经常下河洗澡，洗去风尘，也洗去疲乏与劳累。后来是洗不成了。先是上游有了工场、电厂，水面上漂动着颜色怪异的一绺绺油腻，而今索性萎缩成臭不可闻的一股马尿……河已不成其为河，长安八景之一的"灞桥烟柳"早已烟消云散，两厢那绿云掩映的水井还能设想吗？人们吃用的已经是自来水了，名曰"自来"，实际是从地下数百米处钻出来的，是从龙王爷的血管里强行抽取的；至于水质，只恐怕也不能与当年的乡井之水相提并论了。

我在异乡工作几十年，年逾花甲，落叶应当归根，而故乡水位跌落，好景流散，人口骤增，我还能回归到那儿去吗？

＊《人民日报》2004.6.3

＊《中学语文园地 高中版》2008.5

野旷天低树

　　中年人在烦恼里常常怀念儿时，久住现代化的闹市很容易回忆起田野上的风景。西行入陇，身住兰州，我忘不了我儿时的故土在关中，那是原野上到处分布着云团一样的绮丽大树的关中……

　　杏树，早春里最先着花。仿佛是隐形的春神跨着来自日边的娇艳轻捷的一骑骑"骏马"，当先闯进了旷野，通体的云霞之色与蹄下刚刚立起的麦苗儿同降同生，粉红嫩绿，洁净如洗。杏花展绽得疾速繁盛，褪落得也齐促彻底。待那小麦泛黄时，叶儿里时时亮开的杏儿也黄澄澄的，丰腴润泽，十分诱人。杏树以粉红、翠绿、橙黄之色彩将花叶果实铺排在一个紧凑、简练的序列里，以悄无声息的方式显示着春之多情，春之浩茫。麦收之后，使命已毕的杏树仅余青叶，静下来了，一直平静到落叶之秋。

　　洋槐，万花凋谢它才开。在刚刚波荡开来的绿色里，槐花一嘟噜一嘟噜素白似雪，雅秀高洁，清芬阵阵，鲜冽的气氛夜静时尤其袭人。这正是青黄不接、许多人家揭不开锅的时候。有那盈盈新妇，捏一长钩挎一竹篮，拽弯带刺的青枝，小心翼翼地采撷槐花，花串儿嗅之幽香，生啖之则微甜。回家去洒以井水，一笸箩白花撒上三五把麦面，敷霜敷粉，两手和匀，而后入笼焐蒸，熟时趁热拌以少许油盐，油香淡淡，花香微暖，筋实而耐嚼，妙不可言，村人便称之为"麦饭"。陆游的"风吹麦饭满村香"，很切合关中的这一景况。鲜花白面，调料不宜重，火候不宜猛。新过门的小媳妇外表俊样，是不是兼有内秀？这春日里第一课就考个八九不离十了。槐从鬼，有鬼气，其考试新妇之手段也相当诡秘。

柿树，无疑是色调至为沉着的一种果树。春深时节，它才将指甲盖似的蜡黄花儿隐蔽在密叶里，不露色相，什么异味也没有。有的顽童长成棒小伙了，仍以为柿树十年二十年不作花哩。经夏而入秋，雁唳长空，寒霄里杀下了严霜，碧绿的柿树这才着火一样旺烘起来，蜡黄花儿偷偷结下的拳样的青柿子先红，红灯笼一样惹眼，接着是巴掌大的叶儿突然间洇染而红透，整个硕大树冠像是坠接西海的残阳，泼血一样焚烧，泼血一样红。火炬在黑夜里最热烈，柿树在秋野上最壮观。它是自然界的最后一抹成熟，是天地间所有绿色卷旗回营的号令。

杏树掀开了春之裙裾，柿树则收揽了缤纷的秋意，以杏花之粉红为始，以柿叶之绛红终局，既关乎人事，也正属于造化的安排。

更有花色雅淡者，是柳树。在村外贴河近渠的野地里，鹅黄初上，茸如小茧，谁晓得是叶芽呢还是花苞？丝绦如帘，叶儿秀媚，阴凉浓淡相宜，正好隐蔽住人身，也匀匀地泄漏下月辉，这正是男儿的粗犷青春与女儿纯真的情愫迸射出生命的第一朵火花的所在，这"火花"便是柳树所独有的天然花朵了——论绚丽，论神奇，大千世界里难得其俦。

柳树是天地流水差遣于月地里的爱的信使，由它撮合成的姻缘是最美满的姻缘。村巷媒婆们捏弄下的婚姻，全不及柳下之盟来得幸福，来得如意。

兰州市区里，我住六层楼，在最高层。东过马路，是"宁卧庄"宾馆，宾馆外围林木荫荫，内部设施相当出色，自北京来的高级领导俱安排在那里。"宁卧庄"，好漂亮的名儿，和平安恬，高枕无忧，有出尘脱世之意味。有一天，一进城的菜农忽然告诉我："这地方以前是庄稼地，村名叫'牛卧庄'，后来改名儿时动了一个字。"一字之移易，截然形成的是两重境界，何况我是远走他乡，从戎西上千余里呢！回得家来，俯倚阳台，我又一次眺望那个宾馆，自"宁卧庄"往东，在那黄河投奔而去的远方，便有我的故乡，思绪如云，我又想起了乡村原野上一株株的大树……

——这几样树，花果枝叶动不动被人攀折，立身多艰，躯干是怎么也长不高、长不直的，形貌不扬，绳墨成性的木匠们也不屑为顾；匠人不屑，反而能长命高寿。田垄、井台、河道旁边，一株株龙干虬枝，偃蹇、倔强，默默然仁立于野。乍然看去，弓腰俯首，又一如阅世颇深的老人。老人自有老人的信念：饥馑岁月兮新树繁花，风骨弥刚；接济人世兮不拘一格，丑又何妨！

我的儿女们自小从城市里长大，日后不论有多大的沧桑变迁，他们也不会有这样一页寥廓而富于野性的回忆了。失却此忆，在他们是有幸呢，还是不幸？

*人教版　高一语文试题
*无锡市大桥实验中学2012年高一试卷

雁　阵

　　我的故乡在关中。儿时，村西河滩的上空，随时可以见到高翔的雁阵，平展展的雁行总是斜斜地排成"一"字或者"人"字，凌空而过。"鸣则相和，行则相武，前不绝贯，后不越序。""行如兄弟影连空"，尤其是硕大、规整的"人"字，仿佛就是我启蒙之际认识的第一个大字。

　　雁落平川，无所谓什么秩序。一旦飞离地面，翅开先作字，风里自成行，便迅即展示出强劲不息、运行不辍是生命的唯一真谛。人字造型酷似箭镞，这是用一个个单体生命集中组成的顶风逆上、不畏云冷霜寒、不惧露重雾湿的箭镞，能穿越弥漫的风云，也能够征服重重苦难的箭镞。远征之际，这是生命具有进取性与穿透力的最简洁、最凝重的符号。

　　"清音天地远，塞影月中微"。夜空有月，仅仅是清淡月痕，雁阵也要兼程而进。唯有黑得不见五指的秋夜，我们村西河滩上才落满中途歇息的大雁。滩地润泽，湿软的沙土下草根如织，栖雁有饮有啄。宿雁之周围，有专司警戒的雁奴。"雁奴辛苦候寒更，梦破黄芦雪打声"。世间用兵，兵家学雁，军营四周后来这才有了忠诚机警的哨兵。军队昼夜行止倘无哨兵，还能称作军旅吗？

　　雁阵联翩而过。日暮时分河滩满员，后至的雁群就收拢暮色降落在近河的田地里。萌芽的小麦正在土地里窝根，雁阵栖过一宵，那麦根就被拔光啄尽了。翌日清晨，雁去地空，遍地是横七竖八的绿蓁蓁的雁屎。有一个不见星月的夜里，父亲与临巷一位叔叔边扯闲话，携着我边往河滩方向转悠，近得麦地垄畔，他俩不出声了，父亲轻轻从兜里摸出去年春节时剩下的一拃长的一根鞭炮，就着叔叔的烟锅儿点燃捻儿，倏地抛向空中，"砰"的一声炸响，火花迸溅，地动天摇，"嘎嘎嘎、嘎嘎嘎！"失魂落魄的雁唳声拔地而起，凉意如泼水，似乎有逸散的鸿毛忽地扑上了我的脸颊。我仰起头，什么也看不见，只觉得大羽扑闪的风声驮着众多大雁惊炸的嘹唳声簸荡了几下，仿佛有什么巨物升空四散，散开了，也消失了，瞬息之间，一切复归于平静。

远征的雁阵联袂而进，不惧风雨雷电，可最惊悸的恐怕莫过于地上隐蔽处射出的弓箭，"望月惊弦影"，尘世间潜伏的凶险致使它们对天际眉月也形成杯弓蛇影式的幻象了。父亲扔起的旧年鞭炮，虽是声威溅火，却不属于弓箭之列——庄稼人过日子，也实在不容易。可那个漆黑的夜间，被轰散的惊慌失措的大雁，后来又如何着落呢？

大雁，年年岁岁，春分后北翔，秋分后南返；南下不过衡阳，北出雁门山止栖于朔漠。空中的直线距离，绝不下于3000里。近些年，大雁的踪迹渐渐少见了。那一年去衡阳，也只见到雁的石雕与焊接在低矮栏杆上的铁皮剪影，排列成阵，双翅一一上举，却是怎么也飞不起身了。

人的尊严是高尚的，超尘的。平时仰视天空，即使仰得脖颈作痛，眸子发酸，倘使能望见人字形的雁阵缓缓地掠过长天，或多或少总能悟出些生命的底蕴吧。谁能想到，这才过去三四十年，不知延续了几千万年的"落日天风雁字斜"的绝妙景象，在我的视野里是悄无声息抽掉了，再也无缘相会了。五湖四海，空中从今往后没有了雁阵雁影的，又何止是关中的天空呢？

长天人字少，斯世正颓波。不时仰首望月而终不见雁影，我这心头是有些空落。然而，世上最宝贵的是凝聚力：雁影排列成阵，可为凌空远征；军人组织成阵，方能御敌成国。我从戎36载，生命基本上是在军旅中度过的。或许是出于怀旧吧，而今沉入晚年，也依然怀恋着悄然消逝了的雁阵……

*诸暨市2014届高三语文试题

*2016届高三语文试题（新人教版第50套）

薯　忆

　　离开关中故乡，西行入陇，我定居兰州。可能是"人离乡贱，物离乡贵"而引起的，每当看到踏着秋色远道赶来的亲友解开布包儿，亮出还沾着几星泥土的紫红番薯时，我便禁不住直起目光，心头很有些"他乡遇故知"的热乎味儿。我是土生土长的关中子弟，在我的半生阅历中，红薯烙下过一些很难抹杀的印记。

　　家乡的红薯和玉米、高粱、糜谷一样，是一种生命力旺盛、生长期紧促的急庄稼。

　　春节刚过去，农家院落向阳的角儿上便铺起厚厚一方细碎的、半干的马粪、牛粪，粪窝里埋进年前精选出来的大个儿红薯做母体，起秧发苗。五月天急急忙忙收了麦子，闪亮的麦茬还遗留在野地里，镢头便从茬缝间掘出窝儿，墙角密匝匝簇拥起来的二尺多高的薯苗被剪成半尺长的茎节。一根根埋进窝儿里，注进一碗清凉的井水，苗儿就在田野上落住根了。

　　当一行行麦茬在来去倏忽的风雨里干霉腐烂、渐渐隐灭时，薯秧儿也便悄悄地扯长绿蔓，巴掌形的叶儿开始覆盖地表，整个田垄由黄转绿，在悠悠南风里转换得很快。仓颉造字，将"暑"略加变化，上方加盖个草头便形迹近"薯"，似乎巧妙地概括了暑天疯长这层自然物象上的意思。

　　薯叶儿封地太严，阳光漏不进去，叶下的许多无名小草硬是活活给捂死了。那贴地扯长的蔓儿极容易扎下不定根须，庄稼人担心它到处抽拔地气，放肆地生叶开花，分散了总根处的凝聚力，于是在它生长最旺势的时候要翻一次蔓——蹲在畦里，以那总根系为中心，一根根地抽拽那远远延伸开的蔓儿，所有的蔓儿拢握进手里，猫起半腰，像绾那美女长发似的绾结成一团云髻儿，便一撒手扔在了地上。"花钿委地无人收"，湿地上折散几朵茎叶，并不在乎——强行绾髻只在于收束住大好散漫的年华。

秋深了，万物成熟于空中、地表，而红薯则是亢奋于泥土之中，胖大结实的块头硬是将沉重的黄土层拱起一个龟背，挤错开指头宽的长长的裂缝，土地大约被它挤疼了，疼得不自禁地咧开了嘴巴，薯儿那亮亮的红色，就从土缝里朝外窥视，透过地上半歪的绿髻儿窥视蓝天白云，窥视日月星辰，从湿润润的土层里睁开的是惊讶的、生疏的眸子，自地缝里嘘出了陌生的鲜活气息。

秋霜浇醉枫叶那样染红着大树枝头的柿子，同时也就催熟了这土里的红薯。不经霜的红薯是不宜掘的，勉强掘出来，如咬木块而死硬，如嚼青果而微涩。一旦经霜，立即就若梨若枣，甜脆爽口。霜天万里，寒粉敷地，杀败了天下浩茫的绿色，封埋在黄土里的红薯怎么一下子就有味了呢？莫非是叶儿、蔓儿里的什么秘密素质，被严霜勒逼入土了吗？天候、地气在万物果实上的冷热交递，是很神奇的。

这时节秋霜漫地，我晨起上学是脚冷手冻。散学赶回家吃饭，一进屋门，正拉风箱烧饭的奶奶便从灶膛里掏一个煨红薯扔到脚边，红薯在洁净院落里几个蹦跶，弹掉了灰烬火星儿，我飞快拾进手里，烫得不行，两只染墨水的红红的小手捯来捯去，唇儿对住热薯吹嘘不已，清旷的冻馁之气顷刻间吹散了，没有了。

在生计不很宽裕的农村，这时也正是家家户户麦子将尽而苞谷收获的换季时节，新出土的红薯总是那么适时那么得体地为粗粮的降临帮衬着一臂之力。苞谷粥里掺和了剁成菱角形的红薯块儿，黄澄澄的粥儿裹定薯块，筷子夹起来抿开粥，便亮出一层比纸还轻薄的红皮儿，咬破红皮便是细腻腻的黄瓤，粥儿黏糊烫嘴，薯块之香很像那刚刚炒熟出锅的山板栗。青瓷小碟儿里正有几撮绿闪闪的野菜相佐，大碗擎起，大口吸溜，食之不足却驱寒而耐饥，贪嘴过量也绝不伤脾胃，在农家当然是既节俭又实惠的第一流饭食了。三十几户人家的小小村庄，逢个刚刚揭锅的早炊时节，温馨的香味在黄叶簌簌飘坠的村巷里弥漫开来，这村庄便像秋江里一叶小舟似的悠悠然荡入了半痴半醉的境界里……这就是最后一抹秋色，醉人的秋色！

乡村逢个红白大事，狗肉、驴肉没资格上席面，而红薯是可以的。四盘子八碗里，有那么一碗鼓起的涂抹了红糖的过油条子肉，逸着白气，看着挺富态。那肉正好是一人一片，同时伸起的八双筷子颤巍巍地夹去肉片之后，下面亮出的就全是油炸薯块，与那肉片一色——热腾腾的酱红色。没经验的人乍然一看，还以为是红烧肘子哩。刀杖叮叮，笑语哗哗，家家如此，年年如此，谁也不说这是吝啬。

红薯生长期短，贮藏期却长远，而且是搁置越久越甜脆。成熟于秋冬之交，贮存也怯热怯寒，九月天，是特意贮之于水井半中腰拐进去的窖子里的，窖子位于封冻层与地下水水平之间，长年恒温，主人家坐在"吱扭扭"作响的辘轳木桶里秉烛上下，随吃随取，十分方便。可也得留神，千万别让那醺醺酒鬼进入地窖，红薯染着酒气极易溃烂，溃烂时的味儿实在是难闻，及至连整个地窖都报废。若是存放得法，红薯可与翌年结下的新薯接住茬口哩。仔细些的人家，长年四季都会有鲜艳硕大的红薯待宾客、赠亲朋。

国家困难时期，粮食紧缺，关中许多粮站有一度索性用四斤红薯顶替过一斤粮食。个头大的红薯一个就超过四斤重，一天粒米不进，只啃这个红薯，而且一连延续上四天五天，肚子里就很不妙了。天地造物，最讲究搭配合理，运用得宜。红薯属于蔬菜、粮食之间的中介品，倘使硬要晋升到主食地位，那就是人们自己的不对了。

我是土生土长的关中子弟，从戎之初，尚未随军的妻子仍旧留居故乡。有一个深秋，我回乡探亲。一夜醒来，旭日红窗，小女儿尚在酣睡，身边的妻子却不见了踪影。我正在纳闷，虚掩的柴门轻轻开了：妻子提着短镢，挎着竹篮，篮底尽是拳头、核桃大小的红薯残块，在小渠清水里濯洗过了。她嫣然一笑，说道："霜降刚过，咱队的红薯还没出土，邻村生产队昨上午出过了，我到人家地里捡拾了些，别嫌散碎，你先尝尝鲜吧。"她知道陇上不产红薯，更知道我自小就爱吃红薯。晓起下地，野径上的莹莹露珠湿透了布鞋布袜，下半截裤管都水淋淋的，短镢也在渠水里洗过了，她那鬓角上沁着一层细汗……

人生犹如流水，这都是渐渐遥远的往事了。往后，妻子也辗转到千里外的兰州，一眨眼又是十年！

红薯耐旱耐碱，贪暖喜光，离开关中向北、往西，因为无霜期短，似乎就不再种植。一斤红薯在关中三五分钱，在这里泥住一个盛过柴油的大铁桶烤烧个半焦半黄，香味洋溢，一斤要七角八角哩。价钱够贵了，可我那妻子只要看见，就非买不可。买一堆儿拎回去全家享用。西北偏僻地方从未见过红薯的人家，还有城市高级宾馆里动不动和珍馐佳肴打交道的人，遇见红薯，恐怕就不会有这样一种兴趣、感情了。

有一天，家里来了位书法家，我们请他留下一帖横幅。他问："写什么好呢？"

妻子说："写什么都行，只要有'红薯'这两个字……"

书法家为难了：土里土气的红薯，太平庸了，文雅的诗词里哪会有这两个字呢？

我却深深地感到：土地在人的灵魂里打下的印记是有形而无形的，也是隽永、强烈的。

＊《百年中国散文精选》教育部《高中语文课程》推荐书目
浙江文艺出版社 2004.6

杏荫井台

　　新中国成立初年，村东，我家田地正中有一眼井，井台四周长着七株半搂粗的杏树。

　　杏花破蕾，窝了一冬的麦子才起身；起身的麦苗拔节很快。待麦梢孕穗时，杏树便裹着密匝匝的绿叶，风儿俏皮地拨开叶子，会露出毛茸茸的、一咬能酸掉牙的青杏。麦黄时节，杏儿也黄了；黄杏还掩映在绿叶里，麦浪却千顷万顷，将金色的波浪绵延不断地推向远方的地平线上。村庄里上下翻飞的黄鹂焦急地鸣唱着"算黄算割"，父兄们便提捏着镰把，投入了一年一度最紧张的"龙口夺食"的夏收季节。因为太忙，父母对我们这班七八岁的孩童的吃、穿、玩、睡，是顾不得关照了。村巷里，我们捏着弹弓子乱蹿，鸡狗都不喜欢；到田地里捡拾遗落的麦穗儿去吧，身边没个伴，寂寞难熬，捡不了几穗，便在烈日下掣懒腰，打哈欠，瞌睡就漫上来了。我的偷懒之地，就是那井台上凉幽幽的杏荫之下。

　　水一样的阴凉下，绽开一领破草席，脱下已露大脚趾的布鞋一扣当枕头，仰面朝天就躺下了。南风习习，绿叶筛动散碎的光影，入梦是极容易的，想不到的是那些顾不上收摘的黄杏，动不动就"啪"地摔一个下来，大概要证明自己熟透了吧，一摔地就从棱界上裂开个娃嘴似的缝儿，半露出衔着的紫褐色的杏核（这类离核儿的白瓤儿是又脆又甜的）。我肚皮朝天，睡姿不变，只需缓缓地伸开手去，就能从草席边捏一个搁进嘴里，美滋滋的味儿哟，简直没法形容。当然也偶有扫兴之时，倘是鼾声正匀，有某一个软杏"啪"地砸在脸颊上，那又当别论。总之，一觉醒来，周围三三两两，会跌落许多黄杏儿，小小的、黝黑的蚂蚁知道我也吃不进去了，于是就排成长队，以杏上的裂缝儿为大门，到那金黄色的宝库里尽兴地喒取享受……

"腊炙羊肉嘞！羊肉腊炙的！"地头南边尘土飞扬的土路上，走着一个右臂携着平底筐的汉子，走几步就喊一声，唱歌一样好听。

乡下，长年间难得见荤。我咽了口唾沫，倏地站起身来；可爸爸正在北垄上光着膀子割麦，寻上去也没有钱。我麻利地脱下小褂儿，铺在地上，失急忙慌地捡了十多个染有红点儿的黄杏，斜插过麦茬地，朝土路上截了过去……

腊汁肉，摆在筐里的平底木盘上，白纱布苫遮住多半边，露出的几块红光闪闪。卖肉的人瘦高个，五十大几年纪，上髭两撇八字形的细细的黄胡子，短衫儿敞开着前襟，胸部肋骨一条一条的，深凹的两眼格外有神。见我摊开杏儿，便问道："换肉吃吗？"我点点头。他迟疑了一下，在路畔青草上放下提篮，抽出尺把长明锃锃的刀子，割豆腐那样切下了鸡蛋大小的一块肉，我并拢双手，肉轻轻地搁在了我的掌上。他揸揸手收拾杏儿时，才发现杏子全裂开了半边，缝里又爬满了黑蚂蚁，照着缝儿使劲吹了几下，蚂蚁也吹不掉。他咽了一口唾沫，无可奈何地摇摇头："小兄弟，我不要你这杏儿了。"他拍拍双手，提起我的小衫儿抖了抖尘土，替我搭在肩膀上，我盯着捧在手上的腊肉："那，那咋办呢？"我回望了井台一眼，"我会上树，上去给你摇好的吧！"他携起路畔的筐篮，摇了摇头："算啦。咱俩交个朋友吧，这块肉送给你啦。"说罢，便起身赶路了。道上尘埃厚厚，一脚踩下去，扑起一团烟尘，他的鞋和下半截裤筒染成了浑黄色……

我已经要走近井台了，卖肉的忽然又回头喊道："喂！小家伙！"我的心猛地一跳：莫非后悔了，要要回他的肉！

　　"静静地在树荫下玩儿,别到井沿边去。大人离井台子远,你可别掉进井里噢!"天热,他那声音已有些沙哑。

　　"好——的!"我踮起脚尖大声回应他。

　　四野茫茫,烈日炎炎,他那细瘦的身影渐渐地远了,远了……

　　"腊炙羊肉嘞!羊肉腊炙的!"地平线上的热风,将那有些沙哑的吆喝声又隐隐约约地传了过来,我鼻子一酸,眼里噙满了泪水……

                              *苏州市2015年中考语文试题
                              *最新人教版2016年七年级语文
                              *安徽省2016年中考模拟试卷

元夜的灯笼

　　乡村元宵节，浩茫的夜色里浮动出一盏又一盏红亮亮的灯笼，成串、成簇，汇成一层又一层，走过街巷，漫上街头，眺望辽阔田野，无声地迎接春天。每当这时，我就想起我的干大。

　　旧社会乡村多疾病。有我之前，父母生养过几个都没有留住。为挽留住我，他们赶忙从邻近的堡子村为我认了个干大。干大50多岁，很穷，后娶的干娘是山里人，灰白的头发乱蓬蓬的。两口子不生养。干大是个跛子，风泪眼老是流水，戴一副拴着细线绳的茶色眼镜。干大这个样儿，我感到有些窝囊。

　　依照乡俗，逢年过节要给干大送几个馍馍或是十个粽子；过年时，干大给干儿干女送一个灯笼。母亲好说歹说，我不乐意走这门亲，勉强去一趟，干大干娘一见，相当热情，连忙从小铁锅里切一块煮停当的驴肉（有时是狗肉）款待我，我扭拧着身子推辞，倒不是嫌肉不是正牌，主要是嫌弃茅屋里的气味难闻；只要能挣脱干大的手，我一溜烟就跑了。跑出老远，还能听到干大在门口跺脚抱怨："小驴日的嘴馋，这么香的肉也勾不住你！"

　　干大时常上我家走动。伏天一个晚上，屋里闷热，我和伙伴们坐在门前巷道里听一位老伯讲古，星汉灿烂，远近漆黑，正入神哩，干大从我家屋里出来了，估摸人堆里有我，便叮咛母亲："巷道子走风，墙缝的蝎子也出来吸凉哩，别让咱娃在墙根下坐。"我烦他多事，不吭声，也不挪窝。干大去后有一袋烟工夫，我"哇"的一声惨叫，飞进屋里，灯下一照，中指很快肿得胡萝卜一样，母亲一面蘸清油涂抹，一面叨叨："还是个老蝎子蜇的，毒气厉害着哩。"巷道里传来不屑的声调："跛子撂下的话，邪（斜）着哩。"那个疼劲噢，没法形容。

干大的瓜务弄得好。西河滩上，数他的香瓜名气大。初夏，我领着几个小伙伴在他的地畔蜇来蜇去，直瞅着叶儿下碧莹莹的香瓜。

干大看出意思了，和蔼地说："再过十天，瓜开园了，你们来，尽饱吃。现在没熟，吃不得的。"我盯住瓜儿不吭声，也不走离，心里嘀咕："干大，你别糊弄我们小娃娃！"见此情景，干大干咳几声，掏出揉皱的脏手帕擦擦眼镜下的泪水，苦笑着说："不信干大的话，就挑一个尝尝。进到畦里小心点，别将瓜蔓给扯断了。"说罢，提着瓜铲忙活去了。我拣大个儿的揪下一个，与伙伴们飞一样撺进了白杨林。瓜被砸开后一人一角，我的一角最大。咬一口翠青的外壳，寡淡无味，再咬一口瓤儿，唉噢，简直咬了苦胆，随着"呸呸呸呸"的唾地声，伙伴们也都龇牙咧嘴，舌头乱晃："你干大种的啥球瓜哟，把个死人能闹活！"我瞄瞄不远处跛动的影儿，晃晃手里的瓜低声说："走远些再扔，别让我干大看见了！"

一蜇一苦，我无形中对干大也就不再反感了。家里逢着，叫一声"干大"，也不觉得拗口。一个晚上，朦胧欲睡，听到父母亲在灯下说话。娘说："跛子心眼儿蛮好，西街的琴女（跛子的干女儿）泻肚子，几天就把娃拉得失了形，昨日跛子揣来几个青柿子，用竹篾儿扎几个眼儿，放进灶膛热灰焐烧，涩水儿全沁出来了。琴女吃下去，立马就止住了。"爸爸说："就因了他心地善，干儿干女才稠得很。过年要给干娃送灯笼，茅檐底下花花绿绿几长串，少说也有四五十。"

我对干大渐渐也服了。别的孩子上树，折那雪一样的槐花，干大说："从树上掉下来，把腿就摔断了。"我就不上树。伙伴伏天下河扎猛子、泼水仗，干大说："水里没好事，淹死的全是会水的。"

我就不下水。干大很满意，私下里给父母夸奖："咱这娃娃，日后肯定是个捉大事（有出息的）的，你们不信走着瞧。"后来一天天大了，伙伴们都笑话我不会上树也不会游泳，是个"鳖熊"。于是我又暗暗失悔：这个干大哟，心好是好，也有不是之处。

一个跛子，为什么就能吸引那么多人家认他做干大呢？问父母，父母笑而不答。听听看看，我渐渐揣摸出一些名堂了。干大干娘穷而无后，又有残疾在身，苍天怜悯这样的孤老，自应惠其后裔，而干儿干女与苦干大名义上有着亲缘关系，于是，这所赐之福就落到干儿干女头上了。干儿干女里命定受穷的，脖子上就多了一条富贵的"项链"；命定短命夭折的，无形中增一线成活的系数。这些宿命色彩的寓意，再要推究下去，会觉出人与人之间关系的势利，甚至残忍。穷苦透顶的干大干娘却是太善良了，不思量这些，只是实心实意地喜爱这一伙干儿干女……

在我 12 岁那年冬天，快要过年了，干大干娘突然去世，他俩一前一后相跟得那么紧。为我备妥的年节灯笼，是干大的邻居代亡人送过来的。舅家与别的亲戚也送来了灯笼，而干大的最为新巧雅致，是一盆硕大的花篮，上沿插着展瓣斗妍的荷花与牡丹，底部是流苏飘絮，腰缠红绸绷带，绷带上转成四个金字：万事如意。

"八月中秋云遮月，正月十五雪打灯"，元宵节之夜，正下着雪。纷纷扬扬的雪花里，村巷间红灯盏盏，冉冉浮动，我这花篮，红光漾溢，吸引得众多的灯笼自动朝我这儿集拢。集拢的红光融成一团，伙伴们仿佛沉浸在红霞里，你看看我，我看看你，不言不笑，颤颤巍巍地将灯笼挑高一些，照得琴女她们的脸庞分外红，似乎抹了胭脂，发际刘海上落几星晶莹的雪花，这雪花转瞬间就化作细碎的珍珠儿。静默片刻，我们各自顺下眼睫，盯着粉红色的雪朵绕着灯儿轻轻打旋，周围沙沙有声，仿佛是祝福的天籁……村外荒野里，干大干娘小小的新坟，素静，洁白，快要被雪花掩平了吧……

多年以后，我在外地工作，在家种地的弟弟，写来一信：

你信里提及给娃娃认干大的事，村里偶尔还有。不过，现在不
再找瞎子、跛子之类的苦命人了，新兴的认干大，认的是支书、队长，
他们才是"福大命大"有造化的人。

捏着弟弟的信，我仿佛捏着一苗烫手的火焰。我是深深怀恋那
元夜的灯笼的——我那干大停住脚对人说话的时候，端端正正，谁
也看不出他是个跛子。

＊《天津日报》1987.8.20
＊海达范文网 2016.3.13

祁连雪色

两千里河西走廊，"走廊"名儿谁起的，起于何代？谁也弄不清。走廊的地面太空旷、太阔野了，西上的列车，速度显得缓慢，气势也不雄壮，旅人静坐窗日，常常凝望南面的祁连雪峰，沉思、默想。

千里素白，横亘长天，不同于中原的青翠山峦，不同于岭南的雾峰云岭。伏天，雪水融汇成万千条无名小溪向下奔流，山中雪线便徐徐地往上方推移，下奔的溪流是那么湍急、紧迫；上移的雪线又那样的迟缓、冷静。雪花飘落人间，纯洁是纯洁，从来是短暂的。祁连山，却将纯洁素练似的摊开得这样长远，贮存得这么永久，旅人留恋它，它又总是与旅人保持着相当的距离、高度。

掠过绿洲，走廊地带没有多少草，芨芨、沙蒿、骆驼刺，呈灰黄色，紧紧地贴住地皮，仿佛几个黄干蜡瘦的老人的剪影贴在戈壁上。这辽阔而贫瘠的画面上，动物里最肥的是宽角绵羊，最高的是褐色的骆驼，羊与驼是靠细致地、耐心地、一遍一遍地啃啮稀寥、带刺的草，一枝一叶，一撮一股，才成就了自身的肥巍。没有祁连雪山抛下的流苏一样的无数细流，漫漫戈壁会连这可怜的小草也没有。小草，是雪山乳汁滋养着的绿色的琴键，驼、羊，是键盘上缓缓弹出的流动的音符，丰满的音符。

走廊里常走风沙，风沙用粗糙的巨掌，用野性的脚板，踢踏得千里长廊光秃秃的，外表上简直存不住什么有价值的物什。因为有了祁连雪，很古的珍宝，反倒给保护住了。酒泉西南五十里的文殊沟里，有创建于南北朝及北魏、隋、唐的庵观寺庙三百余座，石室、洞窟30余处；安西县城南70公里处是万佛峡，在踏实河切割成的两旁崖岸上，还存有40多个洞窟，窟里有座唐代的佛爷坐像，22米高，头还没有顶出踏实河岸；敦煌莫高窟，在大泉河西岸的鸣沙山下，存住了492个洞窟，数千身塑像，最高的33米。东千佛洞、西千佛洞我闹不清楚，单是这文殊沟、踏实河沟、大泉河沟，不都是祁连雪水千秋万代地奔流、切割、刻画，才形成的吗？

祁连山上倘若没有雪，在这暴戾、残酷的大漠上，永远微笑的佛爷群、非男非女的菩萨们，哪儿去栖身呢？平川洼地聚湖泊，高原沟壑藏墟落，沙漠里深深的河谷，是神仙们的安乐窝，人们世世代代给佛爷、菩萨进香、礼拜，佛爷、菩萨也应当向祁连山叩头作揖的。

走廊北侧，断续的马鬃山、合黎山、龙首山，比祁连山矮多了，祁连山是屏风，它们就只是屏风下的茶几、小凳。这里燥寒交袭，剥蚀严重，砾石裸露，分布着地质队的钻塔。钢质钻杆，金刚石钻头，呼隆隆向地心钻探。下面不见土，尽是一层层大理石岩、灰岩、花灰岩，钻机日夜高速运转，钢石研磨，钻杆里得不断地进水，降温。这水，是一辆辆卡车从疏勒河运来的，是祁连山的雪水。刚柔相济，冷热并进，工人们才从千米深的岩芯里探出了闪光的钼、银、铅、锌之类的矿藏。一旦断了水，要不上几秒钟，价值昂贵的钻头就会烧毁。在人手里，要用空际的雪，浇灭地下的火，地底才肯奉献出宝藏。

祁连雪从高处所输送下来的是生命，是珍宝，是力量，另外也养育过一系列顶风而进的人物。除精骑轻行的张骞、虔诚合掌的玄奘、"我与山灵相对笑，满头晴雪共难消"的林则徐之外，"卤薄山河暗，琵琶道路长"，还有那和亲远嫁的细君公主、金城公主、文成公主……他们含辛茹苦，仰对祁连，也深深地吮吸着祁连清气，领略空际琼瑶的高洁情愫了。"燕颔虎项，飞而食肉"的西域都护班超，居塞上三十一载，晚岁上疏乞归："臣不敢望到酒泉郡，但愿生入玉门关。"年轻时从高洁的雪山底走出去，暮年里也乞求归骨于始终高洁的雪山之下，磊落襟怀存得住冰雪，所以也就是名垂青史的"英雄"。肃州酒泉里涌流的雪山水，真不愧是天地间最纯洁、最清醇的酒。俗世的酒瓮酒缸十年二十年封埋于地窖，走廊的酒，却永远贮存在寒素彻冷的云天里，拂晓昏暮，祁连山巅云海苍茫，唯见雪峰一道，银龙似的，蜿蜒浮游在白云里——它是在白云里酿酒哩，龙体透亮，比白云亮多了。

河西走廊不能没有祁连山，祁连山又绝对不能没有雪。

遗憾的是，当代的走廊仍嫌太空旷了。矮树零散，泥屋小小，乘车穿行，不像关中、中原、幽燕、江南那样，村树簇簇，城垣似的隔断视野，望不出多远。这儿静物中最显眼的，一是被长风切断剥蚀着的汉代长城，二是牛腿粗的杨树。汉长城乃打垒夯筑而成，原本结实，对当地居人已毫无用场，就像报废的列车车厢，历史的负载太重，一节一节被甩脱于走廊，再不能动了。有的被风沙揉搓成马、羊、狮、驼的模样，石相生似的，孤落落列成一行，是造物遗下的别一类文物。

杨树生长在一片片一坨坨的绿洲上，它们能苟活于渠畔，与长城相反，恰恰是因为对人们有用（且是速生材，很快就有用）。松槐生长慢，周期长，急用的人们就不大种植，在内地，松槐多高擎于寺刹梵宇，大山野陵，在这儿，松树就只好长到人烟稀少的祁连山里了。取用过急，走廊上这杨树也就长不大，把掐手卡，够材料了，明晃晃的斧锯就上来了。用这等木料做栋梁盖房造屋，又怎能高大、怎能宽敞呢？树矮，风就厉害，风疾，小泥房只好学那枯黄的刺草的样儿，匍匐在地。从生态来讲，这就是恶性循环。

　　这缺陷，有负于祁连雪山的高情厚意了！人间尚高洁，大地要春色，雪水乳汁哺育着的河西走廊，人事理应是坚韧的、顽强的，草木也应是华滋、繁茂的。

＊中学素质教育阅读丛书

＊《中华百年游记精华》　人民文学出版社　2001.6

＊《窗前的青春》中华书局　2008.6

风库安西

出嘉峪关，戈壁渐渐开阔，沙漠也雄浑起来。有人说，这里是诗人想象的翅膀张扬得最恣意、最自由的所在，其实，诗人独占不了，这里也是内地各色人等流放巨大梦幻的地方。

沙海蜃景，时现于前方，动辄是清漾漾的湖泊，波湛水碧，淡烟浩渺，舟巧岛碎，倒影历历，明明在前边不远，飞一样的小汽车无论如何也撵追不及，车速太紧，竟消失了、没有了，车外只留下一片炉渣样的戈壁，望之悚然。

传说，河西上古时代为西海，汪洋恣肆，鸥飞鲸扬，是喜马拉雅山的造山运动，隔断印度洋，水退了，水鸟水族，能走的走了，走不动的灭了，海底就现亮出沙石块儿来了。如今，这古老的海底沉积物仍做着残留的清波梦，海魂在斜阳梦境里时时来撩拨燥热，爬行的汽车像水底的小甲虫，我们坐在车里，窥见这梦影了，竟一时发昏，想接触它、进入它，怎么可能呢？

嘉峪关西北边的黑山，灭绝人迹，黑山崖石上却有稀奇古怪的石刻，石刻被仿制成方砚形的块儿，正摆在嘉峪关的大玻璃窗里出售。光怪陆离的刻纹，表示什么？谁刻的？刻于何代？一下考证不来，但听考证者说，这黑山石刻的纹样，与内蒙古的阴山石刻，与广西的花山石刻，三地竟一模一样。于是，有人怀疑这是别星球上的天外来客的作品了，购买的人也就一下子多起来。

"大漠孤烟直，长河落日圆"，是诗苑里著名的佳句。小车司机和同行的画家老冯，还有一位地质队的陈师傅，是经常在沙漠行走的人。他们认为，"孤烟直"里的烟实际上指的不是烟，而是大漠上的龙卷风。此说我在书本上见到过，死活不敢信。车行数日，夕阳沉没之时，远际天边不时见到龙卷风旋起的沙柱，笔直插天，似乎凝住不动，至此我才信服了：古人行经大漠，渴热得要死，还要烧什么呢？光溜溜的沙上，又有什么可烧的呢？即便是无风天里的烽燧狼烟，无论如何也无法与磅礴的长河落日相般配。千年前的王摩诘，能化此迷离远景成好诗，眼力不俗，笔底有神助。

疏勒河畔桥湾附近的沙漠上，距公路不远，有一寂寞古城，黄土版筑，粗率简陋，但见城垣尚好，雉堞女墙犹齐，城外城里，尘沙铺地，空空如也。中原土地上的城是砖城，十有九被拆了；河西沙漠上的城尽是土城，十有九还存在。此城叫梦城，起因是康熙皇帝夜晚做了个梦，梦见一座奇幻的城，翌日上朝，就要臣子把这个梦在现实里给寻找出来。人稠的地方，臣子不便撒谎，于是就在这远远的荒漠上捏造了个土城，驿马飞递，传报京都，去证实康熙皇帝的英明、远见……城还在，可惜闹不清楚，当时的康熙听到驿报，是怎么表态的，笑呢，嗔呢，还是缄默？

尘沙幻影，人臣伪真，搅得我乏困的头脑晕晕乎乎。黄昏时分，小车飞似的驰进了安西县城。

安西乃有名的"风库"。一年里，八级以上的大风达 90 多天，吹得天昏地暗。我们赶得巧，天光晴和，微风不兴，满眼水晶宫似的空明。县城新筑，罕见的洁净之乡。一律青砖平房，玻璃明窗，房前统一是砖砌花墙，花墙间门楼低矮，格式雅致。街道水泥地面，宽直干净，没有坑洼补块，没有尘沙纸屑，也不见一个清洁工人。"风库"多风，秽物大概全都刮走了，吹得没影儿了。街旁种花，一人高的波斯菊，蝴蝶大的朵儿绽得正繁，波斯菊茁壮，将花畦里参杂的芨芨、芦苇，排挤成小茅草了。小城外是密匝匝的沙枣树、柳树、胡杨树，一律低矮短粗，统统看不见根脚，风库里风要进出，风尽可以从它们的头顶碾过去、吼开来，却摧不折、拔不掉它们。绿树们像是齐齐上举的碧绿的扫帚，扫净了风的巨轮，也扫净了风后长天……

夜幕降临了，天旷星朗，一月如钩，整个安西城镀一层幽幽的青光。汉代，这里叫冥安县，唐时改为晋昌县，宋称瓜州，清代才叫安西的。它处之于中西交通要冲，为河西重镇之一。

千百年来，这里走过骆驼客和牧羊女，走过单于与可汗，也走过戍卒和将军。刀戈、长鞭、鼙鼓、羌笛，都像是风库里的风一样，远远地去了，一去不返了。眼前的安西城，崛起的是一尊崭新的勇敢的生命，是一个强健的、弯弓搭箭样的灵魂。

我们从旅途上的梦幻状态进入了安西城，安西城却绝不是一个短暂、甜蜜的清梦，它是一颗在风地里闪射光彩的沙海明珠。

*2009年河北省高三语文试卷
*唐山市2009年高三期末试卷

青　冢

　　"青冢"一词，出自对杜诗的一条注解：北地草皆白，唯独昭君墓上草青，故名青冢。

　　冢指高大陵墓，这青冢便是个别致的专用词。昭君墓，在呼和浩特市南 9 公里大黑河南岸的冲积平原上。墓前雕有联辔而行的双骑塑像，马背上塑的自然是王昭君和呼韩邪单于。

　　红粉成灰绿意外延而成一青冢，"独留青冢向黄昏"，笼罩四野的黄昏和风尘漫漫的大漠合为穹庐，什么都可以无情地吞噬，唯独消化不了这一座墓草茸碧的青冢，这青冢在苍茫天地间便格外引人思忖。

　　塑像底座上是蒙汉两种文字镌刻的"和亲"二字。当年打不过匈奴，就从女性群落中选取最美丽的女子作为珍品（美色无价）去进贡，且美其名曰"和亲"，这在两千多年前的历史上，只有统治者能拿出这等"高招"来缓和矛盾，救国安邦。

　　王昭君生于长江边上秭归县的香溪旁，元帝时被选入后宫，竟宁元年（前 33 年）外嫁塞北。

　　"沙碛微惊数骑尘"，"红妆千里为和亲"，南北颠簸，身行万里，此行的最后使命是为了消弭战乱，平息纷争。除了这穿着华贵艳丽的一行人显得单薄之外，从大局俯视，总体上与长赴远征的军队颇有内在的相似之处。难怪，青冢前有几块碑记，有一位将领在所立碑上镌写了与众不同的词句，说是"懦夫愧色"云云："战骨填沙草不春，封侯命将漫纷纭"，一介秀色夺人的蛾眉的功绩远远地胜过了出没于战云征尘里的千军万马，两相比照，真正的军人来到青冢面前，怎能不问心有愧呢？

漠风拂去了风尘，王昭君早已化为一面反照历史的明镜，在明镜面前，无所遁形的何止是贪财被杀的毛延寿和贪色而懊悔的汉元帝呢？每一个有血性的男儿汉都应当在这里反躬自问，问问自己是不是贪生怕死的、连个小女子也不如的懦弱之徒。

青冢在早年间孤单单的很冷寂，现在不同了，游人如织，流行音乐聒耳。围墙外一茶摊老板有些岁数，他说是半个世纪前的战争年代，士兵见空旷的原野上就这"青冢"是个小山样的制高点，便把大炮架在了青冢的顶端上……大炮架于高处，无疑提高了射程也瞄准了目标，如果这炮口对准的是入侵的日本人就好了（昭君芳魂有知，九泉之下也会感到欣慰）。可惜这茶摊老板支吾不清白当时是谁和谁在打仗。

中华民族众多的美女里，能进入艺术殿堂的就那么几位，而王昭君，其灵魂似乎切入了这殿堂里的诸多领地：戏曲演之，剧本甚多，久演不衰；画家绘之，塞风与红妆别成境界；音乐奏之，莫说《昭君怨》《王昭君》之类的琵琶曲了，连本来姓"胡"的琵琶也成了中国的乐器；至于围绕这个女子的诗词、文章和故事，历史上有谁敢与之比肩呢！"宫中多少如花女？不嫁单于君不知！"弄来弄去，竟让后人闹不清这王昭君之外嫁，是幸也还是不幸？

呼和浩特市倘无这一座千秋青冢，整个塞北的原野上，不知会失却多少动人的春色呢！

＊《高中语文阅读欣赏》高二下册

江苏科学技术出版社 2011.12

六骏踪迹

> 折戟沉沙铁未销
> 自将磨洗认前朝
> ——杜牧

秦皇汉武，唐宗宋祖，开国之君常常是厉害的。帝王谱系里，他们是最亮的星辰。

公元 6 世纪末，延宕千余岁的封建制度在中国孕育成熟。天赐盛世，降其英才，是李世民这位具有"龙凤之姿"的人物将空前繁荣的"黄金时代"推向了富丽堂皇的最高潮。

怀着敬慕的心情，我们来到了浑厚坦荡的渭北高原。朝北眺望，青峦环护之中，有一峰孤耸回绝，昂然崛起，泔水流其前，泾水绕其后，山脉水系命意不俗，这便是李世民狩猎时为自己择定的墓地：昭陵。"因山为陵"，方圆 30 万亩，形成东方最大的王者陵寝。1300 多年的风风雨雨掠了过去，仿佛海潮退跌了似的，眼下是斜阳带雁，夕霞如焚，碑残石裂，繁华消歇，只剩下默仰晴空的九嵕山峰峦了。登峰纵目，眼前一亮，我忽然惊异南畔还以扇面形势残留着零零落落的陪葬的功臣坟墓（传说 185 座）。臣墓矮伏而王陵巍然，尊卑有位，错落分布，仿佛臣僚们仍然罗拜在唐王膝下。

草创天下，戎马倥偬，李世民与将佐臣僚们出生入死，勠力共进；下世以后，依然是荣辱与共，不昧初衷。"义深舟楫"的珍重情谊能在一代君臣之间一以贯之，这在漫长、黑暗、以背叛滥杀为常规的封建史上是难能可贵的一页。望着眼前依然保持着仪卫之制的一片墓陵，我正为"庶敦追远之义，以申罔极之怀"的君臣之交暗自叹息，陪游的友人忽然说道："唐王寝宫旁从前镌立过六匹战马的青石浮雕，这就是驰名中外的'昭陵六骏'。"

和平岁月里，马在坦荡田野上是勤奋的化身；跃进战争的烟尘，它则纯然是勇士的形象。"唐家创业扫群雄，马上得之为太宗"，"昭陵六骏"仿佛是隋朝末年黄河流域一连串决定性战役的真实投影，是四方豪俊叱咤啸进中形成的另一幅风云画图。

唐军初取关中，薛仁杲父子迅速进据陇右，觊觎长安。初战，唐军失利。618 年冬，双方重新结阵。李世民避其锐气，两月不出，直待其粮草殆尽而狂躁如狼时，才以少许兵卒诱之于浅水原，亲率劲旅从后突袭，薛军崩溃，四散如流。李世民不容这些陇外骁悍之徒做丝毫喘息，不听舅父窦轨的阻拦，催动四蹄蘸雪的"白蹄乌"，衔尾进击，穷追 300 余里。石刻"白蹄乌"怒目腾空，鬃鬣迎风，空旷的黄土高原上仿佛闪烁着四蹄交递所拉开的一道道雪练，蹄击大地，响动着雨点似的鼓声。李世民题赠的赞语是："倚天长剑，追风骏足，耸辔平陇，回鞍定蜀。"

趁着西线有战争，晋南的刘武周迫胁关中。李世民挥戈东进，趋龙门，渡黄河，在鼠雀谷与刘军连打 8 场硬仗，脍炙人口的秦琼、敬德大战美良川的故事，就产生在这里。李世民两日不食，三日未解甲，跨着黄里沁白的"特勒骠"，杀得刘军失魂落魄，向北逃窜。

李世民清楚：河南、河北的王世充、窦建德才是最狠最辣的两大敌手。621 年，与王世充会战北邙山。彼此刚刚列阵对峙，一道紫色的闪电掣动数十精骑直透敌营，王世充愣怔过来，才发觉一匹纯紫色的马背上伏的正是李世民。满营惊骇，戈矛四合，慌忙围追堵截。李世民神威抖擞，挥刃酣战，坐骑突然中箭，哀嘶晃摇，危急万状；大将军丘行恭飞骑冲阵，把自己的坐骑让给李世民，他一手挽住紫马，一手挥刃和李世民一起巨跃大呼，砍开一条血路，突阵而出。这紫马就是"飒露紫"。李世民赞它是"紫燕超跃，骨腾神骏，气奢三川，威凌八阵"。六骏雕刻里唯附一人，仿丘行恭拔箭状，颤抖的紫马以头相偎，湿眸沉沉。箭镞拔出，马也就"噗"地跌倒在尘埃之中。

　　鏖兵8个月，王世充不支，窦建德忙率10万大军奔赴救援。李世民临机转戈，围洛打援，派骁将抢占虎牢关，生擒了窦建德。王世充无望，只好投降。一战而克二敌，胜则胜矣，不幸又倒下"青骓""什伐赤"两匹坐骑，青骓是前体1箭后体4箭，什伐赤是臀插5箭，马往前突，迎飞的利镞斜扎体后，显示着马驰的神速与争斗的惨烈。

　　末后对窦建德之故将刘黑闼的战事，使李世民十分棘手。这次战争中丧失了黄皮黑嘴、身布连环旋毛的"拳毛䯄"，一马身带九箭，其筋力的坚韧不言自明。"月精按辔，天马行空，弧矢载戢，氛埃廓清"。李世民盛赞骏马以它的生命集拢住飞蝗式的箭镞，天地间自然就清平了，安宁了。

　　马的力气在所有动物中属于上乘。一进入血火并作的厮杀氛围，一听到诸般兵器铿锵搏击的金属声响，它立即化成了慷慨以赴的英物，融龙虎雄姿、壮夫意气于一躯，不桀骜，不凶悍，不声张，所有动作同时凝成了勇敢与豪迈、犷野与轻捷，以敏锐、准确的纵跃起伏执行着主人萌动在心里的每一闪念，每一企图。此时此景，让人想到暴风雨里翻飞于汪洋巨浪间的翩然海燕，想到纵舒于万仞陡崖间的自由阔大的瀑布……古代战争里倘是没有最富于创造性的、最擅长默契的骏马，一切孔武剽悍的魂魄和膂力将无所凭依，无从施展，那该是多么笨拙、多么枯燥无聊的一种战争。

　　李世民是当之无愧的一代天骄。马背上唯有驮起了他，也才是鲜花着锦，相映生色，无上的俊逸。六骏马彼此递进着将李世民送上了帝王交椅，它们也很自然地化作了古朴雄浑的浮雕，以各自的神态被供奉于昭陵，与主人共享尊荣，同受儿孙辈的香火。

好马逢英主，这才真正是良骥遇伯乐。历史上有过那么多重大的朝代更迭，其间夹杂着多少霜浓马滑、策马破阵、马革裹尸的生动场面呢？唯有李世民，自战争中提炼出了六匹神骏，镌于昭陵，拟传千古。明主襟怀如镜，眼角含情，由此可见一斑。

浮雕多矣，这不是寻常的浮雕！"森然风云姿，飒爽毛骨开"，即使负伤带箭，仍然是通体洋溢着从万里阵云里提摄出来的向着盛唐迈进的煌煌气象。战争先行，艺术后进，善于将气冲斗牛的征战之风化作继往开来的精神意象，这只有当时的大画家阎立本足以胜任。那样个时代，必然有那样的骏马，也势必出现那样的艺术家，也才足以与慎终追远、不弃本基的王者风范和谐统一。

文武重臣六骏骑，魂兮魄兮长相依——作为王朝创业史上别开生面的一笔，李世民这个美丽的心愿能保持多久呢？下世前，这个聪明过人的帝王便似乎察觉出了什么：贞观十年下诏建造石宫时，特别指明日后的殉葬品不需金珠宝玉，仅以陶人木棺为之，此等明器"不为世用"，可使"奸盗息心"。可他无论如何也料想不到，石雕六骏在漫长的岁月里会渐渐升级为艺术品，而且是足以压倒金珠宝玉的稀世罕有的艺术珍品。既为珍品，奸盗必窥。1914年，"飒露紫""拳毛𬴃"被洋人窃去（今存费城宾夕法尼亚大学博物馆）；又隔4年，其余四碑也被破成数块，窃运至西安附近，好在被老百姓拦截住了（现存陕西博物馆）。如今的昭陵，你只能看到宋代的一尊"昭陵六骏碑"，碑体略矮于人，素画青底，以线刻刀法缩小了六骏的形象。"擒充戮窦西复东，飞镞溅血鬃毛红"，手抚凉凉的碑刻，益发让人生慨。

也许是不甘心吧，下了昭陵，我又去寻访茂陵南坡下的一眼"马刨泉"。20多年前，那儿泉水汩汩，清流依依，传说那是黄巢与唐军角逐时，喉咙渴得冒火，可附近却无井无水，胯下的战马忽然直立咆哮，前蹄扣下时就地乱刨，所刨处遂涌出一眼清泉。重寻故泉，什么也没有了，一位整菜畦的老农对我说："垫了，早就垫了。"关中土语，"垫"

就是埋得不露痕迹的意思。旁边的公路上是来去生风的小轿车，老农晒笑我："你这人也怪，啥年月了，连马也不多啦，你还寻什么'马刨泉'哩。"

是噢是噢，马的时代是过去了，"足轻电影，神发天机"，它是无可挽留地过去了。毛主席当年草创天下，整天还骑马哩——自马上得了天下，得天下之人也骑着马似的很快就过去了。无论多么轰轰烈烈的时代，无论什么品种的天赐神骏，联辔齐步，不能不迅速地走过去。在历史的屏幕上，巨人们是一个接一个地走过去，而马，是成群结队地奔过去，是排山倒海地压过去。今岁恰是"马"年，到了下一个马年，尘世间还能看到几匹真马、活马呢！

西欧一位史学家说得好：考察中国封建社会的历史，不进潼关算没入门，不到昭陵不算登堂入室。现在的昭陵呢？"众山忽破碎，突兀一峰青"，就连那石雕们也是"秋风石动昭陵马"了——六骏那翻动的 24 蹄似乎组成了不以任何人意志为转移的历史车轮，生生驮走了一个个辉煌的、壮丽的时代。

在这块岑寂冷落的土地上，眼前是麦浪一层层地起伏着，后浪推前浪，渐渐地远了，远了，低下去了……

＊《中华散文百年精华》人民文学出版社 1999.3

＊2012届高中语文名作阅读精选

虎性不移

对人生而言，腐刑比杀头更难忍受。风雨如晦之中的史迁做如此艰难的抉择，正显示出其生命力的卓尔不群，坚韧与刚强。

《史记》载录了几千年的史实，这一面巨型的历史透视镜，是在极端痛苦、不幸，极端伤感、艰难的条件下用拌和血泪的笔墨写成的。历史以那么残酷的方式愚弄、挫磨史迁，决定了史迁所发之愤绝非一己之私愤，既愤慨封建与皇权，也愤慨俗风与世情。

李陵在漠北浴血死战之际，使报于朝，"汉公卿王侯，皆奉觞上寿"，礼拜山呼，颂声雷动；当李陵战败陷落的消息突然到来时，武帝听朝不怡，两班刚刚欢呼过的文臣武将这时节全部成了哑巴，个个木雕泥塑似的，"大臣忧惧，不知所出"。此时此地，只有一个史迁挺身出列，剖白——李陵对大汉王朝的忠忱与诚恳。当史迁被不幸送进囹圄时，"交游莫救视，左右亲近，不为一言"（落井下石者自不乏其人），大伙眼睁睁地看着忠直无辜的史迁被送进蚕室去受刑。"交游"为同事和朋友，"左右亲近"指武帝平素所信赖的心腹大臣。这就是巍巍宫阙里的世态，这就是锦绣之乡的人情，当然也正是最现实、最深邃的"天人之际"与"古今之变"（这等"际、变"，两千多年里绝少移易）。

封建大树所结下的第一号硕大果实是奴性，这奴性之果在臣僚群落里被培养得最为圆满和成熟。而人性里坚于磐石的奴性是怎样逐渐形成的？后人从《史记》中自能理出些眉目来。

成于封建阴影下的《史记》，其中的《今上本纪》中有"汉兴五世，隆在建元，外攘夷狄，内修法度"之类的颂词，这正是在重压下出现的纤弱以至于失色的蔓草，落笔写这等文字时，史迁自叹："及以至是，言不辱者，所谓强颜耳。"古今皇权之下，强颜为笑、强颜为欢有的是，未必就属于奴性。《报任安书》里有言："猛虎在深山，百兽震恐，及在槛阱之中，摇尾而求食，积威约之渐也。"李陵是毋庸置疑的虎将，人以群分，史迁心性亦与虎同。一文一武，在政坛上作为先后着鞭的难兄难弟，史迁之隐忍苟活，与李陵之寄身朔方是对应的、平行的。现实无论对他二人施加怎样的淫威与压力，他俩依然是猛虎。奴性笼罩宫廷，但在猛虎身上从来就没有丝毫立锥之地。

龙有龙角，虎有虎须。司马祠里造于北宋时代的史迁塑像，并非宫刑挫磨之后的"妇人之像"。这留须之像，传说是依照当年从芝川乡间寻访到的壮年线描画像仿塑的。壮岁时耕牧壮游，磊落奇迈，武帝冷不防给了他残酷的一刀，此一刀奇耻大辱，只能使其本有的阳刚之气被点火起燃那样进一步升腾。"天地有正气，杂然赋流形"，史迁之气所赋予之流形，就是《史记》。祠里倘塑一"妇人之像"，可真是大煞风景矣。

最凄惨的际遇，成就了一部最壮美、最瑰丽的《史记》。"绝唱"指的是最高造诣，《史记》证明，只有在绝境里才能产生绝唱，这简直形成了中国史学与文学的一条原始辙印——当是一条不祥的逻辑。"怜才膺斧钺，吐气作霓虹"，这刀剑染血式的苦难，促人思考。而这样的思考，是为苦难加上一层霜并使之深入精神领地里再度受难，最后才绽放出一丛丛艳丽的菊花来。文才易有，史才难得。《报任安书》里列举了八个王侯将相遭祸泯灭之后，写道："古者富贵而名磨灭，不可胜记，唯倜傥非常之人称焉。"对后一类，史迁又列出七位：文王、仲尼、屈原、左丘、孙子、不韦、韩非。八位王侯将相被封建绞肉机绞成团团肉酱而后泯灭，而这七位，是将被绞出的血花化为一簇簇的火花，他们这才升华为璀璨不灭的星辰。前八后七，后排里空出一个位置，莫非是上天预留给史迁的吗？

天意高难问，《史记》如菊，蕊寒香冷，初问世时，汉晋名贤未知见重，很长时间，《史记》不为人知，处境是相当冷清、寂寞的。鲁迅先生一九二六年誉其为"史家之绝唱，无韵之离骚"时，已经是两千年之后的事情了。

*江苏重点中学2005年语文试卷

*徐州2012年高二语文试卷

人生的重峦叠嶂

　　五岳之外，黄山、庐山、峨眉山也是了不得的名山。"横看成岭侧成峰，远近高低各不同。不识庐山真面目，只缘身在此山中。"实际上，无论进入哪座大山，苏东坡在庐山的这等感觉对任何人都是适用的。

　　人在成长途中总要相继进入不同的境地。这境地大体可分为八类，每一类似可以大山为喻。

　　天地间最为养眼的，是纤尘未染的青山绿水；人的美妙青春，无妨喻之为"青山"。人在青春期，万象蓬勃，眼前是绵渺无限的光阴与岁月，裹挟着七彩缤纷的幻想与理想，浑身有使不完的丰沛气力……然而，古往今来的走出青山者，自悔青春懵懂，因为少壮欠努力而到世上空来了一回的大有人在，认定自己青春得意而无悔者，能数出几人呢？一代一代的过来人谆嘱儿孙辈珍惜青春，一直是对牛奉琴。

　　春日之山容，其色如黛，《西厢记》称崔莺莺"这些时春山低翠，秋水凝眸"，隐喻爱情的最佳状态。步入婚爱期的男女，青春被推至极致，自然是进入了"春山"。春山美梦，千古之谜，且不计在爱情波涛中翻船溺水的众多男女能泅出几人，世上的长久夫妻纵然不少，其爱情内涵究竟如何？在"白头偕老"这株大树上又曾吊死过多少真正的爱情？有史以来，涌进春山者永远是熙熙攘攘，爱情与婚姻一直是怎么也理不清的人生命题，就连其间的哲学家、美学家、政治家，也一一变成了"爱河饮尽犹饥渴"的角色。

　　女儿家秀媚明艳，娇美绝伦，无妨说是步入了"丽山"之境。数千年里，有哪一位出类拔萃的美女、丽人的下场收局是令人称道的呢？女性秀外惠中，敏感聪颖，可她们只从镜鉴中、水月里、人们的眼光中看到本身无上珍贵的潜在值，谁也看不清潜在值背后所潜伏着的危机，更想不到身后会是那样个"花钿委地无人收"的残局。红颜薄命之说，在烟波浩渺的"丽山"领地上不知道要反反复复地演示到何时为止。

　　第四座，是财富叠成的光芒灿烂的"金山"。

　　人行于世，几乎都有投向金山的欲望。奇怪的是，进入之后即使已经腰缠万贯，却仍然不可能知足知止。一旦巨富，富人自身也无所适从，不知巨额钱财要将自己导向何方，归宿何处。西方的富人长期摸索，最后归纳为"在巨富中死去是一种耻辱"，于是皈依于慈善事业。后起的东方富人呢？硬是被巨富送进了地狱而仍是迷财不悟者，屡见报端。非凡的迷惑力之外，金山内蕴的渗透力也极为强烈。无论青山、春山、丽山，金山的光芒照射到哪里，那里就更加呈示出"横看成岭侧成峰"的迷魂阵状态。

　　与金山并峙而立的，一为"官山"，一为"名山"。

　　涉足官场而握得实权者，不论权力大小，有些人便很难看到身在其位而应负的社会责任，唯觉官越做大自家的水平就越高。身前身后，赞声盈耳；顾盼左右，实惠麇集。"一阔脸就变"，实在是由不得自己；不仅自己变脸，连其夫人遇见以往的熟人朋友，连笑一笑也不会了，偶尔启唇，令观者感到很不自在。

　　名誉是上天赐予尘世的瑰宝。因之，成名者自然是入了"名山"。人一旦名声大震，不唯金山、官山会向他含笑点头，就连春山、丽山也要为之折腰献媚……可入了名山的人会本能地忘记生活里的一句俗话："人怕出名猪怕壮。"猪壮了是挨宰的征兆，人出了名则可能于无形中断送自己业已现出曙光的事业（因名誉降临之际，此人往往正处于事业进展之中途，却尚未进入炉火纯青之境）。各行各业技艺娴熟的匠人都是各自艺术道路上的铺路石，为什么其间晋升为里程碑的罕稀难逢呢？"盛名之下，其实难副"，为名所累而难成巨擘者实在太多了。名声的危害是潜在的，而且潜伏至深。

第七座是"健山"。健者强壮，失去健康的生命，病病恹恹，任是什么也无从谈起，也就是说，生命进程中的任何山峦，都得老老实实拜伏在"健山"脚下。医院是人生旅途中的一个紧要去处：出了"健山"之人只好进医院，进得医院者又不能不回头而"一览众山小"，这时才体认出平时不在意也不惹眼的健山实乃诸多山峦里的一座"神山"。拥有健康之日，人总不知珍惜，待会得"珍惜"之意时，健康已如流星之坠海，"神山"这才亮出其巍峨雄奇的本相。

人生历程中的最后一座山是"老山"，夕阳西下，这是人生不得不进入的岁暮之山。山深龙蛇古，能进此山者多所阅历，自以为过的桥比年轻人走的路长，自诩成熟而智慧。但是容易保守、僵化、故步自封，觉不出自己在社会潮流面前已成老朽。"朽木不可雕也"，他常因昏聩过甚而自以为是，反将此语施于年轻后生。看样子，老人也有个桑榆困境，很难走出生命里既定的最后一座山峦。

人生一世，山体连绵，重峦叠嶂，诱惑力最烈的丽山、官山、名山之外的五座山峦，大抵上是绕不过去的。每座山峦，自成体系，要往高处攀登，却是至为艰辛的——这是与幸福同在的那等艰辛。

*2011年烟台市高三语文诊断性试卷
*2015年安庆市一中高三语文试卷

后　记

收进此书的，是近些年里断断续续写下的短文。年逾古稀、心怠力疲的一个老人，干吗还要写作呢？

从农村起步，小学、中学，一步一级，侥幸进入了西北大学中文系，既学中文，自然与文字结下不解之缘。大学期间遭遇"文革"，天下大乱，对立的两派都对我不感兴趣，"两间余一卒"，我也只好"逍遥"于其间。毕业后从戎，天南地北走了许多地方，看看写写，且一直没有搁下手里的笔杆。

19 至 20 世纪之交，中华民族面临灭顶之灾而终于没有沉沦下去，归根究底，民族精神的坚韧存在属于砥柱式的因素。一个民族，其精神与良知的图腾就是文学。而我们现在的文学是怎样的思想、情怀呢？拜金主义风行，娱乐享受至上，有人在竭力颠覆这个民族长期所遵奉的传统与信念，就连跪地的汉奸也闹腾着要站起身来……面对这样的思想、情怀，我难以放下手中的笔杆。

我的生命适合于写作，散文写作于我也最为如意。退休以后，自西北移居海滨，环境润泽，身体尚可，也就难以息念休心于几十年间养成的积习，不时地写点短文，仍想为矫正精神荒途尽些绵薄之力。再者，老年人乘兴动动笔，对健康也不无裨益。

散文之河，也是"逝者如斯夫"。30 年前，我的第一本散文集《灞桥烟柳》是由百花文艺出版社出版的，今年六月，此书被列为"典藏"丛书之一再次影印出版，这也促使我兴起了编辑《一束蒲公英》的念头。人生苦短，暮年健忘，能将后期的零散之作集成小书，与第一本散文集遥为照应，在桑榆夕照中便于翻检，似乎也有些"录以备忘"的意味。附录里罗列了入选各类教材的部分短作，一则说明我与教育界缘深，二则缅怀旧情，也含有回光返照的意味。

　　这里要特别感谢阎庆生教授的序言，身为进入老境的专家，大热天扶病而作，下了许多功夫，吃了不少苦头；可又因为是同窗学友，感情酵用也就在所难免，过誉、偏爱之处，明眼人会一目了然，自当付之一笑。

杨闻宇

2016年10月　青岛